誰かが
ジョーカーをひく

宇佐美まこと Makoto Usami

徳間書店

「あなたはふだんどんなものをおあがりになりますか。」

「さやう。栗の実やわらびや野菜です。」

「野菜はあなたがおつくりになるのですか。」

「お日さまがおつくりになるのです。」

宮沢賢治　「紫紺染について」

キタノは、太い杉の木の下に立ったまま じっとしていた。この数十分、不動の姿勢だ。未明まで激しく降っていた雨のせいで、枝から滴《しずく》がひっきりなしに落ちてくる。

「もうすぐだ」

ワイヤレスイヤホンから、ムラオの声がした。

石段を上がってくる足音がした。薄闇の中、小柄な老人が現れた。地味なジャージとシャツに身を包み、前かがみで石段を上がってきた。そのまま社殿までの石畳を歩いていく。どこかの社長だと聞いていたが、そんな面影は微塵《みじん》もない。日課の早朝の散歩といい、どこにでもいる老人といった感じだ。キタノはさらに杉の木に体を寄せた。

老人は、小さな社殿の前で柏手を打ち、頭《こうべ》を垂れた。キタノに課されたミッションは、彼を石段の上から突き落とすことだった。単なる脅《おど》しに過ぎない。簡単なことだ。一人でやる初めての仕事だが、なんということもない。うまくやる自信はあった。相手が老人だろうと子どもだろうと関係ない。躊躇《ちゅうちょ》することもないとわかっていた。体はスムーズに動くだろう。プログラムされた機械のように。

「下りる時に後ろからやれ」

ムラオの平板《へいばん》な声。石段はそんなに長くはない。転げ落ちたとしてもたいしたことにはならないだろう。が、誰かに危害を加えられたという恐怖は植え付けられる。それが目的だ。

石畳を引き返してきた老人が、杉の木の前を通り過ぎるのを見計らって、キタノはそっと後をつけた。足音を忍ばせて、老人に近づく。石段の上にさしかかった老人の背中に手を伸ばそうとした時、彼はひょいと振り返った。

「何か用か？」

まさか気づかれるとは思っていなかった。こんなくたびれた老人なら、感覚も鈍っているはずだと思っていた。

「お前、さっきからそこにいただろ？　用があるならさっさと言え」

老人は顎《あご》で杉の木を指した。キタノが言葉に詰まっているうちに、老人はさっと脚を払った。素早い仕草だった。キタノはよろめいた。

「誰に頼まれた？」

見た目の弱々しさとは裏腹に、芯の通った声だった。脅すつもりが、こちらが脅されている。相手の予期しない行動に、キタノは狼狽《ろうばい》した。反撃されたことで、怒りの感情に押し流される。最も忌避《きひ》すべきことだ。顔も見られた。ついかっとなって老人に組みついてしまった。老人は身をかわそうとしたが、鍛え上げられた若い肉体にはかなわなかった。キタノは難なく老人を石段から投げ飛ばした。

力を入れ過ぎた、と感じたのは、老人の体が石段の中途にぶつかり、そのまま転がり落ちていったからだった。かなりの勢いだった。雨に濡れた道路まで転がり落ちても、老人は言葉を発しなかった。頭を打ったのかもしれない。

だが、それ以上に悪いことが待っていた。老人は道路上を転がりつづけ、その向こうにある川に落ちてしまった。さほど大きな川ではない。幅が二メートルほどの水路と呼んだ方がいいくらいのコンクリート護岸の川だ。ただ運が悪いことに、ここ二日ほど降り続いた大雨で増水していた。流れも速い。うねる茶色い水の中に、老人の体は没してしまった。そのまま姿が見えなくなる。

ムラオがイヤホンの向こうで舌打ちをした。

「もういい。逃げろ」

石段の下に、ムラオが運転する車を着けた。キタノは頭が真っ白のまま、石段を駆け下りた。急いで助手席に乗り込む。ムラオは無言のまま、車を出した。

キタノも真っすぐ前を向いて座り、車の振動に身をまかせた。

喉がカラカラだ。早くあの冷たい世界へ戻らなくては。感情に左右されることも昂《たかぶ》らせることもない、精神を凍りつかせる世界へ。

1

車のライトが前方の道を照らしていた。

ハンドルにしがみつくようにして、川田沙代子《かわださよこ》は白く浮き上がる道路を見詰めていた。

どこをどう走ったのか、もうよく憶えていない。ただ白っぽい光を放つ街灯だけが道路端に次々と現れる。ふと我に返って周囲の景色に目をやった。

黒々とした三角屋根の連続が、闇の中で凝《こご》っていた。人通りはない。どうやら町はずれの工場地帯にいるようだとは見当がついた。工場地帯といっても、操業をやめてしまった工場も多く、使われない倉庫などもあって寂しい場所だ。よく見ると、フェンスは歪んで錆び、蔓性《つるせい》の植物が絡みついている。

馴染みのない場所に来てしまったようだ。沙代子はスピードを緩《ゆる》め、ハンドルを慎重に切った。工場や倉庫が立ち並ぶ区域から出て、まずまず交通量のある道路に出ると、安堵のため息をついた。スピードを落とし過ぎ、後ろからクラクションを鳴らされる。追い抜かれるままにして、車内に意識を戻す。またため息が出た。今度は途方に暮れたため息だ。

助手席に放り出した普段使いのショルダーバッグが一つ。

それだけを持って家を飛び出したのだ。財布にはいくら入っているだろう。ふとそんなことを思った。いや、考えなければならないのは、これからどうすべきかだ。交差点で赤信号につかまればブレーキを踏み、前の車に釣られるようにハンドルを切る。惰性的な運転が、沙代子を夜の街のどこかへ連れていく。

沙代子の愛車、ピンク色のスズキのラパンの気の向くまま走り続け、このまま消えてしまえたら——。夫、俊則《としのり》の連れ子で次女の由芽《ゆめ》からは、「これ、お母さんには可愛すぎるよ。何だってピンクにしたの？　笑っちゃう」と言われた。

姑《しゅうとめ》の友江《ともえ》が体調を崩して、病院への送り迎えが必要になったので、急いで手に入れた車だ。色など気にする暇がなかった。友江が元気を取り戻し、病院通いがなくなった後も、買い物や子どもたちの塾通い、飲んだ俊則の迎えなど、重宝している。ただし、誰も車を出す沙代子に礼を言うことはない。ただの足として使われているのだ。

今夜も由芽を塾へ迎えに行く予定だった。高校三年生の由芽は、火曜日と金曜日に進学塾へ通っている。本当なら今頃、車で三十分ほどの塾へ向かっているはずだった。だが、今日は予定が変わってそれがなくなった。家でゆっくりするはずが、こんなことになってしまった。

繁華街に入ったのか、周囲が明るくなった。ラパンは、ネオンサインの間を駆け抜けた。だんだん頭が冷えてきた。このまま走り続けたってどこにもたどり着けない。観念して家に帰るか、腹を据《す》えて身の振り方を考えるか、どちらかしかない。

公園が目に入った。その前がやや広くなっているので、車を寄せて停めた。

運転席の背もたれによりかかって天井を見上げた。気持ちを落ち着かせるために深呼吸をする。そうやってしばらく頭を冷やした後、バッグを引き寄せた。くたびれたバッグの口を開いて中身を見た。財布と手帳、ハンカチとティッシュ、目薬とハンドクリーム、免許証入れ、畳んだエコバッグが二枚。それから透明な蓋《ふた》付きの小瓶。中に入っている黒い欠片《かけら》が透けて見えた。沙代子はバッグの中を掻《か》き混ぜた。スマホがない。思わず舌打ちをした。そうだった。流しの上に置いたままだった。


車の中でじっと天井を見詰めていた。どれくらいそうしていたか。

我に返ってハンドルに顎《あご》を乗せた。

車の横を、酔客が大声を出しながら歩いていった。そのうちの一人が、無遠慮に窓から中を覗いた。そして、ピンクのラパンに乗る小太りの中年女に気づくと下唇を突き出した。少し行ったところでわっと笑い声が上がったから、場違いなところに、似合わない車に乗った不細工な女がいたことを話題にしたのかもしれない。

ここは繁華街というよりも歓楽街といった方がいい場所だと、初めて気がついた。沙代子が足を踏み入れることのないところだ。俊則なら、帰りの遅い晩などにこういうところで飲んでいるかもしれない。夫には愛人がいる。愛人は歓楽街の店で働いているらしい。この辺りの店に出ているのだろうか。ぼんやりとそんなことを思ったが、特別心が揺さぶられることもなかった。ないがしろにされるのには慣れている。愛人と張り合う気持ちもさらさらなかった。

沙代子はのろのろと車を出した。まだ心は決まっていなかった。とにかく、歓楽街からは抜けようと思った。幹線道路を少し走らせた時だった。

歩道から車の前に、いきなり人が飛び出してきた。ライトに照らし出されて、驚いて運転席を見たのは若い女性だった。沙代子の喉から細い叫び声が飛び出した。それと同時にブレーキを踏んだが、間に合わなかった。

軽い衝撃音と同時に、女性の姿が消えた。バンパーにぶつかって倒れたのだ。それを理解するのに、わずかな時間が必要だった。たぶん一秒にも満たない時間だ。沙代子はドアを押し開いて外に飛び出した。脚はガクガクと震えていた。車の前にさっきの女性が倒れていた。まるで実感がなかったが、人身事故を起こしてしまったのだ。

「だ、大丈夫ですか？」

かすれた声をかけ、助け起こそうとした時、女性はがばっと起き上がった。

「大丈夫なわけないじゃん！」

「すみません」

さらに体まで震えが広がった。こういう時にはどうすべきか。警察を呼ぶのか救急車を呼ぶのか。それから保険会社にも連絡するのか。

そんなことを働かない頭で考えて立ちつくしている沙代子を尻目に、女性はラパンの助手席のドアを開けた。

「あの――」

呆気に取られる沙代子を無視して、女は助手席に滑り込んだ。

「早く車を出して！」

切羽詰《せっぱつ》まった様子で怒鳴ってくる。何が何だかわからないうちに、沙代子は運転席に乗り込み、シートベルトを引いた。手が滑って、金具が差し込み口に入らない。焦る沙代子の隣で、女性は盛大に舌打ちをした。

「早く！　あいつらが来る！」

あいつら？　シートベルトを装着し、ハンドブレーキを下ろしてその場を離れた時、歩道に男が現れた。何かを叫んでいる。黒っぽい服装の三人ほどの男性だ。流れるように後ろに消えていく男たちの様子をじっくり見る暇はなかった。助手席の女は、振り返って彼らの方を見ている。バックミラーに、暗闇の中を走って追いかけてくる男たちが映っていた。

「もっとスピードを出して！」

言われるままに、アクセルを踏み込む。女性は後ろを観察し、駆けてくる男たちが諦《あきら》めて立ち止まる様を見ていた。シートベルトをするように警告する音が、車の中に響いている。男たちから逃げ切ったと確信すると、女性は愉快そうに口を開けて笑った。そしてやっとシートベルトを締めた。

「あの――病院に行きますか？」

沙代子の問いかけには「は？」と目を剝《む》いた。

「だって、あの、車にぶつかったわけだから」

ああ、そういうことか、というふうに女は首を振った。そして初めて沙代子をまじまじと見てきた。

「怪我、してないですか？」

重ねて問うと、今度は自分の体を点検するみたいに手足を動かしてみる。

「さあね。してるかもね」

たいした怪我はないようだが、そんなことを言ってくる。全力疾走してきたのか、肩で息をしている。

ようやく沙代子の動悸《どうき》も治まってきた。横目で女の様子を観察した。長い付け睫毛《まつげ》に重たそうなマスカラ。目の周りをくっきりとアイライナーで囲い、唇も赤い。完璧に施してあったはずのメイクが崩れかけている。栗色の髪の毛を盛り上げて結い、てらっとした素材でできたグリーンのドレスの上に黒いカーディガンを羽織っている。派手ななりだ。要するに典型的な夜の女。

膝の上に置いた大ぶりのバッグを開いてガムを取り出すと、嚙み始めた。助手席に置いてあったはずの沙代子のショルダーバッグは、床に落とされていた。女のピンヒールで踏みつけられそうだ。

沙代子がスピードを緩めて道端に寄せようとすると、女は大声を出した。

「ダメ！　もっと走らせて」

「え？　でも――」

「いいから、言う通りにして」

強い口調で命じられ、沙代子はまたアクセルを踏んだ。いったい何が起こっているのだろう。女は動じることなく、あそこを曲がれ、そこを真っすぐ行けといちいち指図する。その間にくちゃくちゃとガムを嚙む音が挟まり、耳障りだ。思考停止状態に陥った沙代子は、言われた通りにハンドルを切った。

「いいわ。ここで停めて」

強い口調で言われて、ブレーキを踏んだ。歓楽街は抜けたようだ。自動車教習所の大きな看板が見える。がらんとしている駐車場のチェーンで封鎖された入り口付近だ。街灯が一本、寂しげに灯っている。白い猫が一匹、その下を通っていった。

「アイタタタ」女はシートベルトを外そうとして、大仰に身をよじった。「肩を打ったわ。さっき転んだ時に」

「えっ？」

「あんたに轢《ひ》かれたんじゃない」

きっと睨《にら》んでくる。

「すみません……」

反射的に謝った。どっと汗が噴き出してきた。轢かれたと言われて、大変なことになったと思い至った。相手はどう見ても夜の商売に就いている女性だ。誰かに追われているふうでもある。到底まっとうな人間とは思えなかった。こんな面倒に巻き込まれるとは思わなかった。すごすごと家に帰り、この顚末《てんまつ》を告げたら、俊則はさらに怒り狂うだろう。どうにか自分だけで処理しなければ。

意を決して沙代子は言葉を継いだ。

「病院へ行かなくちゃ。よく診てもらってください。私、ちゃんと自動車保険には入っていますから。それから警察にも知らせて現場検証をしてもらわないと」

「あそこに戻るって言うの？」

また下品にガムを噛む。

「そりゃあ――」沙代子は無理やり心を落ち着けた。「きちんと双方の言い分を聞いてもらって事故証明をもらわないと、治療費が下りないでしょ」

「双方の言い分？」

尖った声に身が縮みそうになったが、体中の力を振り絞った。

「だって、あなたが道路に飛び出してきたから――」

「あんたね――」

女は乱暴にシートベルトを外して、沙代子に向き合った。

「道路に飛び出した私が悪いっていうの？　もたもたしてブレーキ踏むのが遅れたあんたが悪いんでしょうが」

まくしたてながら、女は沙代子の頭から脚の先までじっくりと観察した。

「ねえ、オバサン」

一瞬言葉に詰まった。オバサン？　この人から見たら、私はオバサンにしか見えないのか。若そうには見えるけど、この人はいくつなのだろう。どうでもいいことばかりが頭の中に浮かんでくる。

「警察なんかに届けるのはやめない？」

「でも――」

「痛いけど我慢はできる。ぶつけたとこだけど」

女は大げさに肩をさすった。この話はどこに向かうのだろう。相手の意図がわからず、沙代子は不安な気持ちになった。

「お金で解決しようよ」

「お金？」

「それが手っ取り早いでしょ？　警察に届けるなんてかったるいことせずに」

そして女は単刀直入にいくら出せるかと訊いてきた。イライラとガムを吐き出し、「今、すぐに」と付け加える。

沙代子はかがんで女の足下からバッグを拾い上げた。中から財布を取り出すが、開ける前からたいした額は入っていないとわかっていた。俊則は決まった生活費しか沙代子に渡さない。今、川田家にどれほど貯蓄があるのか、家のローンが残っているのか。子どもの教育費にどれだけかかっているのか、沙代子は知らない。さらに言うと、愛人にどれだけつぎ込んでいるのかも。

くたびれた財布から一万円札を一枚、千円札を三枚引っ張り出した沙代子に、女は大げさに仰向《あおむ》いた。

「たったそれっぽっち？」

泣きたい気持ちを抑えつけ、声を絞り出した。

「だから、ちゃんと事故処理をしてもらって保険金をもらった方がいいですよ。そのためには――」

「わかった。もういい」

沙代子は急いでお金を財布にしまった。こんな若い女に主導権を握られているかと思うと情けなかった。

「それじゃあ、今日のところは帰りましょうか。また後で連絡を取り合えばいいでしょう」

連絡先を交換しようとして、一気に気持ちが萎《しぼ》んだ。そうだ。スマホを忘れて来たのだった。

「ねえ、オバサン」怯《ひる》むことなく、女が話しかけてくる。

「連絡先を教え合うんだったら名前を聞いておかなくちゃ。オバサンじゃ不便だしね」

さすがにむっとした。沙代子の表情など気にすることもなく、女は続けた。

「私、亜弥奈《あやな》っていうの。北宮《きたみや》町の『バタフライ』ってお店に出てる」

北宮町は、さっきの歓楽街の町名だ。「バタフライ」とはキャバクラだという。道理で派手な格好をしていると思った。

沙代子も自分の名前を教えた。

「亜弥奈さん、名字は？」

勇気を振り絞ってそう尋ねた。沙代子にしては上出来だ。店の名前も聞いたけれど、どうにもごまかされているような気がしたのだ。

「城本《しろもと》」

彼女は投げつけるように一言答えた。

「城本亜弥奈さんね。北宮町の『バタフライ』というお店にお勤めの」

念を押すと、キャバクラ嬢は大仰にため息をついた。

「亜弥奈はお店に出た時の名前。本名は紫苑《しおん》。城本紫苑」

「城本紫苑さん……」

頭に刻みつけるように繰り返す沙代子を、紫苑は不機嫌そうな顔で見ている。亜弥奈だろうと紫苑だろうと、似通った名前だ。真実を語っているのかどうか疑わしい。

「あの、身分証明書とか、あります？」

紫苑はバッグを探ってパスケースから運転免許証を引っ張り出した。

「ほら」

面倒臭そうに運転免許証を沙代子の目の前に突き出した。免許証の名前は確かに城本紫苑となっていた。生年月日は平成七年四月十三日。ということは、今年二十八歳か。沙代子は素早く計算した。目の前のこってり濃い化粧の紫苑からも、運転免許証に表示されたすっぴんに近い顔からも、実際の年齢は沙代子には推測できなかった。こんな年齢の女性とも、こんな職種の女性とも接点がなく生きてきたのだ。

促されて沙代子も自分の運転免許証を見せた。「仕事は？」と問われて「仕事はしていない。専業主婦です」と小さな声で答える。

「これでお互いの身元はわかったわけね。気が済んだ？」

沙代子は小さく頷《うなず》いた。

「それじゃあ――」

紫苑はパスケースをしまい、今度はスマホを取り出した。

長く伸ばした爪に、ラメが入ったオレンジのマニキュアを塗ってある。爪先はベージュで、ストーンがいくつかくっついていた。こんな爪で、どうやって家事をするのだろうと考え、こんな人は家事なんかしないのだと思い直す。

連絡先を交換しようと言われて狼狽《ろうばい》した。当然の成り行きではある。交通事故の当事者どうしが連絡先として携帯番号を教え合うということは。仕方なく携帯電話を持っていないことを告げる。

「え？　嘘でしょ？」

まるで異星人でも見るような目で見返してきた。慌てて家に忘れてきたのだと付け加えた。だけど、その番号を教えるわけにはいかない。家で鳴る沙代子のスマホを取り上げる俊則の姿を思い浮かべると、ぞっとした。勝手に飛び出していって、事故を起こしたと知られたくなかった。同じ理由で自宅の固定電話の番号も教えられない。ちょっと事情があって家を出ているので、ともぞもぞと伝えると、紫苑は疑わしそうに目を細めた。車の事故を起こしておきながら、逃げるつもりかと思われても仕方がない。

その時、紫苑の手の中で着信音が鳴った。今流行りの歌なのか、やたらと耳障りな音楽だった。紫苑はさっとドアを開けて外に出ると、スマホを耳に当てた。

「あ、竣《しゅん》。うん、今、大丈夫」

さっきまでのドスのきいた声とは違って、やや丸い声を出す。ラパンから二歩、三歩遠ざかって相手と話している。今、車を出したらうまく逃げられるんじゃないか。ふとそんな思いに囚《とら》われた。思った先から、そんなことできるはずがないと否定した。抜け目なさそうな紫苑のことだ。とっくに車のナンバーは記憶しているだろう。憶えていないにしても、ここで逃走したら、立派な轢き逃げ犯になってしまう。

愚かなミスから犯罪者になった妻を、夫は許そうとはしないだろう。ここに至っても、川田家の呪縛から解き放たれることはないのだとうんざりしてしまった。そして常にそのことを気にしている自分にも嫌気が差した。どこまでいっても、いつまで経っても自分のこの性格は変わらない。

ため息を一つついたところで、紫苑の声が耳に入った。

「わかった。それを持ってくればいいのね。それを取ってきて、竣のところに届けるよ。うん、うん。大丈夫。場所はわかった」

闇の中に、紫苑の白い顔がぽっと浮かんでいる。通話を終えた彼女が近づいてきた。助手席に座ってシートベルトを締めると、当然のように命じた。

「車、出して」

「え？」

「もう鬱陶《うっとう》しいんだよ。いちいち『え？』だの『でも』だの。黙って私の言う通りにしてよ、オバサン」

名前を教えたのに、わざとそう呼んでくる。ぐずぐずしている沙代子に嚙みつくように言う。

「仕方がないじゃん。あんたは連絡先を教えられないって言うんだから。ちゃんとしたものをもらうまでは、離れるわけにはいかないでしょ」

続けて「早く車を出して」と声を荒《あら》らげた。

考える間もなかった。またしても紫苑が指示を出す通りに車を走らせた。沙代子の見覚えのある場所にも出くわし、だんだん土地勘が戻ってきた。市内の南側を流れる一級河川の堤防に沿って車は走っているようだ。それから幹線道路に出た。スポーツ公園の方に向かっている。空に半月が出ていた。春のおぼろな月だ。

スポーツ公園には、まばらに人が歩いていた。煌々《こうこう》と灯っているのは、野球グラウンドを照らす照明だ。深夜のように思い込んでいたが、まだ九時過ぎであることに、沙代子は気がついた。体育館やグラウンドで練習をしていた人々が引き上げてきているようだ。駐車場にもまだかなりの数の車が停まっていた。

紫苑は、駐車場の一角に車を停めるよう指示した。

「あそこにソテツがあるでしょう？」

紫苑が指差す方向を見やる。反射的にコクンと首を縦に振った。体育館の脇に何本かのソテツが植えてあった。一本一本がかなり大きい。暗い中にすっくと立ったソテツは、ツンツンと尖った葉のついた枝を上に伸ばしていた。かろうじて体育館からの光が届いていたから、その様子はわかった。

「右から五本目のソテツの向こう、柵との間にバッグが置いてあるの。それを取ってきて」

「は？」

紫苑がじろりと横目で睨んだ。

「何で私がそんなことを――」

「黙って言われた通りにすればいいのよ。それぐらいしたっていいでしょ？　あんた、私に怪我をさせたわけだから」

到底怪我をして弱っているふうには見えない態度で、紫苑は迫ってくる。

「早く行きなさいよ。簡単なことじゃん」

そう言われて沙代子はのろのろと車を降りた。疫病神のようなキャバクラ嬢からどうにかして逃げたかった。

くたびれたローファーの裏が、固いコンクリートを踏んだ。その途端、沙代子は駆けだした。駐車場を飛び出して、石畳の遊歩道を走る。すぐに息が上がった。体が重い。足がもつれてよろめいた。その途端、急に体が反り返った。誰かが沙代子のチュニックの裾《すそ》を引っ張ったのだ。誰だか振り向かなくてもわかった。バランスを崩した沙代子は、その場に倒れ込んだ。

手をつく間もなく、無様に顔から粗く削った石板の上に落ちた。痛さに呻《うめ》いた。

「ちょっと！　どこへ行くのよ」

紫苑も肩で息をしている。体を反転させて上を向くと、鬼のような形相の紫苑の顔が見えた。沙代子を見下ろす彼女の肩越しに、半月が浮かんでいた。

「ここで逃げたらあんたは轢き逃げ犯になるんだからね」

声が出ない。頭も働かない。轢き逃げ犯という言葉だけが、頭の中でぐるぐる回った。石畳に擦《す》りつけた顔も、したたかに打った膝も痛い。突然、涙が出てきた。鼻水と涙とで顔がどろどろになった。喉の奥から「グゥーッ」というおかしな音が出た。

紫苑は、いきなり泣き始めた中年女にぎょっとしたようだ。

「うへっ」

顔をぐちゃぐちゃにして、子どもみたいにしゃくり上げる沙代子に怯んでいる。自分がどんな醜い顔をしているかは、だいたい想像がついた。頰に擦り傷ができて血が滲み、だんご鼻は真っ赤になっていることだろう。しかしキャバクラ嬢は容赦《ようしゃ》がなかった。

「私が取りに行かなくてよかったわ。そんなことしたら、あんた、車で逃げてしまうところだった。ちゃんと責任を取ってもらわないとね。いい？　さっさと言われた通りにして」

沙代子が袖で顔を拭うのを、冷たく見詰めている。チュニックの裾をまだしっかりと握ったままだ。絶対に逃がすものかといわんばかりだ。ずん胴の体形を隠すために着ているぶかぶかしたチュニックの裾は、さぞ捕まえやすかっただろう。

半身を起こして見回すと、自分の車がすぐそこに見えた。たいして遠くまで走ってはいないということがわかった。自分では全力疾走したつもりだが、若い紫苑がたやすく追いつけるスピードでしかなかったわけだ。体育館の近くで、何人かが笑い声を上げた。遊歩道は暗がりになっていて、こちらに注意を向ける人はいなかった。

全身の力が抜けた。自分の身の上に起こっていることが現実とは思えなかった。もう何も考えられない。惰性でゆらりと立ち上がる。

紫苑は沙代子が立ち上がるのを待って、ようやく手を離した。そしてラパンに向かって歩いていき、助手席に乗り込んだ。ドアは開けたままにしてある。沙代子が逃げ出したら、すぐに追いかけられるように。沙代子はゆっくりと車に背を向けた。

駐車場を横切り、体育館に向かって歩く。体育館の扉から中が見えた。バレーボールの練習を終えた人々が、ネットや道具を片付けている。ソテツの周辺に人はいなかった。いったい誰がこんなところにバッグを置いたのか。うっかり忘れたというような置き方ではない。

五本目のソテツに近寄りながら沙代子は考えた。ソテツはコンクリートで固められた囲いの中に植えられていたから、沙代子は大きく脚を開いて囲いを越えなければならなかった。膝がずきんと痛んだ。囲いは地面からは一メートルほど高い。ソテツの裏を覗いてみる。紫苑が言った通り、そこに黒いボストンバッグが置いてあった。

ファスナーが閉じられたそれを、沙代子は持ち上げた。ずっしりとした持ち重りを感じる。何が入っているのか知らないが、早くこれを紫苑に渡してしまいたい。それから何とか話し合いをして、この苦境から抜け出すのだ。

沙代子は一度、バッグをコンクリート囲いの縁に置き、先に飛び下りてから持ち手を引っ張って下ろした。中身がずれて、ごろっと動くのがわかった。

日が暮れてからこんなことをしている自分が信じられなかった。漫然と運転して歓楽街に入り込み、飛び出してきたキャバクラ嬢と接触してしまうという不運に見舞われた自分を呪《のろ》った。

重たいバッグを提げて戻ってきた沙代子を、紫苑は不機嫌な顔で迎えた。

「何をのろくさいことやってんの？」

俊則や友江の口調が蘇《よみがえ》ってきた。動作の鈍い沙代子は、どこへ行ってもこういうふうに罵《ののし》られるのだ。

「ええと――。じゃあ、もう降りてもらえます？」

運転席に腰を落としながら、沙代子はバッグを抱え込んだ紫苑に言った。何がなんでもそう言おうと、戻って来ながら考えたのだった。

紫苑が目を見開いた。重たげな付け睫毛がばさりと持ち上がる。

「バカじゃないの？　あんた。こんな辺鄙《へんぴ》なところで降ろされたら困るでしょ？　これを竣のところに届けなきゃ」

「竣？」

また相手の言葉を反復してしまう。

紫苑にこのバッグを取りに行くよう頼んできた相手は、さっきの歓楽街で働くホストだという。キャバクラ嬢といい、ホストといい、沙代子の生活からは遠くかけはなれた存在だ。紫苑は桐木《きりき》竣という名の男のことをしゃべり続ける。「シルバーフォックス」という名のホストクラブは、この街でも知られた店で、竣はそこのナンバー5から3の間を行ったり来たりしているという。紫苑は彼にぞっこんで、キャバクラが閉店してから毎晩のように通っているらしい。

「店には愛之介《あいのすけ》っていうダサい名前で出てんの。あいつがぱっとしないのは、あの名前のせいかもしんない。年ももう三十を超えてるしね」

お気に入りのホストのことになると、急に口が軽くなった紫苑を、沙代子はぼうっと見ていた。

それほど入れあげている彼からの願いなら、おかしな依頼でも二つ返事で引き受けるだろうということだけはわかった。どうやら竣というホストも、誰かにバッグを取ってくるよう頼まれたようだ。ひとしきり話してしまうと、紫苑はバッグをポンポンと叩いた。

「それ、何が入っているの？」

つい問うてしまう。あまりの重さに、ちょっとだけ興味が湧いた。

「さあね、竣は絶対に中身を見るなって言ったけど――」

紫苑もやっとバッグの中身に気持ちが向いたようだ。

「彼、もてるからね。いろんなことを頼まれるのよ。この前なんかね、指に切り傷ができた奥様に、傷テープを買ってくるように頼まれたんだって」

アハハと大口を開けて紫苑は笑った。目元に細かな皺《しわ》が寄っていた。二十八歳にしては細かいところから老けた印象を受ける。

奥様は竣をよく指名してくれる上客なので、竣は断れずに傷テープを届けたそうだ。ここのところ、竣にたいそうな売り上げをもたらしてくれる派手目の奥様らしい。ところが初めて家を訪ねてみると、郊外の古びた建売住宅に住んでいた。それもどうやら独身のようだ。竣に惚れこんで、パートで稼いだ金や親から相続した金をすべてつぎ込んでいたのがわかった。店に来る時とは大違いの地味な格好で出てきた彼女に、家に引っ張り込まれそうになって、竣はほうほうの体で逃げてきたという。

そういうエピソードを、紫苑はいかにも楽しそうに語った。自分が竣の本命なのだと知らしめたいのだろうか。そんなことは、沙代子にはどうでもよかった。紫苑を黙らせ、バッグごとどこかに放り出したかった。

「じゃあ、それもそんなお客さんから頼まれたの？」

そのホストのところへこれを届けたら、自分を解放してくれるのだろうか？　だんだん機嫌のよくなってくる紫苑の気まぐれを祈った。

「そうね。そうかもしれない。きっとバカげたものが入ってるのよ」

クスリと笑いはしたが、不機嫌さも混じっている。紫苑がライバル視している竣の顧客たちの顔が浮かんだのかもしれない。

「まったく――。こんな重いものを取りに行かせるなんて」

ぶつぶつ文句を言いながら、ファスナーに手をかける。

「いったい誰に頼まれたっていうのよ」

紫苑はさっとファスナーを引いた。

ぱっくりと開いたバッグの中身を、紫苑と沙代子は覗きこんだ。離れたところに立つナトリウム灯がオレンジ色の光を投げかけてくる。そのぼんやりした光がバッグの中身を照らしだしていた。

バッグの中には、帯封《おびふう》が掛けられた札束が数十個、無造作に転がっていた。

2

二人は顔を見合わせた。紫苑はぽかんと口を開いていた。きっと自分も同じ顔をしているだろうなと沙代子は考えた。二人同時にもう一回、バッグの中身を確かめる。間違いない。これは現金だ。それも大量の。

紫苑は素早くファスナーを閉じた。体育館から練習を終えた連中がぞろぞろと出てくるところだった。ママさんバレーの面々なのか、若い女性からかなりの年の女性までが、賑やかにおしゃべりしながら駐車場に向かって歩いてきた。

「出して。早く」

今度は躊躇しなかった。ママさんバレーのメンバーたちを避けて、ラパンは駐車場の出入り口から外に出た。バックミラーに、グラウンドの照明が明るく映っていた。沈黙したまま車を走らせ続け、スポーツ公園から離れた。夜の空を照らしていた照明も見えなくなった。

「いいわ。そこで停めて」

紫苑の指示にも素直に従った。起きていることがよく理解できなかった。

前に通った一級河川の土手下。川遊びをする人のための駐車場があるが、今は一台も停まっていない。街灯もない。住宅も近くにはなかった。

紫苑が手を伸ばして車内灯を点《つ》けた。それからゆっくりと膝の上のバッグを開く。さっきと同じ光景が現れた。もしかしたら幻を見たのかも、と思っていた沙代子は、さっきと同じように口を半開きにした。

紫苑がバッグに手を突っ込んで、札束を取り出す。見たところ、使い古された札のようだ。紫苑は、札束を数え始めた。彼女の口の中で数が呟《つぶや》かれている。現実味のない感覚で、沙代子はそれを聞いていた。

「三十ある」

囁《ささや》くような紫苑の声。

三十――。百万円の束が三十。このバッグの中には三千万円が入っていたのだ。

「ちょっと待って」

沙代子は何も言っていないのに、紫苑が手を上げて制した。沙代子はごくりと唾を呑み込んだ。その音が車の中に響き渡るような気がした。

周囲は静かだ。土手の向こうの河原に吹き渡る風の音がかすかにするだけだ。空にはいくつかの星が瞬《またた》いていた。春に見える星座は何だったっけと考えを巡らせたが、一つも思い浮かばなかった。

「ねえ」ようやく紫苑が声を発した。

「これ、二人で山分けしない？」

その言葉が意味するところを理解するのに、少しだけ時間がかかった。その間にも、紫苑は畳みかける。

「千五百万ずつ。どう？」

ゆっくりと頭を回して助手席を見やった。紫苑が身を乗り出していた。必死の形相だ。崩れかけた化粧がさらに切迫感を与えている。

「これさ、たぶん竣がお客さんから頼まれたんだよ。どっかの本物の金持ち」

そういう客もたくさん竣にはついているんだと、紫苑は早口で説明した。「シルバーフォックス」のナンバー1ともなれば、マンションや外車を買ってくれたりする客がいるのだという。大病院の奥様や、成功した女性起業家とか、と急いで付け加える。

「そういう人にとってはこんな金、はした金なんだ」

「そんな――」

勝手な解釈に反論しようとしたが、家事だけに専念してきた沙代子には無理なことだった。ましてや水商売の世界のことなど、まったくわからない。

「どうせ竣にやるつもりだったんだ。なくなったってたいして困らない金」

紫苑は決めつける。

「でも、私たちにはそうじゃない」

囁くような声。

私たち？　沙代子はバッグをもう一回見詰めた。紫苑が身を乗り出したために、バッグの口が塞《ふさ》がってしまっていた。

紫苑はさっと体を起こした。そしてフロントガラスに向き合って、淡々と語りだした。さっき道路に飛び出したのは、借金取りに追われていたからだ。竣のところに通って、彼の売り上げに協力してやるためには、キャバクラで働いて得る以上の金が必要なのだと。おだてられてつい高い酒を次々に注文し、店にも結構な「つけ」が溜まっている。それでも足りずに店から紹介された「ちょっとヤバいところ」から金を借りた。嵩《かさ》んだ借金の利息を払うだけで必死なのだ。

「そんな借金を払うために？」

他人の金を盗むのかという言葉が喉につっかえた。

「その他にもいろいろと事情があんのよ」

紫苑はぷっと頬を膨《ふく》らませた。その横顔に、隠しようもない疲れが滲み出ていた。それきり、紫苑は黙り込んだ。沙代子も彼女と同じように暗いフロントガラスに向き合った。

そうだ。私にも事情はある。沙代子は数時間前のことを思い出した。

俊則に怒鳴り付けられ、縮み上がった沙代子を、子どもたちが冷ややかに見ていた。友江も同じだった。家族全員の前であんなに罵倒《ばとう》されなかったら、沙代子も家を飛び出すなんてことはしなかったはずだ。夫に怒鳴られるのには慣れていた。すぐにかっとなるタイプだということは重々承知していた。沙代子はただただ黙って耐えているだけ。子どもたちも友江も、そういう場面は何度も見ているのだった。

だが、今日は俊則が怒り狂った理由が特別だった。

沙代子の実家である小さな印刷工場が倒産したのだ。父が若い頃に始めた印刷工場だったが、大手の印刷会社に客を持っていかれて経営はどんどん苦しくなっていた。そもそもパソコンやプリンターが普及して、印刷業自体が縮小気味なのだ。父は数年前に借金をして製本印刷機械を導入した。それが裏目に出た。父の小さな印刷工場は、地元に密着したフライヤーやPR誌、ポスターなどを地道にこなしていたのだ。製本機械を入れたからといって、急にそんな依頼が入ることはなかった。そしてとうとう倒産してしまった。

そのことは数日前に夫には告げていた。そして今日、実家が背負った負債を、少し肩代わりしてもらえないかと申し出たのだった。俊則が帰って来て、寝室で着替えている時に頼んでみた。込み入った話なので、二人だけの時に持ち出した。家族には聞かせたくなかった。

それなのに、俊則は外したネクタイをベッドに叩きつけたと思ったら、どしどしと足音も高くダイニングに出ていってしまった。仕方なく沙代子も後に続いた。夫はわざとそうしたのだ。母親や子どもたちに聞かせるために。

「何だってお前の実家の借金を、うちが払わなくちゃならないんだ」

食事を済ませ、くつろいでいた友江や子どもたちが、顔を上げて沙代子たちの方を見た。それだけで沙代子の顔はかっと熱くなった。

「あの……、少しお借りできないかということなの。今、大変なので。父はきっとお返しすると言っているし」

鼻を思い切り膨らませた俊則は、「ふんっ」と大仰に息を吐いた。

「返せるもんか。だいたい、工場の経営がうまくいかなかったのは、お前の父親が無能だからだろ。信用できん」

「工場の方は諦めると言ってるの。だけど、家も抵当に入っていて、銀行に少しでも入れないと差し押さえにあうって――」

「知ったことか！」

俊則は吐き捨てるように言った。テーブルの前にどかっと座ったが、沙代子が用意した食事には手をつけようとはしない。事情が読めた友江も口を挟んできた。

「沙代子さん、そうやってあなたの実家にお金を入れる義理はうちにはないわ。どうせ潰《つぶ》れてしまうんでしょ？」

冷たく見返されて、沙代子は言葉に詰まった。

姑は、初めから沙代子が息子の妻になるのは気に入らなかった。ただ、子どもの面倒をみて、家事をしてくれる人物は欲しかった。それで俊則と見合いをした沙代子を受け入れた。沙代子が三十九歳の時だった。俊則は十歳年上だった。ある企業の小さな社員食堂で調理師として働いていた沙代子は、それまで恋愛経験もなく、自宅と職場を往復するだけの地味な生活を送っていた。独身を続ける一人娘のことを心配して、父の知り合いが持ち込んできた縁談だった。

「沙代ちゃん、向こうは再婚だし子どももいるし、気には入らないだろうけど、あんたにはいい話だと思うよ。なんせ、光洋《こうよう》フーヅファクトリーの総務部長さんだもんね」

あんたには、これぐらいが妥当なんだよ、と言い含められている気がした。

父も母もこの縁談に乗り気になった。なら、それが一番いいのではないかと自分に言い聞かせた。このまま実家にいるのが申し訳ない気持ちもあった。その頃から印刷工場の経営がうまくいってない気配はあった。特に何かを言われたわけではないのに、いつまでも実家に居座るわけにはいかないと思い込んでしまった。

今さら悔いても仕方がない。俊則と結婚すると決めたのは自分なのだから。川田家の面々が、沙代子にまずまずの対応をしてくれていたのは、半年ほどだった。思春期の長男、傑《まさる》と長女の美晴《みはる》は初めからよそよそしく、次女の由芽も新しく来た「お母さん」に早々に興味を失った。友江は、家事一切を沙代子に押し付けて、そっぽを向いた。

一番落胆したのは、夫の俊則に対してだった。彼にはその時から愛人がいたのだった。問い詰めることもできないでいるからよく知らないが、どうやら水商売の女らしかった。沙代子と結婚したのは、総務部長という地位にいる自分の体裁を整えるためだった。

東海地方、内陸部に位置する人口二十四万人の地方都市においては、安定した企業である光洋フーヅファクトリーの部長職にある自分が、いつまでも独身でいるわけにはいかないと思ったのか、地方では、そういうことが出世に影響するのか、世情に疎《うと》い沙代子にはよくわからない。

結婚と同時に仕事をやめて家庭に入った沙代子は、川田家の家政婦のようなものだった。横暴さを隠そうともしなくなった夫は、おっとりしていて感情表現も薄い沙代子を蔑《さげす》み、よく怒鳴りつけた。

「お前はどうしてそんなに鈍いんだ。不愛想にもほどがある。そんなんじゃ、会社の付き合いもできやしない」

「ごめんなさい」

自分が折れていればいいのだと学習した沙代子は、それが口癖になった。とにかく争いごとが嫌なのだった。それは幼い頃から身に着いた性情だろう。

友江や子どもたちが、それに倣《なら》って「のろま」だとか「能面」だとか陰口を叩いているのも知っていた。ただ、夫も含めて彼らが沙代子を認めているのは、料理の腕だった。長年、調理の仕事に就いていただけあって、沙代子の料理の腕は確かだった。てんでに食卓に着き、「いただきます」とも言わず、家族は食事を始める。無表情ではあったが、たいてい残さず食べてくれた。

「美味しい」と言ってくれるのは由芽だけだったが、それでも、そんなあり様がぎりぎり沙代子を川田家につなぎとめていた。家族の方も、料理人としての沙代子を手放したくないと思っていたはずだ。沙代子のたった一つの取り柄だけは認めてくれている。ならそれでよしとしよう。そう自分を納得させた。たとえ家政婦の延長だとしても。

だが、それももう終わりだ。

「借金まで押し付けられるんだったら、お前と結婚するんじゃなかった。初めっから気が進まなかったんだよ。それを肥田《ひだ》さんにごり押しされたから」

そんなことを俊則は子どもたちの前で吐き捨てたのだ。肥田というのは、俊則に縁談を持ってきた取引先の人物の名前だった。美晴が顔を伏せてくすっと笑った。友江もとりなすどころか、加勢した。

「まあねえ、沙代子さんは口下手だし、何を着ても似合わないし。お料理だけは上手だけど、それだけじゃあねえ」

そして決定的なことを口にした。

「薫《かおる》さんの方がまだましだったわね」

薫は俊則の前妻で、離婚理由のことは誰も言わないが、だいたいの想像はついた。おそらくは俊則の女性関係と、この陰湿で傲慢《ごうまん》な性格だろう。こういうところに嫌気がさして、元の妻は出ていったに違いない。どんな人かは知らないが、三人の子どもを置いて出ていった人と比べられたことがショックだった。

「薫のことなんか出してくるなよ」

俊則がそう言ったのは、沙代子に気遣ったわけではなく、前妻のことを苦々しく思っているからだろう。だが、友江は平然としたものだった。

「あら、そう？　だって薫さん、人付き合いはよかったじゃない。あなたの会社関係だって、近所の人とだって。まあ、美人だったからね。向こうもちやほやしてくれたんでしょうよ」

顔を上げて、ちらりと沙代子に一瞥《いちべつ》をくれた。その視線には、「あなたの見かけだけはどうしようもないわね」という意味が含まれているような気がした。

「うるさいな。もうあいつのことはいい」

俊則はバンとテーブルを叩いた。

「とにかくお前の実家を援助する気はないからな」真っすぐに沙代子を見据えてそう言った。「親に頼まれたんだったら、俺がそう言っていたとはっきり伝えろ。娘を使って金をせびるなんて無節操な親だ」

沙代子の頭は真っ白になった。ここまで言われる筋合いがあるだろうか。この六年間、曲がりなりにも川田家のために尽くしてきたと自負していた。夫に蔑《さげす》まれ、姑に疎まれ、子らに無視されても、ここだけが自分の居場所だと言い聞かせてやってきた。一度も不満を口にしたことなどない。それをこの人たちは、私が無能で、意見など持ち得ない動物のような存在だと軽んじていたのだ。それがいよいよはっきりした。

それに自営業を実直に細々とやってきた両親まで、これほどこき下ろすとは。

今頃、実家では、両親が借金をどうやって返そうかと頭を悩ませているに違いない。債権者に詰め寄られているかもしれない。

父はともかく、母の千鶴《ちづる》は精神的に問題を抱えた人だった。物事を必要以上に大げさにとらえ、自分勝手な解釈をしたり、妄想に囚われたりする。挙句《あげく》、感情をコントロールできなくなって、さらに自分を追い込んでしまうのだ。

「沙代ちゃん、どうしよう。お父さんの会社が潰れちゃった。どうしよう」

完全にパニックに陥った千鶴が、そんなふうに電話してきた。沙代子が事情を聞き出そうとしても、感情的になっていてうまく説明ができない。すぐに父が気がついて、母から受話器を取り上げ、

「大丈夫だから。こっちでなんとかする」と言い、詳しい経緯を落ち着いて話してくれた。その後ろで、千鶴の甲高《かんだか》い嘆き声がしていた。

子どもの頃から母の性情はわかっているはずなのに、彼女の混乱と悲愴は、すぐに沙代子にも伝染した。何をしても手に着かない。どうにかして家だけでも残す算段ができないものか。両親は今まで骨身を削って働いてきたのだ。あの年で、住む家がなくなるような状況からは救ってやりたかった。

少しでも助けになりたいと夫に頼んでみたのに、家を飛び出して夜の街をさまよっているとは。やっぱり自分は何の役にも立たない。


千五百万――。それだけあれば、実家の借金はだいぶ楽になるだろう。家も手放さなくていいかもしれない。川田の家に頼らず、清算ができたら。そこまで考えて沙代子は激しく頭を振った。バカげた考えを振り払おうとした。

沙代子の反応を見た紫苑がまた口を開く。

「竣には、取りに行ったけど、バッグなんかなかったって言うわ。たぶん、誰かが拾って持っていったんじゃないかって。それ、あり得る話だよね。まったく人がいないわけじゃなかったんだから」

頑《かたく》なに口をつぐんだままの沙代子を説得にかかる。

「それならこうしよう。あれはなかったと言って、ちょっと様子を見るの。持ち主が諦めるかどうか。もししつこいようなら、正直に謝って差し出すっていうのは？」

そんな甘い方法が通用するとは思えなかった。だいいち、紫苑は金の出所を、ホストクラブの顧客だと決めつけているが、そうでないかもしれない。いや、そっちの方が可能性が高い。もし犯罪に絡んだ金だったらどうするのだ？

「ね？　ね？　いい考えだと思わない？」

底抜けの楽観主義者か頭の弱いキャバクラ嬢か。その両方かもしれないけばけばしい女に言い募られ、沙代子はおどおどと視線を泳がせた。

「ちょと！　どうすんのよ。はっきりしてよ」紫苑は態度を変えた。

「あんたは私を轢き殺そうとしたんだからね。それを忘れないでよ。治療費も一円ももらってない。お金も満足に持っていないいし、携帯電話だって持っていない。誰かに助けを求めようともしない。つまり胡散臭《うさんくさ》い人物だってことよ」

痛いところを突いてくる。

「あ、あなたが飛び出してきたんじゃない」あまりの言いように、沙代子も黙ってはいられなかった。「私はちゃんと病院へ行こうっていったのに」

「とにかく――」

紫苑は軽く咳払いをした。

「こういうことよ。今、私たちの前には三千万円がある。竣に頼まれてこれを取ってきたのは私たち」

紫苑はやたらと「私たち」を連発した。

「ただのお使いのようにこれを相手に渡す手はないわよね。だって実際に働いたのは私たちなんだから。これがどういう背景を持つ金か知る権利はあると思うわ」

無理やりこじつけた理由を彼女は説明した。実際に働いたのは、私だ、と沙代子は心の中でだけ反論した。ここまで運転してきて、ソテツの下からバッグを拾ってきたのは私なのだ。紫苑はじっと車の助手席に乗っていただけ。

「あんたが心配してんのは、これがヤバい金かどうかってことでしょ？　それを調べてみる価値はあると思わない？」

紫苑の言い分には、まったく同調できなかった。だが、彼女が提示した金額は魅力的だった。

「もしさ、そういう金だったら、警察に通報すればいいじゃん。そうしたら、私たちは金をネコバしたんじゃなくて、警察の捜査に協力した善良な市民てことになるよね」

どこからどう見ても、「善良な市民」には見えないキャバクラ嬢は、沙代子を説得しようと躍起になっている。

「だから、まあ、それまで預かるっていうか……」

だんだん尻すぼまりになる紫苑の言葉を、沙代子はろくに聞いていなかった。

――娘を使って金をせびるなんて無節操な親だ。

――薫さんの方がまだましだったわね。

数時間前に聞いた言葉が頭の中で反響していた。

「そ、それなら――」沙代子は急いで息を吸い込み、その反動で噎《む》せた。

「少しだけ様子を見るってことね。ちょっとでも、そのう――」

知り合ったばかりの人物と、こんなふうに込み入った話をすることはなかった。うまく言葉が出てこない。頭が混乱して、顔がかっと熱くなる。

「怪しい方向に行くようなら、警察に届けて事情を話すということで。それなら——いいわ」

それだけ言うのに、相当のエネルギーを要した。

口にしたものの、自分の考えがまとまったわけではない。紫苑の膝の上に目が吸いつけられた。

わかっているのは、ここにどんなにあがいても到底手にすることができない現金があるということだ。お金が欲しかった。純粋な理由はそれだ。純粋過ぎて眩暈《めまい》がしそうだった。夫にも川田家にも頼らないお金が欲しい。そう希求した時に、目の前に大金が転がり込んできたのだ。これは偶然だろうか？

「わかってるじゃん！」

紫苑の顔に、満面の笑みが浮かんだ。この人も単純明快過ぎる。現金というものの前では誰しもこうなるのだろうか。さっきまでこの状況から逃げることだけを考えていたというのに、三千万円を手にした途端、知り合ったばかりのキャバクラ嬢と組もうとしている自分が信じられなかった。

「じゃあ、これからは仲間だね」

さっきと打って変わって上機嫌になった紫苑は手を差し出してくる。沙代子はその手を握った。長く伸ばした爪が、沙代子の手の甲に食い込んだ。握り合った手を軽く上下させる。

「これから私のこと、紫苑って呼んでいいよ。あんた、名前何だっけ？」

もう一度名乗ると、「あ、沙代子さんね」と紫苑は言い、頭の中に刻みつけるように口の中で何度か呟いた。

それからスマホを取り出すと、誰かにかけた。二回もコールしないだろうと思われるうちに相手が出た。大声で怒鳴っているので、沙代子にも会話の内容がわかった。相手は桐木竣という名のホストだ。

「なかったよ。よく探したんだけど、バッグなんかなかった」

落ち着き払った声で紫苑は告げた。途端に、向こうはさらに声を荒らげた。

「ない？　そんなはずないよ。よく見たのか？」

「もちろん。竣の頼みだからね。暗い中、丁寧に探したけどなかった」

「まずいよ、それ」竣の声は震えている。「大事なものなんだ、あれ」

「へえ、何が入っていたの？」

紫苑は平然と嘘をつく。そばで聞いている沙代子の方が縮みあがった。

「知らねえよ。知らねえけど大事なもんらしい。持っていかないと、俺――」

「だってなかったんだからしょうがないじゃん。そう正直に言いなよ。誰かが拾って持っていったんでしょ。明日にでもスポーツ公園の事務所に問い合わせてみる？　届いているかも」

竣の喚《わめ》き声と嘆き声。動じることなくしらばっくれる紫苑。

「うん、わかった、わかった。明日そっちに行くよ。そん時にちゃんと説明する」

まだ喚き続ける竣を適当にいなして紫苑はスマホを切った。

「で、これを今からどこかに隠さなくちゃならないわけよ」

今度は沙代子に向かって言う。紫苑には、もうその心当たりがあるようだった。

「ちょうどいい場所があるわ」案の定、彼女はそう言った。

「これからそこに行くから、私の言う通りに運転して」

「わかった」

沙代子はサイドブレーキを下ろした。手のひらが汗で濡れていた。もう引き返せない一線を越えたことを、自覚した。

空を見上げると、北斗七星がくっきりと見えた。北斗七星がおおぐま座の腰と尻尾に当たるんだった。春の星座だ。昔教えられたことを、今思い出した。


三十分以上も走り続けて着いたところは、川の上流に当たる住宅街だった。住宅街といっても畑や空き地が混在しているそのはずれ。暗くてよくわからないが、裏手にこんもりした低い山が控えているようだった。人気《ひとけ》は感じられなかった。

紫苑が乗り入れるように指示した場所は、誰かの家のようだった。明かりは点《つ》いていない。道路の電信柱に付けられた街路灯の侘《わび》しい光で、小さな家屋と背後に迫った竹藪がかろうじて見えた。竹の葉擦れの音が聞こえる。

砂利を敷き詰めた前庭に、ラパンを駐車するように指示される。車が停まると、紫苑はバッグを提げてさっさと降りた。その後ろ姿を、沙代子は茫然と眺めた。さっき出会ったばかりの水商売の女が、今や共犯者だ。紫苑は仲間だと言ったが、共犯者という方がしっくりくる。

それに信用できない。紫苑の方こそ、胡散臭い人間だ。本当なら震え上がっているところだが、精神が麻痺《まひ》してしまったのか何とも感じなかった。ただ疲れ果てていた。ここまで来て、疲労感をひどく覚えた。

「何してんの?」

紫苑が振り返った。ラパンのライトに浮かび上がったのは、古びた平屋だった。それほど大きくはない。コンクリート瓦の屋根の下の雨どいが、折れ曲がって垂れていた。庭に面した縁側もところどころ板が抜け落ちている。みすぼらしい家屋だ。家の前庭は案外広いが、荒れ果てている様子だ。

沙代子は考えることを放棄し、ライトを消してエンジンを切った。後ろ手で閉めたドアの音が響き渡り、思わず周囲を見渡した。一番近い家は畑を挟んだ向こうで、こちらの気配は届きそうにない。

家の玄関引き戸の鍵穴に、紫苑はバッグから取り出した古びた鍵を突っ込んで回している。狭くて暗い三和土《たたき》に入っていく派手なキャバクラ嬢という図は、どうにも奇妙だった。彼女が働く北宮町とのギャップが大き過ぎる。

沙代子は機械的に足を動かし、庭を横切った。

歩いていくと、紫苑のピンヒールが三和土に踏み入れたカツンという冷たい音が耳に届いた。紫苑が壁を探ってスイッチを押したようだ。玄関の明かりは暗く、さらに侘しい感じがした。そのまままさっさとパンプスを脱いで家に上がった。玄関の上には「和気昌平《わけしょうへい》」という表札が掛かっていた。何十年もここで風雨にさらされていたような表札は、文字が消えかけていた。

紫苑の名字は城本といったはず。いったいここは誰の家なのだろう。

玄関前で立ち止まってしまった沙代子に、「上がんなよ」と紫苑は言う。

「遠慮しなくていいよ。ここ、私のパパの家」

パパの意味を取りかねて、沙代子は曖昧《あいまい》な表情のまま、薄暗い玄関に立っていた。紫苑はにやっと笑った。

「おかしな意味じゃなくて、ほんとのパパだよ」それからちょっと考え込んだ。「まあ、ほんとのパパっつうか、ママの三番目の結婚相手」

ますますわからない。

ぼさっと立ったままの沙代子を置いて、紫苑は背中を向けて廊下を奥に進んでいく。

「鍵、閉めといて！」

奥から飛んできた声に、反射的に体が動いた。沙代子は引き戸に向き直った。

今なら――簡単な落とし込み錠を指で下げながら沙代子は考えた。今なら逃げられる。鍵を開けて外に飛び出し、ラパンに飛び乗って走り出すのだ。

それから？　と自分に問いかけた。自宅に帰って俊則に頭を下げるのか。衝動的に家を飛び出した挙句、すごすごと帰ってきたことを詫びるのか。姑にはねちねちと嫌みを言われ、子どもたちに嘲笑《あざわら》われてもじっと我慢して暮らしていくのか。

実家が窮地に陥っても、自分には何の力もないことを思い知るしかないのか。

ふいに何か突き上げるものが体の中に湧いてきた。

嫌だ。そんな生活はもう嫌だ。

「ねえ、何してんのよ」

紫苑の声に促され、意を決して靴を脱いだ。シルキーピンクのパンプスの隣に、よれよれのローファーが並んだ。廊下の突き当たりに、六畳の居間と板張りの台所が続きであった。

紫苑は台所で湯を沸かしているようだ。

「座んなよ」背中でそう言い、「コーヒーくらいはあるよ。インスタントだけど」とカップを二つ持ってきた。「たまにここへ来るんだよね。そん時、飲むの。自分用」

ぺちゃんこになった座布団の上に座り、紫苑と沙代子はコーヒーを啜《すす》った。

「あの、お父さんは？」

誰もいそうにないのはわかっていたが、そう問うた。

「あ、パパ？　体、弱ったし認知症も出て、施設に入った。去年の夏」

素っ気ない口調は、それ以上訊くなと拒絶しているようだ。気まずく黙り込んだ二人は、向き合って苦いコーヒーを飲んだ。

けばけばしい化粧の顔と正面から相対すると、落ち着かないことこの上ない。紫苑は目を細めて、沙代子をじろじろと見やった。

「あんた、ほんとに主婦？」

尋問されているようで、嫌な気持ちだったが素直に頷いた。

「ふうん、まあ、そうでしょうね。どう見たって平凡な主婦にしか見えないよね」空になったカップを置いて腕組みをする。「でも、おかしいよね」

沙代子の胸郭内で心臓がびくんと飛び跳ねる。

「主婦なのに、家に帰ろうとしないよね。それに――」

畳の上に正座した沙代子を、穴の開くほど見詰めてくる。

「それに、あんなとこで人身事故を起こしたら、警察呼ぶとか言う前に、旦那に知らせない？　普通」

沙代子が答えないでいると、「旦那とうまくいってないんだ」と先読みする。さらに言葉に詰まった。

「そして、金に困っている」

とうとう耐えられなくなって目を伏せた。紫苑は容赦なく追い詰める。

「原因はギャンブル？　それとも男？　まさかホストに入れあげたとか言うんじゃないよね」

意地悪くそんなことを言った後、笑った。その笑いには、「そんな容貌で男はないよね」という嘲笑が混じっていた。腹が立ったが、ここで反論できるほど強い性格だったら、こんな状況に陥っていない。それは自分でも充分過ぎるほどわかっていた。

「まあ、いいわ。あんたの金銭事情を聞いても仕方がない」

それからまたしばらく考え込んだ。

「作戦を練らなくちゃ。念入りに」

「え？」

「ねえ、頼むから、その『え？』とか『は？』とか言うのやめてくんない？　むかつくんだけど」

「ああ」

「『ああ』もなし！」

ぴしゃりと言い込められた。

「とにかく竣がまずい立場にならないようにしてやらなきゃ。あいつに相当つぎ込んで、こんなことになったんだけど、見捨てるわけにはいかないの」

紫苑は紫苑なりに考えをまとめていたということか。

金はもらう。だけどお気に入りのホストは自分に引き付けておきたい。そんな虫のいいことがまかり通るわけがない。沙代子は呆《あき》れたが、その虫のいい計画に乗ったのも、自分なのだ。

「あんたが家に帰れないということはよくわかった。あんなとこで事故を起こしたのはまずかったわね」

紫苑を睨んだつもりだが、相手はびくともしなかった。

「金が欲しいなら、私の言う通りにして。いい？」

迷った。こんな水商売の女の言いなりになっていいのか。お金は本当に手に入るのか。

「嫌だって今さら言えないよね」沙代子の心を読んだみたいに紫苑は薄笑いを浮かべた。「あんたに選択肢はないよ。もうこれを――」自分のそばに置いたバッグを顎で示した。「ネコババしちゃったんだもの。私とあんたで」

いかにも愉快そうに紫苑は笑った。

「旦那と喧嘩して飛び出してきた主婦が、人身事故を起こした挙句に、大金をネコババした。所持金はわずかでどこにも行く当てがない」

まるで歌うようにそんなことを言う。

「だからさ、もうあんたは私の言う通りにするしかないの。何か質問、ある？」

口の中に粉っぽいコーヒーの味が張り付いている。声を出すのが辛かった。

「ということで、今は空き家のこの家にこれを――」バッグをパンパンと叩いた。「隠しておけばいいってこと」

うまいことを言って、自分で独り占めする気かもしれない。沙代子は用心深くそんなことを思った。だがそういうことを言い出す勇気もなかった。完全に紫苑のペースで物事が運んでいる。

コーヒーを飲んでしまうと、紫苑はすぐに仕事に取りかかった。沙代子の意見など聞く気はないようだ。家の裏に倉庫があるという。台所の勝手口から外に出ると、コンクリート製の無粋な四角の物置のようなものが建っていた。短い渡り廊下が飛び石でつながり、家から直接行けるようになっている。

入り口は一つだけで、窓も何もない。割と頑丈そうな木製扉が付いていた。扉には、時代がかった大きな南京錠が掛かっていた。

紫苑は、家の中から持ってきた鍵を南京錠に挿し込み、開錠した。扉を引くと、ギギギッと嫌な音がした。長い間開閉することがなかったのだろう。紫苑はボストンバッグを提げて、倉庫の中に入っていった。すぐに電灯が点いた。

「入って」

有無を言わせぬ口調に、沙代子は恐る恐る倉庫の中を覗いた。

コンクリート打ちっぱなしの壁、天井、床に囲まれた割と広い物置だった。ひんやりした空気が満ちている。四方の壁には棚が設《しつら》えてあり、そこに置かれた物を見て、沙代子は目を見張った。夥《おびただ》しい数の石が並べられていた。様々な形と大きさの石。沙代子は物置の真ん中で、呆気にとられて周りを見回した。どこもかしこも石だらけ。

中にはきらきら光る物質が層になっていたり、結晶を形成していたりするものもあるが、大方は何の変哲もない石だった。半透明の衣装箱や収納ケースもずらりと並んでいたが、その中身も石のようだ。

よく見たら、それぞれの石に小さなラベルが付いていて、「電気石花崗岩《でんきいしかこうがん》」だの「石英斑岩《せきえいはんがん》」、「ざくろ石」だのと書いてあった。きちんと分類をしてあるようだ。

「何？　これ」

「パパのコレクション。全部石」

紫苑は、沙代子の反応を楽しむように腕組みをして眺めていた。

「パパは岩石の研究者でも何でもない。ただの農協職員だった。だけど石が好きで、野山や河原を歩き回っては集めてきてたんだよね」

紫苑は肩をすくめた。

「こんなことに夢中になってるから、うちは貧乏だったんだけど。まあ、ママや私を大事にしてくれたからね。ママの結婚相手の中ではましな方」

沙代子は、スチール棚に整然と並んだ石をざっと眺めた。大小様々な石、色や形も多様だ。白い結晶のようなものに、黒い縞が入った石に「輝銀鉱《きぎんこう》」とラベルが付いているものに目を留めた。赤ん坊の拳くらいの小さなものだ。すると、横から紫苑がさっと手を伸ばしてその石を取った。

「これさあ、銀の鉱石なんだって。銀だよ。ほら、ここんとこ」

金属光沢の黒い縞を指で指し示す。

「私、中学ん時に、これ盗んで家出したんだ。金目のもんを持って行こうと思って。そしたらパパが追いかけてきて言ったんだ。この白いとこは石英《せきえい》で、銀はほんのちょっとしか含まれてないって。だから価値は二千円くらいだって。一気に気持ちが萎《しぼ》んじゃったよ。それでパパに連れられて、すごすごと家に戻ったってわけ」

紫苑は輝銀鉱を棚に戻しながら、クスクス笑った。

「よく考えたら、貧乏なパパが値の張るもんを持ってるわけないよね」

この人はどういう人なのだろう。他人を口汚く罵倒し、権高な態度を取ったと思ったら、気安く自分の身の上話をする。扉のそばに置かれた青いポリバケツの蓋を取る紫苑を見ながら考えた。たぶん、あまり深く物事を考えない人なのだろう。

ポリバケツの中身は漬物のようだった。

「パパは野山を歩くついでにいろんなものを採《と》ってきて、漬物とかも作ってた。なんせ、漬物石には事欠かないからさ」

紫苑は自分のジョークに、心底おかしそうに笑った。案外純真な笑顔だった。紫苑の口から出る「パパ」という言葉には、どこか親しみがこもっている気がする。この人は、母親の何番目かの結婚相手である養父との思い出を大事にしているのか。血がつながらない他人でも、こういう人と人とのちょっとした触れ合いが、その後の人生の支えになることはあるものだ。

「要するに蒐集癖《しゅうしゅうへき》が強い人なんだ。何でも溜めておくと安心なんじゃないの？」

紫苑の言葉で我に返る。その一画は食べ物を保存してあるらしく、棚には梅干しやラッキョウ、果実酒の入った透明瓶が置いてあった。乾燥豆やら海藻、干しシイタケ、干し芋などもある。

沙代子は、川田の家に置いてきたぬか漬けのことを思い出した。ぬか床は、毎日掻き混ぜてやらないとカビや腐敗が進む。そんなことをしてくれる人は、川田家にはいない。大事に育ててきたぬか床がダメになってしまう。こんな事態に陥って、ぬか漬けの心配をする自分がおかしかった。

紫苑はひときわ大きなポリバケツに手をかけた。ビニールに包まれた漬物が少しだけ入っていた。

その中に紫苑は持って来たバッグを押し込んだ。バッグの上に、天井から吊るしてあったネットを下ろしてきて突っ込んだ。ネットには、乾燥した葉っぱや茎を刻んだものがぎっしり入っていた。

「どう？　いい隠し場所でしょ？　この下に大金が入っているなんて誰も思わないよ」

悦に入って、紫苑はまくしたてた。蓋をして、その上に漬物石まで置いた。

「あれ、アマチャヅル茶でしょ？」

「何が？」

つっけんどんに問い返され、沙代子は怯んだ。

「えっと……、あの、さっきのネットの中身」

「へえ、そうなの。お茶？　そうかもね。パパ、こういうの、マメで」

「きっと山からアマチャヅルを採ってきたのね」

天井からはまだいくつかのネットが吊り下げられていた。束《たば》ねて逆さに干してあるドクダミもあった。

「子どもの頃はこういうの、仕方なく飲んだりしてたけど、大きくなってからは拒否ったわよ。だって元はそこら辺に生えてる草とか葉っぱとかでしょ？」

「でも健康にはいいんだけど。高血圧の予防とか」

沙代子はまたつまらないことを口走ってしまい、紫苑は鼻の上に皺を寄せて顔をしかめた。

「とにかく、これで一安心でしょ？　この家に私が出入りしてるってことは誰も知らないし。泥棒が入っても、まず見つけられないよ。家が火事になってもこの倉庫は燃え残ると思う」

紫苑は倉庫の戸締まりをすると、さっさと渡り廊下風の飛び石を踏んで台所に戻った。南京錠の鍵は、台所の柱に打たれた五寸釘に吊るす。

居間に戻ると、紫苑はお腹を押さえて唸った。

「一仕事終わったら、お腹空いてきた。バカだね。途中のコンビニで何か買ってくればよかった」

父親が施設に入ってから、冷蔵庫の食料は全部捨てたのだと紫苑は言った。入っているのは、缶入りの飲み物くらいだと。

「うへー、参った」

居間の畳の上で大の字になった。

「あるじゃない、食べるものならいくらでも」

「何？」

紫苑は首をもたげた。

「さっきのところに――」

「ああ、あれ？　どうやって食べるのかわかんないもの。パパは好きであんなことやってたけど、私はノータッチだったからなあ。一緒に暮らさなくなって十年は経ってるし、その間にどんどん増えてきたみたいなんだよね」

父が施設に入ってから、倉庫の中を見てびっくりしたのだと紫苑は説明した。

「もったいない。あんなにたくさんあるのに」

紫苑に断って、沙代子は南京錠の鍵を取り、倉庫の扉を開いた。

三十分ほどで、居間の卓袱台《ちゃぶだい》の上には沙代子の手による遅い夕食が並んだ。

「あり合わせだけど」

沙代子が鍋からよそう具だくさんの汁を、紫苑は疑い深い目で見た。

干しシイタケで出汁を取った汁には、押し麦を茹《ゆ》でて入れた。水で戻した乾燥野菜を彩りで加えてある。ナスに人参にゴーヤとたくさんあった。小麦粉を練った団子も加えた。乾燥ワカメとネギを最後に散らした。本当にあり合わせの団子汁が出来上がった。しかし、押し麦と団子で腹持ちはいいはずだ。

味付けは味噌だ。倉庫にあるポリバケツの一つが味のいい味噌で占められていたのだった。紫苑の父は手を抜かずにこうした仕事を楽しんでやっていたのだろう。切り干し大根も戻して煮つけた。大瓶にハチミツがあったので、それが隠し味だ。ゴマを散らすと、見栄えのいい一品になった。

梅干しも漬物も充分に食べられる。野草茶も数種類あったので、ビワの葉茶を選んで淹《い》れてみた。

「へえ！」

一口食べて、紫苑は目を丸くした。

「こんなふうに料理できるなんて、初めて知った」

あそこに父親が溜め込んだものは、ゲテモノだと思っていたと続ける。

「こんな貧乏くさいもん、食べる気には全然ならなかったのよね。要するにうちはお金がなかったってこと」

「これは豊かな食べ物だと思うけど」

紫苑はそれには答えず、皿に載った料理を次々に口に運んだ。団子汁はおかわりをした。美味しいとも何とも言わず黙々と食べ、何の挨拶もせずに箸《はし》を置いた。

そして風呂を沸かすからと立っていってしまった。電池式の安っぽい壁掛け時計は、十一時半を指していた。

あまりに長い一日だった。こんなに遅くなっても帰って来ない妻のことを、俊則は心配しているだろうか。そう思ったそばからその考えを否定した。おそらくはほろ酔い加減で、いつものように寝てしまったに違いない。沙代子の実家にすら連絡をしていないだろう。

沙代子は二人分の食器を下げて、洗い始めた。その手につい力が入る。あの家の片隅にあった自分の居場所を、自らの手でなくしたのだ。そのことで、くよくよするのはもうやめよう。これからは先のことを考えねばならない。

偶然手の中に転がり込んできた三千万円という大金のこと。それから自分の身の振り方。

これが犯罪などには関係ないきれいな金で、首尾よく千五百万円が手に入ったとして、その出所を実家の両親に問われたら、どう答えたらいいだろう。とてもじゃないが、紫苑のようにしゃあしゃあと作り話はできそうにない。

行動を共にすることになった紫苑のことも考えた。彼女の養父だったという人が、たくさんの保存食をこしらえていたことで、少しだけ安心した。食に重きを置いて、丁寧に生活を営んでいた姿が浮かんでくる。少なくともいい加減な人物ではないという気がした。得体のしれないキャバクラ嬢の背景が透けて見えた。まだ信用に足る人間かどうかはわからないが、もうちょっとだけ一緒にいてもいいだろうという感覚が芽生えた。

「ここで私は五年間だけ暮らしたの」

食事を終えて、食器を洗う沙代子の背中に向かって紫苑は語りかける。狭い台所に水の音だけが響いている。

「十三歳から十七歳まで」

沙代子はゆっくりと食器を水切りカゴに伏せた。

「ママが別の人と結婚するっていうんでここを出た」ずずずっとビワの葉茶を啜る音。

「ママは、今は六番目に結婚した人と暮らしてるよ。あの人、なんつうか、結婚依存症なんだよ。次から次から相手を替えてさ。そんでいちいち籍を入れて結婚すんの。もう病気だね、あれは」

驚いて振り返ったが、そんな沙代子に紫苑は自嘲《じちょう》気味な笑みを向けた。

「子どもはいい迷惑だよ。あっちこっち引っ張り回されてさ。ここのパパなんて、ママより三十二歳も年上だったんだ。私からしたらお祖父ちゃんて年齢。でも五年も一緒にいたのは、ママにしては上出来だった。短い相手だったら、一年くらいしか続かなかったから」

何と答えていいのかわからなかった。

「その一年っていうのが、私の本当の父親なんだって。笑っちゃう」

だから自分は父親の顔は知らないのだと紫苑は言った。実の父親という人が、赤ん坊に紫苑という名前を付けたらしい。

「紫苑て、いい名前よね」

間の抜けたことを言うと、紫苑は「へっ」と乱暴に髪の毛を掻き上げた。

「嫌いなの、その名前。だから店を変わるたび、別の名前を名乗ってる」

「ああ――」

口ごもった沙代子に紫苑は畳みかける。

「ママに言わせると、その当時流行ってたアニメの主人公の名前なんだって。そいつ、アニメオタクだったらしいよ」

実の父親のことを「そいつ」と呼んだ紫苑は、面白くもなんともなさそうに続けた。

「だから自分の名前が嫌いなんだ。ほんとの父親がそんな薄っぺらい人間で、子どもなんか全然欲しくなかったんだっていちいち思い出して腹立つじゃん」

特に腹が立っているようでもなく、淡々とした口調だ。

「ここのパパとも別れるってなった時、私はママに言ったんだ。もううんざりって。私は私でやっていくから、ママは好きにしなよって」

それで十七歳で母親とは訣別《けつべつ》した。高校を中退して働くつもりだったが、養父が高校だけは卒業しておくべきだと、授業料を出してくれたという。

「たいして余裕もないのにね。だからここのパパには恩があるんだよね」

借金取りに追われるキャバクラ嬢から「恩」などという言葉が出てきて面食らってしまう。

「一緒に暮らしてた時は、辛気臭いじじいさんだとしか思わなかったけどさ。ママは別れた相手には見向きもしないけど、そういうことで私はここには時々来てたんだ。未だにパパって呼んでるのもママの結婚相手の中ではここのパパだけ。無口なパパは、嬉しいのか迷惑なのか、さっぱりわかんなかったけど」

身寄りのない元養父が年を取って、病気がちになっても支えてきたのは紫苑だったようだ。地区の民生委員の連絡先も紫苑になっていたという。様子がおかしいと民生委員が言ってきて、認知症が出ていることがわかった。民生委員が骨を折ってくれて施設に入った。身元保証人は、紫苑と民生委員だそうだ。

「ね？　わかった？　パパはこの家に戻ってくることはもうない。今は私がここを管理してるってこと。ここと私の関わり合いを知っている人はほとんどいない」

非常に複雑な関係だが、沙代子はやっと理解した。

「その他にもいろいろと事情があんのよ」と言った紫苑の言葉の裏側を。この人がお金に固執する理由もなんとなくわかった。もしかしたら、自分によくしてくれた元養父にかかる費用も紫苑が負担しているのかもしれない。

ホストに入れあげて作った借金の返済にあっぷあっぷしているキャバクラ嬢の顔と、元養父の面倒をみる娘の顔とは、あまりにも違い過ぎてなんだかちぐはぐな感覚だ。

父親が残していった食材で満腹になったことが、少しだけこの人の意識を変えたのか。

そんな甘い考えを拒絶するように、紫苑はむすっとした顔を向けてきた。しゃべり過ぎたと感じたのか、彼女はまたしても不機嫌な表情だ。

沙代子は鍋や玉杓子《じゃくし》も丁寧に洗った。台所の柱に掛かった鍵をちらりと見る。

あの鍵で開く裏の倉庫には、大金が隠してあるのだ。

沙代子は蛇口をきゅっと締めた。いくら力を込めても、水滴が間遠に落ちてきた。

その晩は、紫苑と布団を並べて寝た。

当たり前だが、なかなか寝付けなかった。

なぜだか自分の子どもの頃のことを考えていた。たぶん、倉庫の片隅に溜め込んであったつましい保存食を見たせいだ。それとも紫苑の身の上を聞いたせいだろうか。

沙代子もある時期、厳しい環境に置かれていた。子どもの頃、父や母とは引き離されていたことがあった。五歳の時、父が脱サラして印刷工場を始めた。それまで専業主婦だった母も、朝から晩まで手伝わないとやっていけなかった。もともと体が丈夫ではなかった母だったが、体を酷使しているうちに精神のバランスを崩した。あれが、千鶴が精神的な問題を抱えるきっかけだった。

仕事には出ていけなくなり、家でふさぎ込んでいた。父は余分に人を雇わねばならなくなって、苛立っていた。夫婦間で、しょっちゅう言い争いが起こった。

一人娘の沙代子のことには、誰も気を配らなくなった。そのうち、千鶴はおかしなことを口走るようになった。

「お父さんの手伝いができないお母さんは役立たずだよね」

「沙代ちゃんがいなかったら、お母さん、仕事に行けたのに」

「もう死んでしまおうか。沙代ちゃんと一緒に」

沙代子は震え上がった。父親に訴えると、父は大声で母を叱った。父の怒鳴り声と母の泣き叫ぶ声。家は安住の場ではなくなった。父も余裕がなかったのだ。今ならそう思えるけれど、当時は自分さえいなかったらこの家はうまく回るのだと思い込んでいた。そういう思いが、沙代子を気弱で消極的な性格にした。必要以上に周囲を気にし、自分というものを表に出さない子どもらしくない子どもに自らを仕立て上げた。

学校でも極力目立たないことを心掛けた。容姿も劣っていたし、クラスの中では常に萎縮《いしゅく》していた。表情に乏しく、動きも鈍く、面白味のない子だと判断されたのか、からかいの対象にさえならなかった。

そのうち、印刷工場はなんとか軌道に乗った。しかし、母親の精神状況は悪化するばかりだった。沙代子をひどい言葉で罵ったかと思うと、次の瞬間には抱き締めておいおい泣いて詫びたりする。そんな状態が半年以上も続いた。もともとそういう気質はあった。偏狭で思い込みが激しい人だった。それでも平穏な専業主婦でいられた間は、なんとかやっていたということだ。その後、精神科にかかって薬を処方されると、今度は極端にそれに依存するようになった。

とても仕事を手伝ったり、育児をすることはできなかった。父は、母親に影響されて暗くなり、口数が少なくなった沙代子を、母から遠ざけておくのがいいと判断したようだ。

そこで沙代子は、父の実家である四国の山間部にある祖母の家に預けられることになった。祖父はもう亡くなっていたが、隣に伯父夫婦が住んでいて、従兄弟たちもいたから、父は安易に決断したのだった。脱サラしてまで始めた事業を何としても存続させたかったのだろう。あの時は必死だったのだ。結局ああまでして立て直した事業は潰れてしまうのだけれど。

とにかく、自分の意見を言うことのなくなった十歳の沙代子は、黙って親の決めた通りに、祖母のところに行ったのだった。母はよくなったり悪くなったりで、沙代子は数か月両親の許《もと》に戻ることもあったけれど、すぐに祖母のところに逆戻りした。

そんな不安定な暮らしを、中学を卒業するまで続けた。

あの生い立ちが、今の引っ込み思案な沙代子を形成したといえる。成人しても、やはり自分というものをはっきりと押し出すことはできなかった。他人の顔色を窺《うかが》い、強く出る人には譲り、自分を殺してもその場が丸く収まればよしとした。

そんなあり様から、鈍重《どんじゅう》で暗愚《あんぐ》な人間だと判断されるのだろう。そこも重々承知していた。取り立てて反論しようとも思わなかった。流されるように周囲に合わせて生きてきたのだ。それが自分に一番合った生き方だと思っていた。自分さえ我慢してうまくいくなら、そうしよう。たった十歳でそんな生き方を学んだ。

銀の鉱石を盗んで家出しようとした紫苑とは大違いだ。

沙代子は寝返りを打った。隣の布団からは、紫苑の寝息が聞こえてくる。今までの沙代子の生活からは想像もつかない場所に引きずりこんだ張本人の寝息は安らかだった。

輾転反側《てんてんはんそく》し、夜が明ける前に布団から抜け出した。紫苑が貸してくれたスウェットの上下を脱いで、着たきりの洋服に着替えた。安物のスラックスに首回りが伸びたチュニック。それにもう何年も着ているカーディガン。顔を洗うと、曇った鏡に垢抜けない小太りの中年女が映っていた。昨日転んだ時についた頬の擦り傷には、庭に生えていたヨモギを揉んで付けておいたから、だいぶ目立たなくはなっていた。それでも青ざめた上に目の下にクマができ、悲惨な表情だ。

足音を忍ばせて台所まで行き、電灯を点けた。昨夜使った包丁を取り出し、見つけてあった砥石で丁寧に研《と》いだ。食べ物に携わっていると心が落ち着いた。

高校は両親の許から通い、就職した。父は大学へやろうとしたが、沙代子は働くことを選んだ。いくつかの職を転々とした後、自分に合った職場を見つけた。それが社食の調理員だった。料理をするという行為は、生きることに直接につながっている。人を生かす行為でもある。調理場で、沙代子は生き生きと働いた。ようやく自分にぴったりの場所を見つけた気がした。

優秀な管理栄養士もいて、学ぶことも多かった。それまでに沙代子が持っていた食に関する知識には、科学的な裏付けがあると納得させてくれたものだ。栄養や味付けのみならず、人の体と食物の関係とか世界の食べ物とその歴史などについて、彼女は丁寧に教えてくれた。その時になって、やっぱり大学で栄養のことを勉強しておけばよかったと思ったものだ。沙代子が田舎で憶えた素朴な生活の知恵を披露すると、平本《ひらもと》という名前の栄養士は感心したり、面白がったりしてくれた。特に薬草についての知識は、平本にとっても目新しいものだったらしい。調理や栄養に関する勉強会や講習会があると、彼女は沙代子を誘ってくれた。そこで学んだことは、幼い時に見聞きした知識を裏付けしてくれるものだった。

栄養士から重宝がられると、調理師仲間からも一目置かれるようになった。

普段はおっとりしているのに、沙代子は調理となるとてきぱきと体が動いた。段取りもうまく、ちょっとした工夫やアイデア、細かな気遣いが生まれてきて、皆からも頼りにされた。唯一料理だけは自信があった。何の取り柄もない自分が胸を張れるものだった。やがて調理場では中心となって働くようになった。

白衣に三角巾、白い長靴という仕事着がぴったり似合っていた。その頃から社食に来る若い社員たちからは「社食の母ちゃん」「沙代おばちゃん」などと呼ばれていた。若い社員には、栄養が偏らないよう気を配って注意をした。引っ込み思案だった自分が、そこでは活発になれた。

長年親しんだ社食を後にして、結婚という道を選んだのは、料理の腕を家庭で試したいという気持ちが芽生えたからだった。社食でいくら美味しい料理を作って喜んでもらっても、所詮は他人だ。感謝されても次々と入れ替わっていく社員よりも、大事な人に食べてもらいたかった。

その考えは間違っていなかったと思う。間違えたのは、川田家を選んだことだ。俊則の勤め先が食品関係だということも、決心を固めた理由だった。そういう人なら、きっと自分の特技を歓迎してくれるだろうと思ったのだ。

研ぎ上がった包丁の切れ味を試していると、凝《こ》り固まっていた肩の力が抜けた。

紫苑は昼近くになってやっと起きてきた。化粧を落とした寝起きのキャバクラ嬢は、日の光の下で見ると目も当てられなかった。瞼《まぶた》は腫れあがり、髪の毛は脂気がなくバサバサだ。肌も荒れている。免疫不全に陥っているのだな、と沙代子は思った。きっとジャンクフードばかりを食べているに違いない。

沙代子は黙って台所に立った。鍋の中身を温めなおし、丸盆に載った料理を運ぶ。紫苑はじっと椀や小皿を見下ろした。箸を取ろうとはしない。

「どうぞ」

「何？　これ」

やっと椀だけは取り上げ、目の前に持ってきた。

「ぜんざいを作ってみたの」

紫苑は不審げに瞼を持ち上げた。額に深い皺が寄った。

「収納庫にあった小豆《あずき》を昨日の晩から水につけておいて、今朝から煮たの。かき餅も見つけたから、焼いて入れてある」

紫苑は「ふん」と鼻を鳴らした。「これは？」

「ここの庭や裏山から採ってきた野草で作ったの」

「野草？」紫苑はますます眉を寄せた。

「雑草じゃん」

「まあ、食べてみて。美味しいから」

沙代子はノアザミの油いためやアカザの煮びたしを勧めた。紫苑は「うへ」と言いつつ、ぜんざいには手をつけた。初めは恐る恐る口に運ぶという感じだったが、そのうち掻き込むようにして口に流し込んだ。薄いかき餅も一口で食べてしまう。

ドクダミ茶も躊躇なく飲んだ。野草でこしらえた品も、黙って口に運んだ。仏頂面で咀嚼《そしゃく》する紫苑を、沙代子は正面から見詰めていた。

「ほんとにこれ、うちの庭に生えてたの？」

「そう。誰もが見過ごす野草がご馳走になるのよ。この辺りにはいっぱい生えてる。倉庫にお父さんが保存してくれたものといい、あなたの家は宝の山ね」

「私の家じゃないよ」

ぼそりとそんなふうに答えた。それでも沙代子が用意した料理はあらかた食べてしまった。

「びっくりだね。私はここに来る時は、いつもコンビニ弁当やカップラーメンを買って来るんだけど」

一応、褒め言葉めいたものは口にする。

「ちょっとコツを憶えれば、ここにあるものだけで食べていけるわよ。もうすぐ裏の竹藪にタケノコが生えると思うし」

「そう言えば、パパはよくタケノコご飯を炊いてくれてた。天ぷらとか煮つけにもして――」

独り言のようにそんなことを言い、沙代子が耳を傾けているのに気づくと、はっとしたように口を閉じた。

「さっき歩いてみたけど、まだまだ食べられる野草はあったわ。ほら、これなんか――」

紫苑の鼻先に、黄色い花芯の白い小さな花を差し出した。

「これ、ハルジオン。いっぱい咲いてた。裏山と庭との境に。葉っぱは天ぷらにしてもいいし、おひたしや胡麻和えにしてもいいの」

紫苑は何とも答えない。だが、腹は満たされたようだ。そういう人が浮かべるどことなく和んだ顔をしている。沙代子はそんな顔を見るのが好きだった。この人は純粋な人ではあるな、と思う。川田家の家族は、こんな表情すら浮かべなかった。いつもぎすぎすしていて、感謝するということをしない人々だった。

「ハルジオンて、こう書くのよ」

手近にあった広告紙を裏返して、鉛筆で「春紫苑」と書いてみせた。

「あなたは春に生まれたんでしょう?」

そう問いかけると渋々というふうに頷いた。

「なら、あなたの本当のお父さんはこの花を見たのかも」

ハルジオンの花を紫苑の目の前でくるくると回す。すると紫苑の顔から幸福な表情がさっと消えた。

「まさか。ただの気分で付けたに決まってるよ。その時の――」

吐き捨てるようにそんなことを言う。沙代子が怯むとハルジオンを取り上げ、茎をぽきりと折った。

「アニメを見て軽いノリで付けたんだろ。どうせ捨てる犬に付けるみたいなもんだよ」

「そんな――」

あまりの激しい言いように、絶句してしまった。

結婚と離婚を何度も繰り返す母親に翻弄《ほんろう》され、十七歳で一人で生きる道を選んだ紫苑。彼女の身の上に、自分の生い立ちが重なる。

「さあ、今日は竣に会いにいって、あいつをうまく丸め込まなくちゃ。そしたら、あの三千万円は私たちのもんだ」

紫苑は大あくびをした。その顔はひどく老けてみえた。沙代子を一瞥した紫苑の目は、わかってるよね、と言っていた。当然、沙代子も一緒にいくべきと紫苑は決めつけている。

どんどん深みにはまっていく恐ろしさに、再び沙代子は怯《おび》えた。しかしもう後戻りはできないということもわかっていた。ほんの少し身の上がわかったといっても、いい加減なキャバクラ嬢はやっぱり信用できない。紫苑が操る舟に乗ってしまった不運を思う。だが、金が欲しいというのも本音だ。どうにか岸にたどり着けるよう、一緒にオールを漕ぐしかない。

もう少しだと自分を励ます。もう少しで大金が手に入る――はずだ。

＊＊＊＊＊＊＊

男は、大きな一枚板のガラスの向こうで、マシンを使って体を鍛えている人々をじっと見ていた。広いトレーニングルームの端から端まで、男は視線を走らせる。

前傾姿勢でバイクを漕いだり、ベンチプレスでバーベルを持ち上げたりするトレーニーたちは、他人の視線などに気を配らない。ただ自分と向き合っているのだ。

一定のレベルにまで体を作り上げた者が向かうのは、精神世界だ。最後は自分をどうコントロールするかだ。気持ちを落ち着け、集中し、どこまでも自分と向き合うことが肝要だ。無の境地に入り込むのだ。

そこまでくると、もはや彼らは、体の仕上がりよりも、自分を統制することに傾倒していく。邪念を払いのけ、己の欲望を憎み、誘惑を撥《は》ねのける力こそが尊いものと思うようになる。まるで修行僧のように。

男は、汗で輝く彼らの筋肉に目をやった。この中に、新たに加わるメンバーがいるだろうか。彼が率いる「鬼炎《きえん》」という名の犯罪集団に。

男がブレンドする特製ドリンクを与える相手は慎重に選ばなければならない。あのドリンクの効き目は、このスポーツジムでは密《ひそ》かな噂《うわさ》になっているはずだ。疲れを知らず、どこまででも自分を追い込める優れたプロテイン飲料として。

ドリンクには主成分であるたんぱく質に加え、ブドウ糖やカリウム、クエン酸、各種ビタミンなどを計算し尽くしてブレンドしてある。独自の製法で体への吸収もよくしてあるし、味もよい。理想的な体を作り上げようとするトレーニーは、添加物なども気にするのだが、自家製のプロテインなら、その心配もない。

特製ドリンクの効き目はてきめんだ。初めは半信半疑だったトレーニーたちは、すぐに男とそのドリンクを信奉し始める。すべては理想的な体を作り上げるためだ。迷いも弱さも克服できる。そこまでの域に到達した者だけに与えられるドリンクというわけだ。完璧な肉体には完璧な精神が必要だ。オリジナルブレンドのプロテインだと思って飲んでいるそれには、精神をコントロールする薬が含まれている。

　自分で自分をコントロールするのではない。男がトレーニーたちをコントロールするのだ。彼らは男に選ばれた戦闘員と化す。

　男の真の目的は、優れた犯罪集団を作ることだった。

　男が調合したドリンクは、何度も試しているうちに、雑念どころか精神活動そのものを排除していく。恐れや躊躇や悔悟や迷いなどという余計な心情を失くしていく。しまいには、罪悪感さえもすっかりなくなる。男が調合するのは、そういう妙薬なのだ。

　その犯罪集団こそが鬼炎だ。闇の世界で犯罪を請け負う完璧な集団。

「何で、鬼炎なんだ？」

　一度、犯罪集団と依頼主を取り持つエージェントに問われた。

「別に意味なんかない」

　男は答えた。

「ただの言葉遊びだ」

　エージェントはスマホの向こうで軽く笑った。彼とは一度も顔を合わせたことはない。彼もプロだ。お互いのことは一切知らない。それがこの世界では定石だ。

　男はトレーニングルームの前から離れた。

3

しばらく車を走らせた先に、ガソリンスタンドを見つけた。

燃料メーターを見た紫苑が、ガソリンを入れるよう指示した。料金は紫苑が払った。それから彼女の言う通りに走って、今度は衣料品の量販店の駐車場に入れた。

「あんた、少し、着るものを買ってきたら？　この件にケリがつくまでは、家に帰れないでしょ？」

フロントガラスを向いたまま、そんなふうに言ってくる。確かに下着の替えもない状態では不自由極まりない。洗面道具や基礎化粧品さえもない。早く家に帰りたかった。それが川田家なのか、実家なのかは定かでなかったが。

紫苑は一万円札を数枚取り出して、沙代子に渡した。

「あなたは？」

車を降りながら振り返る。紫苑は口をへの字に曲げた。

「冗談でしょ！　こんなオバサン専門の店なんかで服、買うわけないじゃん。あんたに合わせてここへ来ただけだよ」

そういえば、紫苑は元養父の家から大きなスポーツバッグを持ち出していた。あの家にはたまに来ていたようだから、当面の着替えや生活用具は置いてあったということか。今住んでいるワンルームマンションの部屋には戻れないと紫苑は言う。昨日の晩、彼女を追いかけてきたヤバい筋の連中が張っているはずだと、忌々《いまいま》しげな口調で続けた。

それで沙代子は現実に引き戻された。自分たちは、大金を奪って逃避行を続けているのだ。相性は最悪のキャバクラ嬢と、小さなラパンに乗り合わせて。

大急ぎで買い物を済ませて戻って来ると、運転席に紫苑が座っていた。

「あんた、運転もとろくさいから、私が代わるよ」

「え？　でも――」

「ぐちゃぐちゃ言わずに早く乗って」

せかされて助手席に乗り込んだ。沙代子がドアを閉めるか閉めないかのうちに、発進させる。せっかちで乱暴な運転だ。自分が置かれた状況が身に沁み、車の揺れに合わせて吐きそうになった。

「買い物した代金、ちゃんと返すから」

紫苑はちらりと横を向くと、軽い調子で言った。

「ああ、あれはいいよ。あんたの取り分だよ」

はっとした。おそらく紫苑は、ボストンバッグの中身を抜いたのだ。騙《だま》されたとはいえ、自分はそれを使ってしまった。いや、沙代子をがんじがらめにするために、紫苑が仕組んだことかもしれない。歓楽街で生き抜いてきた紫苑は、のんべんだらりと主婦業を続けてきた沙代子などには、到底太刀打ちできないしたたかさを持ち合わせている。

アクセルをぐいっと踏み込む紫苑の横顔を盗み見る。取り返しのつかない方向に向かって猛スピードで走り続ける車の助手席に座っている気がして、背筋が冷たくなった。

そんな沙代子に、紫苑はレクチャーを始めた。ことの次第は自分が説明するから、あんたは余計なことは言わずに、同調していればいい。決しておどおどしたり、挫《くじ》けて本当のことを言ったりしてはいけない。彼女は最後に、釘を刺した。

「いい？　私とあんたはもう共犯者なんだからね」

共犯者――重たい言葉に眩暈《めまい》がしそうになる。どんな背景があるお金か知らないが、あれをそっくり横取りするという犯罪に、自分は手を染めてしまった。もう後戻りはできない。

どこをどう走ったのか、幹線道路をまっしぐらに走って、また住宅街に入ったようだ。行動範囲の狭い沙代子には、土地勘のない場所だ。おそらく街の北側の丘陵地。比較的裕福な人たちが、ゆったりとした住まいを建てて住んでいる地域だ。ホストなんて人種に接することは皆無だったが、裕福な生活が営めるものだ。

紫苑は、白い瀟洒《しょうしゃ》な造りの家の前で車を停めた。どうやら目的地に着いたようだ。家は周囲の景観にまったく溶け込まない南フランス風のデザインだ。敷地もかなり広い。

どうか竣とかいうホストが、紫苑の言い分を聞き入れてくれますようにと、沙代子は祈った。カーポートには、高価そうな外国車が停まっている。名前はわからない。その隣に紫苑は駐車した。車をバックさせる紫苑の横顔を見た。緊張したようでも昂《たかぶ》っている様子でもない。あんな拙《つたな》い計画が、すんなり通ることを、露ほどにも疑っていないようだ。どっしり構えた彼女を見ながら、沙代子は何とか自分を落ち着かせようとした。

こんな家に住んでいるホストはお金にゆとりがあるから、あれくらいどうってことないのかもしれない。話がついてここを出る時には、紫苑は小躍《こおど》りしていて、自分も心底ほっとしているのではないか。何の根拠もないのに、そんなふうに思えた。

ガリッと嫌な音がした。

「あれ？」窓から首を出して、後ろを見ていた紫苑が小さく呻いた。

「おかしいな」

おかしくなんかない。ラパンの後部を、カーポートの柱で擦《こす》ったのだ。二人で降りていって確かめた。案の定、車体の右側後部に擦り傷ができていた。

「あー、わりぃ」

たったその一言だけで、紫苑はスタスタと玄関に向かって歩いていってしまった。沙代子は情けない気分でその後ろ姿を見た。これからどんな展開になるのかわからないが、悪い先ぶれのように思えた。もう一回、愛車に付けられた傷を眺めてから、紫苑の後をとぼとぼとついていった。

沙代子の予感は的中した。

紫苑がベルを押す前にドアが開いた。そこに立っていた若い男は、泣きださんばかりに顔を歪めて、紫苑にすがりついた。

「ヤバいって。あのバッグがなくなったら、俺、絞め上げられる。いや、殺されるかもわかんない」

「だってしょうがないじゃん。ちゃんと取りに行ったけど、どんなに探したってなかったんだから」

紫苑は振り返って「ね？　沙代子さん」と同意を促した。沙代子は木偶《でく》人形のように、首を小刻みに縦に振った。

「誰？」

竣は紫苑の後ろに立つ中年女に目をやった。

「沙代子さんだよ。言ったでしょ？　電話で。私の知り合い。一緒にバッグを取りにいってくれた人。車も出してくれたの」

知り合い——まあ、そうだ。昨日からの知り合い。共犯者とも言い換えられる。大金に目がくらんだ愚かで悪辣《あくらつ》な二人組。垢抜けない沙代子を、竣はじろじろと見た。

「とにかく入れてよ」

紫苑は竣を押しのけて、家の中に入っていった。沙代子もおずおずとその後に続く。内部の豪華さに、沙代子は目を見張った。玄関ホールは白と黒の大理石の市松模様で敷き詰められている。靴を脱いで履いたスリッパは、本革仕立てのようだ。吹き抜けになった高い天井から、カットガラスをふんだんに使用したモダンな照明が吊り下がっていた。

紫苑は迷うことなく、奥へ進む。以前もここへ来たことがあるというふうだ。竣が玄関ドアを閉め、鍵もかける音がした。それからよろめくような足取りで、紫苑の後を追った。玄関ホールの先に両開きの大きなドアがあった。紫苑は乱暴な手つきでそれを押し開いた。続いて足を踏み入れた沙代子は、その場で固まってしまった。

広いリビングルームだった。シックなカーペットの上にしゃれたデザインのソファセットが置かれていた。六人は座れそうなL字型のソファと一人がけのソファがテーブルを囲んで配置され、正面には、見たこともない大画面のテレビ。大きな透明ガラスの掃き出し窓の向こうには、芝生の庭が広がっていて、スプリンクラーが撒《ま》く水に虹がかかっている。リビングルームはざっと見た感じ、三十畳くらいはありそうだった。

あ然として立ち尽くす沙代子の前で、紫苑は提げてきたスポーツバッグをどすんと床に置いた。

「びっくりすることないよ。ここは竣の家じゃないんだから」

言っている意味がわからない。紫苑はソファに腰を下ろすと、脚を組んだ。

「竣はね、若くてハンサムなホストを手なずけて、いい気になりたいマダムに飼われてんの」

「そんなんじゃないよ。ただ海外旅行に行ってる間、お客さんに留守番を頼まれただけだよ」

「とんでもない金持ちのね」

「そんなことはどうでもいいんだ」

竣は、紫苑のところに駆け寄った。床に膝をついて、彼女を見上げる。

「バッグをなくしたと知ったら、あいつら――」

「あいつら？」

「人に頼まれたんだって言っただろ？　あれを持って来るように」

よくよく見たら、竣はひどい顔つきだ。目は血走り、髪の毛はくしゃくしゃだ。無精ひげも目立つ。元が整った顔だけに、却《かえ》って悲惨な様相だ。昨日は一睡もしていないといった風情だった。

「だからさ、そういうこと、言われても私たちにはどうしようもないよ。だって、なかったんだもの」

「ねえ」と同意を促され、また沙代子は頷いた。平静を装えているかどうかは心もとなかった。

「とにかく、ヤバいことになるんだよ」

「そのバッグ、そんなに大事なもんが入ってたの？」

気のない様子で、紫苑は尋ねる。中身を知っているくせに、そしてそれを奪ったくせに、平然としている紫苑はたいしたものだ。客に媚《こ》び、うまくあしらうために身に付けた演技力だろうか。そんなもの、微塵も持ち合わせのない沙代子は、口から心臓が飛び出しそうだった。

「座ったら？　沙代子さん」

沙代子の心情を読んだみたいに、紫苑が自分の横をポンポンと叩いた。そこにじわりと腰を下ろす。深く沈む座面に、体が呑み込まれそうな感覚を覚えた。同時に、素早く目配せを送ってくる紫苑にも気がついた。

つまらないことを口走るんじゃないよ、とその視線が言っていた。

「私たちは善意で取りに行ってあげただけだからね。文句があるなら、竣が取りに行けばよかったんだよ」

つんとそっぽを向く紫苑の演技に、つい尊敬の念を持ってしまう。そういう紫苑も、借金のせいで、ヤミ金かどこかのヤバい筋の人たちに追われていると言っていた。どこもかしこもヤバい連中ばかりだ。いったい私はどこに足を突っ込んだんだろう。沙代子は、叫び出したくなる自分を必死に抑えつけた。

「いいか、紫苑。ほんとのこと言うと、あそこに置かれたバッグには、金がぎっしり入っていたんだ」

「あら、そう！」紫苑は落ち着き払って竣を見下ろした。「お金っていくら？」

沙代子の額には、脂汗が浮かんでいるはずだ。それを気取られまいと、顔を伏せた。

「知るかよ！」

竣はとうとう癇癪《かんしゃく》を起こした。

「大金だよ、とにかく」

竣は立ち上がって、ソファの前を行ったり来たりし始めた。カリカリと爪を噛む。それからまた紫苑の前にしゃがみ込んだ。

「ほんとになかったんだな」

「ほんとになかったよ。私たち、一生懸命探したんだからね」

また「私たち」だ。あの時、紫苑は車から逃げようとした沙代子をつかまえて引き戻した。その後は車の中から見張っていただけだ。たまたま事故を起こしてしまった沙代子を顎で使っていたのだ。

「ああ、もう終わりだ」

カーペットに直《じか》に座り込んで、竣は天井を仰いだ。リビングの天井にも、豪華なシャンデリアが吊り下がっていた。

「あいつら、そんな返答したって許してくれない」

「だからさ、あいつらって誰？」

「あのな、紫苑――」

竣は驚くべきことを語り出した。

あのバッグの中に入っていた現金は、ある誘拐事件の身代金だというのだ。娘を誘拐され、身代金を要求された親が、まだ警察に届けていないので、表沙汰にはなっていないのだという。

そこまで聞いて、沙代子は本当に叫び出しそうになった。自分たちが横取りしようとしているのは、さらに凶悪な犯罪が絡んだ金なのだ。ソファからぐっと身を起こした沙代子の脇腹を、紫苑が肘《ひじ》で素早く突いた。呻き声を、歯を食いしばって呑み込んだ。

「つまり、こういうこと？　竣にバッグを取りにいく役目を押し付けてきたのは、誘拐犯ってこと？」

「そういうことだ。とんでもない状況だろ？」

「何で竣にそんなことをやらせるのよ」

どこまでいっても紫苑は冷静だ。沙代子はソファに座り直した。

竣の説明では、彼が勤めるホストクラブ「シルバーフォックス」のオーナーからの指示らしい。シルバーフォックスでは、竣はかろうじてトップを狙える範囲にはいる。トップ5がしのぎを削っているらしい。五人の中ではやや不利な竣にだけ、オーナーがチャンスをくれた。それが今回のミッションだという。

「は？　意味わかんない。オーナーもその誘拐に関係してるってこと？」

「違う」

竣はイライラと言った。

「あの人は脅されてそういうことをしたんだ」

「フクザツー！　私、頭悪いからなー」

「いいから聞けよ」

竣は、ちらりと沙代子の方を見た。込み入った話をこの得体の知れない中年女の前でしてもいいかどうか迷っているのだ。

「あー、沙代子さんなら、心配ないよ。私たち、親友だから」

よんどころのない理由で結ばれた昨日会ったばかりの親友だ。

「嘘だろ？」

案の定、竣は疑ってかかる。当然だろう。どう見てもあり得ない取り合わせだ。

「とにかく信用していいよ。沙代子さん、こう見えても――」そこで一拍置き、「専業主婦なんだ。身元はしっかりしてんの」

紫苑は変に口元を歪めてにやりと笑った。

「誘拐を実行し、オーナーを脅して金を取りにいくよう命じたのは――」

竣は乾いた唇をぐっと食いしばり、紫苑を見据えた。

「何よ」

竣から伝わってきた緊張感に、紫苑の声もいくぶん震えている。

「わかってるだろ？」

細く整えられた眉の下の目が細められた。

「この誘拐をやったのは、『鬼炎』の奴らだ」

「ああ」紫苑はソファにもたれかかり、身を反らせた。「そんなことじゃないかと思った」

「な？　わかったろ？　俺がどれだけヤバい状況にはまり込んでいるか」

「あの――」沙代子はおずおずと口を挟んだ。「鬼炎って？」

紫苑は背もたれから首だけ起こして、沙代子を見た。

「オバサン、ニュースも見ないの？」

見下した紫苑の言いように、竣はさらに目を細めた。相手をオバサン呼ばわりする親友がどこにいるだろうか。

「この街にのさばっている凶悪な犯罪集団。あちこちの都市を渡り歩いているって言われてるけど、よくわからない。残忍なやり口で犯罪をやるくせに、気軽なんだ。まるで遊び半分って感じで。金をもらって請け負ったりもする。そういう機会を与えられるのを喜んでる。凶悪で巧妙ですばしっこい。十数人の若い集団だって言われてるけど、正体ははっきりしないんだ。警察もしゃかりきになってる。だけど尻尾もつかめない」

紫苑は、ここ最近起こったいくつかの事件を口にした。金融ブローカーが襲われて大怪我をした事件。ある政治家の自宅が放火された事件。貴金属店に連続して強盗に入るグループを襲い、貴金属を奪った事件。強盗グループの背後には暴力団がついているという噂だったが、そんなことを考慮に入れているとは思えなかった。暴力団すらも恐れず標的にされる。覚せい剤の取り引きの現場が襲われたということもあったらしい。

表沙汰になっていない犯罪も多く、そういう意味で警察は追いつけていないと紫苑は言った。鬼炎の活動範囲は徐々に広がりを見せている。管轄をまたいで行われる犯罪もあり、警察は後手に回っている。

架空の土地取引で大儲けした不動産業者が標的にされた時、彼は愛人宅で瀕死の状態で発見された。顔は人相がわからなくなるくらい潰され、折れた肋骨《ろっこつ》は肺に突き刺さっていた。命は助かったが、精神的なダメージが大きく、供述は取れない状態だという。警察はボクサー崩れの用心棒が愛人と通じて、雇い主を裏切ったという見方をしていた。愛人と用心棒の姿が消えていたので、彼ら二人を指名手配したらしい。

だが実際は、その二人も鬼炎によって始末されたというのが、闇の世界ではもっぱらの噂だ。不動産業者に恨みを持つ誰かが、鬼炎に依頼したのだと。標的となった相手と一緒にいたり、庇《かば》おうとしたりする人物も、鬼炎には標的と同じだった。いちいち区別するよりも、始末した方が早いと判断するのだ。

「夜の街にも奴らが入り込んでる。そこはお前もよく知ってるはずだ」

「まあね」

「鬼炎はゲーム感覚で犯罪に手を染めるんだ。うちのオーナーも何か後ろ暗いことがあって、あいつらにはめられたんだろ」

「つまり、脅されたってこと？　それで竣までそんなにビビってんの？」

紫苑はソファでふんぞり返って脚を組み替えた。

「バカ、お前はあいつらの本当の怖さを知らないんだ。あいつら、罪悪感も後悔も覚えない。いや、感情がそもそもない。怖いとか、辛いとか、気後れするとか、そういうことを感じないんだ」

「ああ、なんか聞いたね。そんなこと」

「あいつら、殺人マシーンなんだよ。心がないから気が咎《とが》めない。何でもやる。そういうとこ、若《わか》村《むら》組も恐れてるんだ」

竣はそこでぶるっと身を震わせた。いくぶん芝居がかってもいたが、沙代子も同時に震えがきた。若村組は、この街に根を張る暴力団だ。それくらいは沙代子も知っていた。

紫苑は難しい顔をして考え込んだ。神経質に髪の毛を掻きまわす。郊外の元養父の家を出る前に念入りに施した化粧が、疲れて荒《すさ》んだキャバクラ嬢の顔をまあまあまともに見せていた。まるで仮面だ。濃い化粧は、この人にとって武装するための仮面。これを付けている間は、嘘も脅しもお手のものというわけだ。

紫苑はあの三千万円を返すかどうか迷っているのだろう。

もう何もかも白状して金を返そうと、沙代子は叫び出したくてたまらなかった。所詮、うまくいくわけがなかったのだ。偶然に転がり込んできたなんて、そんな安易な考えで手にできる金ではなかった。このままでは、犯罪者になるどころか、凶悪な集団に狙われて恐ろしいことになる。

だが、紫苑は諦めが悪かった。沙代子が口を開きかけた時、竣に向かって言った。

「で？　誰が誘拐されたわけ？」

そんなことを聞いてどうするというのか。早くあの金を返さないと、目の前で情けない顔をしているホストのみならず、自分たちも危うくなるというのに。

竣は口ごもった。

「言いなさいよ！」

紫苑は、床に座り込んだ竣の向こう脛《ずね》をいきなり蹴り上げた。細い体つきのホストは、弱々しい叫び声を上げた。

「私があんたにどれだけつぎ込んだと思ってんのよ。売り上げにさんざん協力してあげたでしょ。それもこれもあんたが泣きついたからじゃない。言われるままにヤミ金に借金して。おかげで私は借金取りに追いかけられて部屋にも帰れないんだからね。あのヤミ金は、若村組の息がかかってるって、あんた、初めから知ってたんでしょ？」

こんなホストに入れあげる理由が沙代子には理解できなかった。魅力的かもしれないけれど、ホストはホストだ。この男が店のナンバー1になったからといって、紫苑にどんな恩恵があるというのだろう。

「――陽向《ひなた》だよ」

「は？」

「入船《いりふね》陽向。お前も知ってるだろ？」

「あの子が誘拐されたってわけ？」ハハハと紫苑は笑った。

「それ、面白いじゃん」

「何がだよ。誰が誘拐されたって同じだろ？　俺がそれでヤバいことになってんのは変わらないんだから」

「同じじゃないね」

紫苑は竣をねめつけた。

「あの子が誘拐されたのは納得できるよ。歓楽街を夜な夜な徘徊《はいかい》してて、おんなじような子の家を泊まり歩いてんでしょ。高校生の分際でホストにまとわりついていい気になって。しかも金回りはいいときてる。気前よく誰にでも奢《おご》ってやってさ。私は金持ちのお嬢様ですって宣伝してるようなもんだよ。そりゃあ、誘拐されるよ」

高校生？　深夜徘徊をしてホストにまとわりつくような高校生がいるなんて。沙代子は絶句した。この地方都市にそんな世界があるとは思いもしなかった。もはやまったくついていけない。

「あの子、北宮町で、愛之介と付き合ってるって言いふらしてるらしいじゃないの。はったりもいいとこだよ。あんたも店の行き帰りに高校生に甘い顔するんじゃないよ。私はちゃんと店に金を落としてんだからね」

「とにかく、陽向は誘拐されたんだよ。あの金は、鬼炎から陽向を救い出すために必要なものなんだ。あれを渡さないと陽向は――」

「いい気味だね」

吐き捨てるように言って高笑いする紫苑に、竣はまた取りすがる。

「おい。今はつまらないいがみ合いをしている場合じゃないぞ。このところ、派手にやり過ぎて慎重になっている鬼炎が、危険な受け取り役をオーナーに回してきたんだ」

「そしてオーナーは、その役目をあんたに放ってきたわけだ。何でもホイホイ言うことをきくあんたにね」

もう一回、紫苑は竣を蹴り上げた。今度は胸元に足先が食い込んだ。弾みで上等のスリッパが飛んでいった。竣は胸を押さえて蹲《うずくま》る。

「正直に言いなさいよ。なんでオーナーは竣にそんなことをさせたのか。自分に振られたことを他人にさせる？　ことは犯罪だよ。そんなこと、鬼炎が許すわけないでしょうが。あんた、誘拐事件にもっと関わってんじゃないの？　陽向はあんたにぞっこんだったんだから」

沙代子は、目の前で展開されるやり取りに、圧倒されるのみだ。

竣はしばらく考え込んだ様子だったが、とうとう観念したのか、ぼそぼそと話し始めた。

入船陽向という女子高生は、親からふんだんにもらう小遣いで、夜の街で遊び回っていた。ふと知り合ったホストの竣が気に入って、店が終わるのを待っていたりする。さすがにホストクラブに客として来ることはなかったが、竣を含む何人かのホストを誘って、カラオケやゲームセンターで遊んだり、食事をしたりしているらしい。

竣たちも陽向たちと遊ぶのがまんざらでもないようで、ずるずるとそういう付き合いを続けているという。

自分の稼ぎをそっくりつぎ込み、借金してまで通っているキャバクラ嬢としては、許し難い行為だ。どうやら紫苑は、お気に入りのホストにべたつく陽向と、歓楽街の路上で派手にやりあったことがあるらしい。

紫苑に睨みつけられて、竣はぼそぼそと白状した。陽向を誘い出すよう、竣に命じたのはオーナーだ。何でもホイホイ言うことをきく竣は、デートと称して陽向を呼び出した。

「ほらね。あんたも誘拐に手を貸してるじゃん」

「誘拐なんて思わなかったんだ」竣は泣きそうな声を上げた。「人気のないところに誘い出すよう言われただけで。俺が待ち合わせ場所に行った時にはもう陽向はいなかったんだ」

「嘘だね」

凍りつくような冷たい声で紫苑は言った。

「あんたは初めからあの子の身に何が起こるかわかってたんだ」

紫苑は仮面の効力を存分に発揮した。竣を見透かす瞳も、薄氷が張っているように見えた。

「そんなことないよ」

軟弱なホストは本当にしくしく泣きだした。

「信じてくれよ。本当に俺は何が起こるか知らされてなかったんだ」

「でも結果的には誘拐に加担したわけじゃん。それって、犯罪だよ」

紫苑の豪胆さに、沙代子は舌を巻いた。三千万という大金を横取りしたのも大いなる犯罪だろうに、涼しい顔をして、他人の過ちを責めているのだ。そして、私はこの女の計画に巻き込まれている――。

体が小刻みに震えた。昨日の晩に戻りたかった。たとえ家を飛び出して車を走らせたとしても、今度はもっと慎重に運転して、歓楽街でつまらない事故など起こさないようにするのに。

「なあ、あの金を持っていかないと、陽向がどうなるかわかったもんじゃない。相手は鬼炎なんだ。ほんとはあったんだろ？　あそこに金の詰まったバッグが」

「なかったよ」

紫苑はにべもなく言った。沙代子の震えは大きくなった。それが紫苑にも伝わったのか、彼女は親友を冷たく睨みつけた。

「あの子の親なら、身代金として言いなりの金を出すんじゃないの？　大金が入ったバッグでしょ？　それ、誰かが持っていったに違いないよ」

陽向の父親は、東海地方では名の通った会社の社長だという。

「ああ、もうおしまいだ」竣は、頭を抱えた。

「陽向は殺されるかもしれない。オーナーもどうなることか」

それからわなわなと唇を震わせた。

「俺だって危ないよ。オーナーは俺に何もかもなすりつけるに決まってる」

恨みがましく紫苑を横目で見やった。この男は、紫苑の言い分を信じていないのだ。今、すべてを告白すれば、何もかも丸く収まるのではないか。沙代子は迷った。

「今頃、そんなことに気がついたの。あんた、顔はいいけど、頭はそうとう悪いわね」

傲岸不遜《ごうがんふそん》な紫苑は、切って捨てた。

「どうしよう。あのバッグがなかったなんて言い訳、通るわけないよな」

誘拐された女子高生よりも自分の身の上が心配なのか、竣は上の空だ。

「そうね。どうしたらいいかしらねえ」紫苑はそらぞらしく考える振りをした。

「お腹が空いたわね。オバサン、何か作ってよ」

竣が信じられないといった表情を向けるのもおかまいなしに、紫苑は続けた。

「沙代子さん、料理はうまいのよ」


まさかこの家でも料理をするとは思わなかった。

キッチンにある外国製の大型冷蔵庫には、ぎっしりと食材が詰め込まれていた。四日前に旅立ったこの家の持ち主が、留守を託したホストのために買いこんでおいてくれたものだという。

冷凍のステーキ肉やサーモン、ローストビーフに茹でたカニ、野菜室も満杯だ。レトルトの中華料理やカレーにシチュー。戸棚を開くと、調味料もずらりと並んでいた。特に工夫を凝らさなくても、何でもできる。

ピカピカに磨き上げられたシステムキッチンで料理をしながら、沙代子は手元が狂い、何度か包丁を取り落としそうになった。

「で？　有難いそのマダムはいつまで留守にするわけ？」

十二人がけのどっしりとしたテーブルに陣取り、できあがった料理を口に運びながら、紫苑が尋ねる。

「一か月は帰らないって言ってたな」

萎《しお》れた声で、竣が答えた。家の主は、五十代半ばの未亡人らしい。夫が遺した膨大な財産で贅沢《ぜいたく》三昧《ざんまい》の暮らしをしているという。なかなかのやり手で、夫の事業を引き継いだ上に、自分でも新たな事業を興し、それも成功させている。ただし有能な女性経営者らしく、かなりシビアで、ホストクラブに出入りはしても、竣だけに貢いでいるというわけではない。今回の留守番をうまくやり遂げるかどうか、竣を試している部分があるようだ。

今は久々の休暇を取り、知人がいるギリシャに滞在しているのだと、竣は話した。

「いいね！　それまでここにいられるってことね」

分厚いステーキを切り分けて、豪快に口に入れる。

「ここは鬼炎にもばれてないから、今んとこ、大丈夫だけど、でも一か月もあいつらが放っておいてくれるわけがない」

金を持ってこない竣を、血まなこになって捜し始めるはずだという。それがよっぽど心配なのだろう。竣は、ステーキの皿を目の前にしても手を出そうとしない。沙代子も食欲がなかった。胃の中から酸《す》っぱいものが込み上げてくる。ここに来てから不安は解消するどころか、ますます膨れ上がった。

沙代子が椀に注いだ味噌汁だけを、竣はずずっと啜った。豆腐と油揚げ、シイタケとジャガイモの具だくさんの味噌汁だ。冷蔵庫に高菜のぬか漬けがあったのでそれも食卓に載せた。納豆のパックもいくつかあった。五十を超えた女性の、年相応の冷蔵庫だなと感心したものだ。

炊き立てのご飯に納豆をかけて食べる沙代子を、紫苑が鬱陶しそうに見る。

「私、納豆、嫌いなんだよね。臭いも嫌だから、近くで食べないでよ」

「お味噌汁は？」

「うん、これもいいや」

紫苑は自分の椀を手でそっと押しやった。

紫苑のような生活の乱れた人物は、味噌汁や納豆、漬物などの発酵食品を食べると、体の調子がよくなるのにとは思ったが、口に出して言うのは憚《はばか》られた。どうせ沙代子の忠告なんかに耳を貸すはずがない。紫苑は缶ビールのプルタブを勢いよく引き、缶に直接口をつけた。中身を勢いよく喉に流し込み、至福の表情を浮かべた。

「うう、生き返るぅ」

ダイニングチェアの上で胡坐《あぐら》をかく。

「超高価なウイスキーがキャビネットにあったでしょ。あれ、一本くらい開けてもいいよね」

「まずいよ、それは」竣が顔をしかめる。「俺は留守番なんだって言ったろ？」

「いいじゃん。沙代子さん、一本出してきてよ」

まるで家政婦扱いだ。

「アルコールなら、甘酒にするといいわ」

ようやくやんわりと言い返す。沙代子は紫苑の顔を指差した。

「発酵食品を食べると、あなたのそのガサガサのお肌もすぐにきれいになるわよ」

紫苑はむっとしたように、沙代子を睨みつけた。

「料理が得意だからって調子こいて、うるさいこと、言わないでよ。私は食べたいものを食べるの」

またステーキを口に運ぶ。生ハムとルッコラのサラダには手を伸ばすが、付け合わせの人参のグラッセは皿の端によけた。

「よくそんなに食えるよな」竣も嫌みを言う。「俺が窮地に陥っているっていうのに」

「だってしょうがないじゃん。バッグは誰かが持ち逃げしたんだからさ」

沙代子の胃がきゅっと収縮した。

持ち逃げした張本人が、二本目の缶ビールを開けた。

「いざとなったら、逃げればいいんだよ。私、竣と一緒に逃げてあげてもいいよ。こんな街にはもう飽き飽きしたから」

紫苑は軽い調子でそんなことを言う。本心なのだろうか。そうなった場合、自分はどうなるのだろう。沙代子は暗い気持ちで味噌汁をかき混ぜた。椀の底に残った味噌汁には、重たい瞼で二重顎の女が映っていた。

「逃げ切れるもんか」竣が押し殺した声を出す。「お前は知らないんだ。鬼炎の残忍さを。あいつら、コケにされたと知ったら、絶対に許さないぞ」

沙代子は、手にしていた上等な塗りの吸い物椀をテーブルの上にそろりと置いた。椀の底とテーブルが接する音に、カランという金属の音が重なる。紫苑がナイフとフォークを、ステーキ皿の上に投げ出したのだった。

「知ってるよ」

竣よりさらに暗くて低い声。

「私だって、何年も夜の街で生きてきたんだ。いやでも裏社会の事情には通じるってこと」

鬼炎を構成している二十代の男たちには、通常の人間が持っているはずの感情がない。情愛も良心も、自責の念も、人を攻撃する時に覚えるはずの戸惑いも、何もかもが欠如している。あるのは破壊的な欲求と、そこからもたらされる満足だけだ。人を傷つける術にも長《た》けている。

「あいつらはね、操られているんだって。リーダーっていう男が、ドラッグで人間的な部分を消し去ってしまうらしいよ」

元々この街を支配していた若村組の裏をかき、活動範囲をじわじわ広げている。暴力団のように縄張りなどない鬼炎は、県内だけに留まらず、自由に暗躍している。だからよその街に逃げたって無駄なのだ。

いろいろな采配や請け負う犯罪など、すべてはリーダーなる人物が決める。メンバーは命じられるままだ。なぜなら彼らには感情がなく、よって拒否することもない。そういうことを、紫苑は淡々と語った。

「それはさすがに大げさだろうって思ったけどね。ヤミ金の奴らが私を脅すために作り話をしてるんだって。そんなクスリで人を操れるもん？　まるでアニメの世界だよ」

紫苑は笑い話にしてしまおうとしたようだが、うまくいったとはいえなかった。竣はくすりとも笑わなかったし、沙代子にいたっては、血の気のない青白い顔を引き攣《つ》らせただけだった。驚きのあまり、食べたものが逆流してきそうだった。

そんな恐ろしい集団から金を奪おうとしているなんて、思いもしなかった。この家に来るまで、紫苑の楽観主義に踊らされていた自分を罵りたい気持ちだった。そんなにうまくいくはずがないと思いながらも、山分けした半分の金を持って、実家に急ぐ姿を妄想していたのだ。

　紫苑は軽く咳払いをした。

「まあ、あいつらを怖がるばっかりに噂が大きくなってるってことよ。警察は統率のとれた半グレ集団だって判断してるらしいよ。恐ろしく頭のいいカリスマ的なリーダーが操ってるグループね。そっちの方が近いんじゃない？」

「どっちにしても暴力にものを言わせる奴らだってのは確かだ。で、俺たちはそいつらの標的になるわけだ」

「俺たちって何よ」

「俺たちは俺たちだよ。紫苑の言った通り、身代金入りのバッグを誰かが持ち逃げしたにしても、あれがなければ俺たちはまずい立場に置かれるってこと」

「あのね――」紫苑は皿からナイフを取り上げて、竣を指した。

「私たちは巻き込まれただけだよ。鬼炎から命じられたのは、竣だけでしょ。陽向を誘拐する手助けをして、身代金を取りにいく役目を請け負った。あんたは首まで犯罪にどっぷり浸かってるじゃん」

　竣は脅したつもりが、逆に脅されてしまったようだ。さっきまでの勢いは失せ、顔を伏せてしまう。一枚板のテーブルの美しい木目を、じっと見下ろして黙り込んだ。その竣の頭に、自分の言葉が浸透するのを待つように、紫苑はしばらく黙った。それからおもむろに口を開いた。

「いい？　私は借金取りに追いかけられて店にも出られなくなって逃げてきた。それから、このオバサンは――」

ナイフの切っ先が沙代子に向けられた。

「旦那とうまくいかなくて、家を飛び出してきた」

シャンデリアに照らされたナイフが、きらりと光った。

「そして、ここにたどり着いたわけ」紫苑はゆっくりとナイフを下ろした。

「それもこれもあんたが泣きついたからだよ。私たちはここから出ていったっていいんだよ」

「俺を一人にしないでくれよ！」

竣は悲愴な顔をして叫んだ。沙代子は、相対する二人の顔を交互に見た。どうみても、紫苑の方が一枚上だ。紫苑は落ち着いたしぐさで、またステーキを切り分け始めた。沙代子も気持ちを落ち着かせるため、バカラのグラスに入った水を飲んだ。カラカラになった喉を、冷えた海洋深層水が潤した。だがもう胃は食物を受け付けそうにない。

「まあ、いいよ。いきがかり上、しばらくここにいてあげるよ。これからどうしたらいいか考えよう」

竣は心底ほっとしたように、肩の力を抜いた。紫苑の顎は、力強く咀嚼《そしゃく》を続ける。

「だいたい、鬼炎が陽向の身代金を要求したってほんとなの？　なんかさ、鬼炎がやる犯罪にしてはちょっとおかしいよね。誘拐なんて」

「さあな。よくは知らないけど、鬼炎に依頼した人物がいるらしい」

「あの子を誘拐してくれって？　まあ、家は裕福だけどさ。ろくな高校生じゃないよ。遊び回ってあんまり家にも帰らないいって話を聞いたけど」

自分のことは棚に上げて、紫苑はそんなふうにこき下ろした。

「まだ表沙汰になっていないってことは、親は鬼炎の言う通り、警察に届けずに金を用意したってことだね」

「まあ、そうだろうな」

「誰だろうね。陽向を誘拐してくれって頼んだ奴は」

「知るか」

豪華な晩餐《ばんさん》は、紫苑だけが楽しんだようだ。竣も沙代子も大方を食べ残した。

夜が更けると、当然のように竣と紫苑は二階の寝室に上がっていってしまった。さっきまでツンケンしていた紫苑は、態度を一変させて竣にべたついている。隠れ家的な広い一軒家で彼と過ごせることに浮足立っているのだ。ころころ変わる状況にも、柔軟に態度を変えて、その場その場を楽しむ紫苑の姿勢は、見事だとも言える。

びくついている竣を急《せ》かすように二階に向かう紫苑の嬌声《きょうせい》が、キッチンまで届いてきた。

到底紫苑を見習えない沙代子は、あてがわれた一階の客間に入った。客間専用のバスルームを遠慮しいしい使う。おしゃれなボトルに入ったシャンプーやトリートメントからは、嗅いだことのないいい香りがした。昨晩を過ごした家の、タイル張りの古びた風呂場とは大違いだ。

疲れ切った彼女は、きれいなシーツのかかったベッドに倒れ込んだ。途切れ途切れに見た夢の中に、母の千鶴が出てきた。印刷工場の小さな輪転機の横の作業台で、黙々と印刷物を束ねている。幼い沙代子は、工場の片隅でおとなしく座り、仕事をする母を見ていたのだった。暗い顔をした千鶴は、一度も顔を上げて我が子を見ることはなかった。

あの頃からもう沙代子は、母に我がままを言ったり、甘えたりすることを諦めていた。仕事に追われ、家事を担う千鶴には、子どもの姿は見えていなかった。子育てや人付き合いなどで自分の手に余ることに出くわすと、母はすぐにパニックに陥った。彼女の精神の受け入れ可能な容量はごく小さく、あっという間に溢《あふ》れてしまう。そうしたあり様を、子どもに備わった敏感な感性で、沙代子は感知していた。

六歳か七歳の頃だ。手のかからない「いい子」でいることだけを、沙代子は心掛けた。印刷工場の冷え冷えとした片隅で、沙代子の存在は薄れていった。限りなく透明に近くなった自分を時々確かめなければならないほど。

＊＊＊＊＊＊＊

男はどっしりとしたデスクを前にして座っている。デスクの上には、さっき調合したばかりのドリンクが置いてある。プラスチックボトルに入ったドリンクは、何の変哲もないプロテインドリンクにしか見えない。だがもちろん、ただのプロテインではない。ドリンクに混ぜた薬には、「ナイト・ドゥ」と名が付けられている。「夜露」という意味だ。夜の葉先に宿る甘い露を表したつもりだ。男自身が名付けた。

この薬が精神に作用する効果を発揮するためには、男自身が調合をしなければならない。その調合法を伝授してくれた老人は、男に言った。これは長年にわたって、利用されてきた妙薬だと。秘術を受け継いできた者の間では「甘露《かんろ》」と呼ばれている。厳重に秘匿された素材の入手先も教えてくれた。その昔、人を酷使するために考案されたものだという。衰えや疲れから解放され、ただ淡々と目の前の仕事をやり遂げる心のない人間を作り出すことが目的だった。そうやって脈々と受け継がれてきた薬なのだ。

用途がなくなり、ほとんど廃《すた》れてしまったが、日本のどこかに数人はまだこれを扱える人物がいるはずだと老人は付け加えた。

「甘露」とはダサい言い回しだ。時代に即したスマートなものに男は名前を変えた。それが夜露だ。露は夜草の葉先に宿るもの。さらにナイト・ドゥと英訳した。

ただの言葉遊びだ。

元の名前で呼ばないことで、男が受け継いだものの正体を知られる恐れもなくなった。

老人は、男にこれを伝えた後、ほっとしたようだった。長い間、継承者を探していたと言った。老人は、この妙薬を手にしながら、たいして効果的な使い方はしていなかった。うまくやれば男のような画期的な使い方ができるのにそうはせず、善意に満ちた使い方しかしなかった。

頼まれて他人の緊張を解いたり、何か大きなことを成し遂げるための支えにしてやったそうだ。元々、誰もが感じる緊張感や恐怖や戦慄《せんりつ》を取り除くために使われていた薬だったのだから。人間が本来持つべき感情を封印し、権力者が自分の意のままに働く輩《やから》を作り上げていたのだ。

それならなおのこと、老人の使い方はくだらない。有名な政治家やアスリート、冒険家の役に立ったのだと老人は胸を張った。男は神妙に聞くふりをしながら、腹の中で笑った。

甘露は日本古来の妙薬だが、現代においてはろくな使い方をされないでいたのだと男は理解した。それなら俺が有効に使ってやろうと。

その時から、彼なりの用途のプランはもう浮かんでいた。

四年ほど前に出会ったあの老人は、自分の手で始末した。この薬の調合法を独り占めにするために。その瞬間から男の計画は始まった。

目を付けたのがスポーツジムだった。ただひたすらにがむしゃらに体を鍛える男たちは、ナイト・ドゥに馴染みやすい。己を抑制し、欲望や雑念を排除し、自分を無にしてマシンと一体化することを無上の喜びとする男たち。ナイト・ドゥこそがそうした境地を作り上げる。彼ら自身もマシンに変えてゆく。

彼らはやがて、この薬がなければどうにも自分を保てなくなるのだ。一種の薬物依存ではある。鍛え上げた体を駆使して、暴力に依存することを一途に望むようになる。それこそ、たわめられたバネのように。男はただその機会を与えてやるだけだ。

ナイト・ドゥで手なずけ、慰撫《いぶ》してやり、破壊衝動を発散させてやる。今では男が率いる軍団は、十数人の精鋭で構成されていた。

かくして男が計画した完璧な犯罪集団ができあがった。

なぜ老人は、ナイト・ドゥを男にだけ授けたのか。それは特定の人物だけが、このある意味危険な薬を扱えるからだった。特殊な体質の持ち主というべきか。あの薬を調合する時、普通の人間には激しい副作用が生じるのだという。触るだけで皮膚から吸収された成分が、劇症な変化をもたらす。触らなくても揮発する成分にやられる。

吐き気や激しい頭痛、めまい、果ては呼吸困難まで起こして死に至ることもあるという。だから、特別な者しかこの薬は扱えない。

当然のことだが、それまで男は、自分が特殊な体質であるとは知らなかった。それを知らされ、秘伝の妙薬を扱える術を手にした時は、神から選ばれた人間になった気がしたものだ。

あの老人に出会えたことは僥倖《ぎょうこう》以外の何ものでもない。

継承者として見出されたことに感謝しなければならないと思う。世界は男のために開かれたようなものだ。ナイト・ドゥさえあれば、好き勝手に犯罪を行える。他にも継承者がいるかもしれないということは、しばらくは忘れよう。老人を手にかけた時、老人が口走ったのだ。

「わしを殺しても無駄だ。この薬のことを知っている者はまだ他にもいるはずだ」

おそらくははったりだろう。甘露という妙薬のことを知る人物には出くわしたこともないし、ネット上でも取り沙汰されることがなかった。そんな特殊な体質の者が何人もいるとも思えなかった。だから、やっぱり闇の世界を支配できるのは、俺だけだろう。甘い匂いの中で、男はクックッと笑った。

この愉しみがなければ、男の人生は暗澹《あんたん》たるものだった。

まずはこの地方都市で力を試して、勢力を広げていこうと考えていた。

自分がナイト・ドゥを扱える体質であったこと、そこに偶然あの老人と出会えたこと。まさに奇《き》縁《えん》だ。だから、犯罪集団の名前を「鬼炎」とした。

ただの言葉遊びだ。

4

奇妙な共同生活だった。

ここにこもっていても、何も進展しないとわかっていた。紫苑は相変わらず三千万円の行方に関してはしらばっくれ、竣はまとわりつくキャバクラ嬢に手を焼いていた。紫苑を振りほどいて寝室から出てくると、むっつりと黙り込んでスマホをいじったり、ぼんやりとテレビを見たりしていた。そして時々ふらりと出ていく。

この家の家主は、瀬良三知子《せらみちこ》という名前だという。スマホで検索すると、名の通った女性交流クラブのメンバーとして出てくる。紫苑から見せてもらった写真では、ふんわりした巻き髪に念の入った化粧で、にっこりと微笑んでいた。

「おお、セレブ感、満載。さすが。金をかけたら、見かけなんてどうにでもなるんだね。修整も相当かけてるよ、これ」

案の定、紫苑は貶《けな》した。

竣は瀬良から、自分の会社の様子を監視するように言い付けられているらしい。彼の外出目的は、そうした事業所の見回りということだった。瀬良は彼女自身の裁量で、美容院や語学教室、音楽スタジオなど、手広くやっているという。彼女は自分の部下を信用していないから、経営のケの字も知らない目線を持つホストの竣を見張り役として立てている。それが、この家にいられるという特権と引き換えに竣に与えられた仕事だった。ただの派手好きな未亡人とは一味違うようだ。

竣は命じられた仕事だけは律儀に勤め上げている。鬼炎の連中に出くわさないよう細心の注意を払っているのだろう。それなら、ホストクラブがある北宮町に近寄らないで、昼間、まっとうな事業所巡りをしていた方が安全だ。

竣が出ていくと、紫苑は憮然《ぶぜん》と黙り込み、大型テレビの前に陣取った。テレビは点いているが、特に興味を持って見ているようではない。もはや沙代子に念を押したり、脅しをかけたりもしない。頭の回転の鈍い中年女は、自分の判断で行動を起こすことなどないと断じたのかもしれない。

その判断は、当たらずとも遠からずといったところだろう。沙代子にはこの複雑怪奇な状況に、到底対処できない。どうやるのが正解なのか、沙代子の乏しい人生経験では結論を出すことができなかった。

沙代子は、スマホを家に置いてきてよかったと思うようになった。あの煩わしい機械が鳴るたびに、びくびくせずにすむ。どこともつながらないでいるということに、不安よりも安寧を感じていた。とりあえずは現実に向き合わないですむという、逃避に他ならないということは重々わかっていたが。

三人分の食事を用意するという仕事が課せられたことも救いだった。

料理をするという行為は、昔から彼女を落ち着かせるのだった。口から入り、身体を組成するものを、いかに効率よく取り込み、素材を美味しく無駄なく使い切るか。そういうことを素早く頭の中で組み立てると、手は自然に動き出す。その間は、他の事柄はすべて抜け落ちる。自分の手で食べ物をこしらえる時、頭はすっかり空っぽになるのだ。

そうやって、沙代子はかつての自衛手段を蘇らせた。つまり、何も考えず、成り行きにまかせ、透明人間に徹すること。たわむことはあっても折れてしまわない、ある意味強靭《きょうじん》な生き方を発動させた。

住宅街の豪奢な一軒家に逃げ込んで二日、沙代子は三人分の三度三度の食事を用意した。瀬良が竣のために買い込んでくれていた食材は、まだたくさんあった。美味しいものを口にすると、人間は穏やかになる。出口の見つからない状況に置かれていることを一時忘れたように、紫苑は食事の時間を待ち望んでいるようだった。それ以外、ここには楽しみというものがなかった。紫苑はとうとうキャビネットの中の高価なウイスキーに手を出した。

竣は、自儘《じまま》な紫苑を咎めることを諦めたようだ。自身は、あまり食事を楽しむということをしない。味にも文句をつけない。機械的に口にものを運ぶといった感じだ。満腹まで食べることもなく、アルコールも口にしない。ホストであるために、細身の体を保っておくよう、心を砕いているのだろうか。

冷蔵庫の野菜室に満杯になっていた野菜が傷む前に、沙代子は加工を施した。食べ物を一つたりとも無駄にしたくなかった。キャベツも人参も玉葱もオクラもトマトも全部浅漬けにした。沙代子の浅漬けの方法は、米のとぎ汁に粗塩《あらじお》を加えたつけ汁にざくざく切った野菜を漬けるだけだ。ごくシンプルな方法である。

こうすると、野菜が長持ちする上に美味しくなると習ったのは子どもの頃で、浅漬けにはビタミンEやカリウム、マグネシウムなどの栄養素が含まれていて、免疫力を高めたり、高血圧や老化の予防にもなるのだと習ったのは就職後、管理栄養士の平本からだった。

野菜には乳酸菌が付着していて、その働きによるものだ。乳酸菌は土壌菌の一種で、まさに土で育った野菜が持つ素晴らしい効力だということを知った時には、感激したものだ。

味噌汁も納豆も食べない紫苑も、とぎ汁に漬けた野菜はポリポリと音を立てて食べた。竣もあっさりした浅漬けには食指を動かした。

テーブルを囲んでいると、急ごしらえの家族に見えなくもなかった。舌鼓《したつづみ》を打つ三人の会話は、当たり障りのない話題に終始した。その実、心の中では、誰かが決定的な解決策を思いつき、この閉塞空間から逃れることを期待しているのだった。しかし、そんなものはどこにもなかった。

破綻《はたん》が近づいているのは明らかだった。ただ沙代子は、料理をしているうちに腹が据わってきた。よく知りもしないキャバクラ嬢の企みに加担したことは愚かなことだったと思う。あの時、自分は母と同じで気が動転していたのだ。まともな思考回路が働かなかった。そこまでは冷静に分析して受け入れた。

今までの人生の折節《おりふし》で、料理は沙代子を助けてくれた。親から引き離されて四国の山間部にある祖母の家に預けられた時も、企業の社員食堂に長期間勤めて最年長になったのに、たいして待遇は改善されなかった時も、俊則と結婚して川田家で邪険にされた時も、常に手を動かし、人の口に入るものを作ってきた。

——人の暮らしの基本は食べることやからね。その気になったら、何だって食べられるんよ。

沙代子を励まし続けたあの言葉が、耳元で囁かれた気がした。

十歳で経験した辺鄙《へんぴ》な山奥の集落での生活は、沙代子にとっては苛酷なものだった。

仕事にかかりっきりだった父親は、そもそも実家に帰るということはまれだった。よって、沙代子はそれまで祖母に三、四回ほどしか会ったことがなかった。伯父、伯母や従兄弟たちとはもっと疎遠だった。

祖母は、息子のやや奇矯《ききょう》な嫁を嫌っていた。

「あんな人となんで結婚したんかねえ」沙代子の前でそんなことを口にした。

「千鶴さんがもうちょっとまともな人やったら、吉彦《よしひこ》の事業もうまくいったろうに」

父が始めた印刷工場がなかなか軌道に乗らないのも、母のせいにした。祖母がそんなだから、伯父、伯母たちも似たようなものだった。

転がり込んできた沙代子を迷惑がった。林業と畑作とで細々と成り立っている暮らしだったから、負担が大きかったのだろう。林業といったって、伯父は山を所有しているわけではない。森林組合に臨時で雇われて山仕事をこなし、製材所でも働いていた。

伯母もヒノキや杉の苗を育てる会社のパート職員だった。よくいえば放任主義、悪くいえば躾《しつけ》のなっていない子どもたちは、まるで手のつけられない野猿だった。街育ちの沙代子をからかうだけでは気が済まず、考えつく限りの嫌がらせをした。狭い地域で育ち、退屈しきっていた兄弟にとって、突然現れた従姉妹は、恰好の憂さ晴らしの的だった。口下手で動作がのろく、抵抗することのない沙代子は、最も適した標的だったといえる。

三人の男の子と、末の妹。一番下の麻未《まみ》は、特に底意地の悪い子だった。顔も祖母にそっくりだった。間延びしたような面長に、落ちくぼんだ目。歯並びが悪いせいで、いつもとんがったような口元まで。

上の乱暴な男の子から守ってやるとみせかけて、二歳年上の沙代子を弄《もてあそ》んだ。

「沙代ちゃんは、お父さんやお母さんから捨てられたんよね。いらん子なんやろ」

「お母ちゃんが言うとったわ。あんたのお母さん、ちいとここが――」つんつんと自分のおでこを突く。「おかしいんやろ。そやから沙代ちゃんもおかしいんよね。あんまり仲良うにしたらいかんてばあちゃんも言うしな」

押し黙ってしまった沙代子に、年下の麻未は畳みかけるのだ。

「おいちゃんはかわいそうや。おかしな奥さんもろて、おかしな子ができて」

それは大人たちの言葉をそのまま繰り返しているのだろうと察せられた。子どもの前でも気配りすることなく、千鶴を罵倒して喜んでいるのだ。

麓にある小学校の分校への行き帰り、そんな悪意に満ちた言葉をぶつけられる。分校の子も、よそよそしかった。当然の成り行きとして、学校は休みがちになった。母に無視されても、両親の仲たがいを見せられても、自宅の方がここよりはましだと思った。家に帰りたいと訴えると、祖母は奥まった細い目を吊り上げた。

「ちゃんと面倒みよるやろが。向こうに帰って私らの悪口言うつもりなんか」

「そんなことしません」

とうとう泣いてしまう。やって来た伯母が祖母から事情を聞いて、口を挟む。

「沙代ちゃん、こっちにおった方がええよ。あんたのお母さん、うちらに子どもを押し付けて、今頃楽しとるんよ。ほっとして、羽を伸ばしとるに違いないわ。あんたが家に帰ったら、またおかしなるよ」

それはある部分、的を射ていた。沙代子は山でも、自分を消すしかなかった。

学校へ行かず、山の中を歩き回る方が気が楽だった。人間以外のものは、沙代子の心を癒《いや》してくれた。

祖母の家のすぐ裏は、整然と植林された山で、細い道が上へ続いていた。そこをずっと登っていくと、小さな神社に行き当たる。その背後は、もう人の手の入らない自然の森になっていた。ミズナラやコナラ、スダジイ、タブノキなどの広葉樹林だ。頭のはるか上に緑の天蓋《てんがい》があって、そこからこぼれてくる光が林床《りんしょう》を照らしだす。苔やシダを踏みしだきながら歩き回る時間は、沙代子に安息をもたらしてくれた。人と接するよりも、鳥の声を聞きながら湿り気のある森の空気に包まれている方が、ずっとましだった。

そんな森の中で出会った人があった。

陽当たりのいい斜面に咲いていた白い小花を手折ろうとして、沙代子が身を乗り出した時だった。足下の石が崩れた。

「あっ」と思った時には、斜面を転げ落ちていた。何とか体を丸めて頭を庇《かば》ったが、途中にある石や灌木にしたたかに体を打ちつけた。体が止まっても、しばらくは動けなかった。斜面からパラパラと落ちてくる小石が、体に当たるのだけはわかった。沙代子は谷底に横たわり、青い空をぼんやりと見上げていた。

自分が足を滑らせた斜面の縁も見えた。そこにひょいと黒い影が現れたのは、どれくらい経ってからだろう。

「あんた、大丈夫かな?」

返事ができなかった。ただ頭を動かして、手を挙げた。

「じっとしとき。今、そこに行くけん」

黒い影は一旦消えて、次に後ろ向きの人影が現れた。人影は斜面を下りてくる。それにつれて、また小石が落ちてきた。沙代子の頭が回りだし、誰かが助けに来てくれるのだということがわかった。小柄な女の人だった。その人は、身軽な動作で斜面を下りてきて、沙代子の上にかがみ込んだ。

「あそこから落ちたん？　どこぞ打った？」

その人に支えられてそろそろと起き上がる。体のところどころが痛んで顔をしかめた。女性は沙代子の体のあちこちを触ってみて、「骨は折れてないみたいや」と呟く。

「立てる？」と言われて立ち上がろうともがく。女性に支えられて何とか立てた。それでも女性にもたれかかるしかない。

「歩ける？」

脚を動かしてみて、頷いた。その時になって着ていたブラウスの袖が破れているのに気がついた。そこから見える腕の傷から出血している。滑り落ちている時に、小枝か何かで引っ掻いたのだろう。長い切り傷ができていた。傷に気がついた途端に、ずきずきと痛みだした。

「あっちから上がろう」

言われるままにゆっくりと歩を進めた。ようやく女性に気が向いた。沙代子とそう背の高さは変わらない。年齢は母と同じくらいかと見当をつけた。いや、日に焼けて健康そうだが、もっと年はいっているのかもしれない。山仕事をする時に着るような長袖長ズボンに、地下足袋を履き、布の垂れがついた麦わら帽子を被っている。どれもくたびれて見えた。

少し行くと、斜面の傾斜が緩やかになっているところがあった。女性はこの辺りを知り尽くしているようだ。斜面に手をつき、女性に後ろから押してもらいながら、やっとのことで登り切った。打撲したところがひどく痛んだ。

「うちへおいで。傷の手当てをしてあげるけん」

すぐ近くに彼女の家があるという。いつの間にか森の奥深くまで足を踏み入れてしまっていた。

「それ、ハルジオンよ」

女性に指差されて、自分が握りしめている花に気がついた。斜面の突端から落ちる直前に、花を手折っていたようだ。それを持ったまま、転がり落ちたということだ。

物怖じして黙ったままの沙代子に、女性は笑いかける。目尻に細かい皺が寄った。

「葉っぱを天ぷらにするとおいしいんよ」

「天ぷら――？」

沙代子は名前も知らないで摘んだ花をまじまじと見た。食べられる植物だなんて思いもしなかった。

女性は、斜面の上に置いてあった竹カゴを背負った。その中にいろんな種類の植物がたくさん入っていた。鎌や鉈《なた》も入れてある。この人は、山菜を採っていたんだとようやく思い至った。祖母や伯母も山菜採りに山に入ることがあると言っていた。

「あんた、見かけん子やなあ。ここらの子と違うやろ」

それで沙代子は名前を名乗った。

「ああ、そうかあ。曽根《そね》さんとこに来た子かあ」

都会から来て、ちょっとだけ滞在しているという事情も話した。その時は、「ちょっとだけ」のつもりだった。

「おばちゃんは、白井《しらい》雪代《ゆきよ》。全然色、白うないけどな」

そう言って豪快に笑った。

森を抜けて山道を少しだけ上がると、人家が見えた。しかし、その家は崩れかけていて、人は住んでいないようだった。その辺りにはそうした空き家が何軒かあった。山の中にこういう場所があるとは知らなかった。

「ここは不便なけん、人が皆出ていってしもたんよ。残ったんはうちだけ」

雪代の家は、丸い自然石を積み重ねた石垣の上に立っていた。割合頑丈な家屋だった。

「さあ、入って」

重そうな板戸を引いて、雪代が先に家の中に入った。沙代子はそれに続きかけたが、ふと上を見てぎょっとした。入り口の上の板壁に干からびた両手が吊り下がっていた。

「ああ、あれは猿の手のミイラ。魔除けなんやて。昔から吊ってあるんよ。私が生まれる前から」

立ち止まってしまった沙代子に笑いかける。それでも暗い土間に足を踏み入れるのを躊躇した。山の中に一軒だけ残ったおかしな家。そんなところに安易について来たことを後悔した。この人のことは、私は何も知らない。急に怖くなった。

そんな沙代子の思いも知らず、雪代は竹カゴを下ろし、広い土間をどんどん奥に進む。恐る恐る覗いた土間には、伯父の家にもある山仕事の道具や木臼《きうす》や杵《きね》、平たい木箱の積み重なったもの、巻かれた莚《むしろ》などが置いてあった。高い天井からは、何かの植物の束がいくつも吊り下がっている。

「お父ちゃん、もんたよ」

雪代は、さらに家の奥に向かって声をかけた。呼び声に応じて、板戸が開いた。もう七十はとうに過ぎているくらいの年配の老人だった。

「早かったのう」

「まだ帰るつもりはなかったんやけど、この子が――」

振り返った雪代が、まだ外に立っている沙代子を認めた。

「怖がらんでいいんよ。おいで」

戻ってきて沙代子の手を取った。それから、父親に沙代子と出会った状況をかいつまんで説明した。

「怪我したんか？」

「転げて落ちたけん、あちこちをぶつけたみたい。血も出とる」

「ほうか。ほな、待っとけや」

親子の会話を沙代子は落ち着かない気持ちで聞いた。老人は家の奥に消えた。早く下の家に帰りたかった。麦わら帽子を取った雪代の頭には、銀髪がかなり混じっていた。彼女も一度外に出て、洗面器にきれいな水を汲んできた。タオルを絞って、上がり框《かまち》に腰掛けさせた沙代子の顔や手足を拭いてくれる。自分では気がつかなかったが、山土が体に付いてひどく汚れていたようだ。打ち身のところをタオルで拭われると、痛みが走った。切り傷には、冷たい水が沁みた。

「あれ、ごめんよ。痛かったんやね。ここはどう？」

優しく声をかけてくれるにつれ、沙代子も安心して、体の力を抜いた。少なくとも、ここの親子は自分を助けようとしてくれているということは理解できた。それまであまり村の住人とは懇意にしてこなかった。すべての人が、祖母や伯父夫婦のように意地の悪い人のように思い込んでいた。

戻って来た父親は、ヨモギの葉をたくさん摘んできた。雪代が洗面器の水を新しいものに替え、傷口を洗うと、老人はヨモギをごつい手で揉《も》んで、そのまま傷に当てた。

「これで血は止まるはずや。いかんかったらチドメグサを採ってくるけどな」

「お父ちゃん、大丈夫みたい。あとは打ち身やね」

肩と太ももを打ちつけたらしく、腫《は》れ始めていた。雪代はちゃきちゃきと動く。小麦粉を入れたボウルを持ってきて、そこに二種類の粉末を混ぜた。

「こっちはキハダの粉。こっちはクチナシの実を乾かして粉にしたもん」

不安そうに眺めている沙代子にいちいち説明してくれる。

「これをな、酢で練ったら湿布薬になるんよ」

手早く粉末を練ってガーゼに塗り、患部に当ててくれた。ひんやりして気持ちがよかった。

「これでよし」

雪代はにっこりと笑った。

「今どきこんな湿布珍しいやろけど、よう効くけんな」と続けた。

「こんなとこまでよう来たのう」と父親が横から口を挟む。

「村の人はあんまりこっちには上がって来んから」

雪代が付け加えた。

そっとヨモギを取ると、傷の出血は止まっていた。傷薬だというビワの葉エキスなるものを塗布してくれた。

しばらく休むと元気が出た。

「まあ、こんな山奥やけん、たいしたもんはないけど」

そんなふうに言ってイチジクの甘露煮や、干しアンズ、きゃらぶきなどを出してきて、勧《すす》めてくれる。おずおずと口に入れ、美味しさに目を見張る沙代子に、雪代は顔をほころばせた。

その後、雪代が村まで送ってくれた。集落が見え始めると、雪代は「ほんなら、気をつけて帰り」と戻っていった。

彼女の姿が木立の中に消えてから、ろくにお礼も言っていなかったことに沙代子は気づいた。村のさらに上の孤立した集落で暮らす親子のことは、祖母たちからも聞いたことがなかった。

十歳の春、沙代子は白井昭二《しょうじ》、雪代親子と初めて出会ったのだった。


ひどい状況の中にあっても、きっとどこかに突破口は開かれるはず。子どもの頃に学んだことだった。八方塞がりの今も、料理をしているうちに事態は好転し、いい方向に向かうはずだ。そう沙代子は自分に言い聞かせた。

だが、状況はさらに混沌を極めることになった。

竣のパトロンである瀬良三知子の家での共同生活が始まって三日が経っていた。もうそろそろ寝ようかという夜更けのことだ。いきなり、チャイムが連続して鳴《な》った。ぎょっとして顔を見合わせた三人は、その場で動けなくなった。ソファでくつろいでいた竣と紫苑、それにキッチンで食品の整理をしていた沙代子。

誰も応じないので、チャイムはイライラと何度も鳴った。

「いったい誰？」

紫苑は竣を詰問した。

「知るか」

答える竣の声は震えていた。

「鬼炎？」

「まさか」

短いが、恐ろしい会話が二人の間で交わされる。

「店にも出ていない俺の居場所を知っている奴なんていないない」

「あんた、出てよ」

紫苑が沙代子に向かって言った。

「知らん顔して、ここの家政婦って言うのよ」

当然のように命令口調だ。竣もすがる視線を送ってくる。

「どうして私が——」

それでも抗《あらが》う沙代子の方に、紫苑が立ってきて、腕を引っ張る。

「インターフォンで返事すればいいんだからさ」

沙代子を引きずるようにして、壁のインターフォンに向かう。カラーモニターが起動していた。

そして、そこに映った鮮明な画像を見て、紫苑はあんぐりと口を開いた。

「陽向だ」

言うが早いか、応答スイッチを押して自分で答えた。

「何であんたがここに来るのよ！」

「あんたこそ、何でこんなとこにいるのよ！」インターフォンに向かって陽向も咆《ほ》えた。「入れてよ。愛之介がいるのはわかってるんだから」

竣が慌てて玄関へ行こうとするのを、紫苑が引き止めた。

「ここにいるのは誰も知らないって言ったわよね。どうして陽向が知ってるのよ」

「いや、あの、この家で留守番を頼まれたってことは、話したような気がする。陽向に」

紫苑が言い返す前に、竣は廊下に飛び出していった。竣が鍵を開けたのだろう。陽向が転がり込んでくる気配がした。広い玄関ホールで交わされる会話は、リビングまでは届かない。

紫苑はふくれっ面でソファに座り込んだ。沙代子はことの成り行きについていけず、キッチンの流し台の前で立ち尽くしていた。

どかどかと足音がして、乱暴にリビングのドアが開かれた。現れたのは、制服姿の女子高生だった。ただ制服は着崩れ、スカートの丈はこれでもかというくらい短かった。なんといっても、目が引きつけられるのは、彼女の頭だった。白髪かと思うほど色を抜いた金髪が肩まで垂れているのだが、髪の毛の先端だけが紫色だった。

沙代子はただ目を丸くして乱入してきた女子高生を眺めるのみだった。

「え？　何？　この人たち」

陽向は広いリビングをぐるっと見渡し、紫苑と沙代子を交互に見やった。

「あんた、誘拐されたんじゃないの？　鬼炎に」

不機嫌さを隠そうともしないで紫苑が顎を突き出した。

「あのさ、陽向、監禁されてたとこから逃げてきたんだって。命からがら」

後ろから入ってきた竣が説明する。

「誘拐なんてマジない。マジありえんてぃー。だから必死に頭働かして逃げた。そんで愛之介が心配してるだろうと、一目散にここへ来たわけ」

「嘘でしょ？　相手は鬼炎なのに？」

陽向は大仰に「ふんっ」と鼻から息を吐いた。

「あいつらの裏をかいたの。だいたい、鬼炎にあたしを誘拐するように頼んだ奴の見当はついてるんだから。これからちょい愛之介にかくまってもらうつもり」

「愛之介、愛之介ってうるさいよ。この人の本名は――」

「知ってるよ。桐木竣だろ？　あたしだって二人きりの時は竣って呼んでるんだから。ね？　竣」

陽向は、リビングの真ん中までやってくると、紫苑の正面のソファにどっかりと腰を下ろした。短いチェックのスカートがばっとめくれるのもおかまいなしだ。後をついて来た竣が、向かい合う二人をおろおろと見て、どちらからも適度な距離を取って、スツールに座った。玄関ホールで陽向から聞いたことを、おおまかに説明してくれる。

陽向は学校を途中で抜け出してマンガ喫茶で時間を潰し、日が暮れてから竣との待ち合わせ場所に向かう途中に拉致《らち》されたという。そのまま車で連れ回されていたのだと話した。丸一日経って、あるマンションの一室に閉じ込められたが、四日後、男の一人が食事を持って来た時に派手に嘔吐して、その混乱に乗じて逃げ出したそうだ。

「吐いた？　それで逃げたって？」疑り深そうに、紫苑は目を細めた。「そんなに都合よく吐ける？」

「簡単よ。あたし、しょっちゅう吐いてるもん。食べ過ぎたりしたら、指をこう突っ込んで――」

陽向は口の奥にぐっと人差し指を差し込んで、「グエッ」とえずいた。紫苑が驚いて腰を上げそうになったのを見て、いかにもおかしそうに笑う。

「派手に吐き散らしてやったわよ。男の顔や胸にもね。そいつが怯んだ隙に、ドアから逃げた」

逃げ出してみると、マンションは郊外の私鉄駅近くにあったことがわかった。お金もスマホも取り上げられていたが、私鉄のＩＣカードだけはポケットの中に残っていた。その足で竣のところにやって来たというわけだ。

「食べては吐くって――、あんた病気だよ」

「そんなこと、誰だってやってるよ。太りたくないもんね」

「うへっ」紫苑は大げさに顔をしかめた。「道理で臭いと思ったんだ。あんたが入って来てから。反吐《へど》まみれになってここへ来たわけ？　言っとくけど、この家は、今は竣と私が住んでるんだからね」

「他人の家でしょ。知ってるよ。ここで留守番を頼まれたのは、竣だけ。あんたは関係ない」

紫苑がぎりっと奥歯を噛んだ音が、沙代子のところまで届いた。

「逃げて来たんだったら、さっさと帰りなよ。パパとママのところへ」

「嫌だね。誘拐なんてふざけたことをした奴に仕返しをしてやるの」

「鬼炎に？」

竣が横から怯えた声を出す。

「違うよ。そういう奴らにあたしを誘拐させた依頼主にさ」

「だいたい、あんたが夜の街をほっつき歩くからおかしな連中に誘拐されるのよ。高校生のくせに」

「うるさいよ。あんただって竣のとこにしょっちゅう通って来てるじゃない」

「私は自分で稼いだ金を竣に入れてんの」

「そうよね。キャバクラで男どもを騙して巻き上げた金を、せっせとホストクラブにつぎ込んでんだもんね」

「なんだって！」紫苑はがばっと身を起こした。「むかつくんだよ、あんた。さっさと消えなよ」

「竣はあたしだけが好きだって言ったんだからね！　消えるのはあんただよ、オバサン」

紫苑の顔が真っ赤に染まるのを、沙代子は恐る恐る見ていた。

紫苑は自分のことを「オバサン」と呼んだけど、高校生からしたら、二十八歳の紫苑は「オバサン」になるのか。目の前で繰り広げられるキャバクラ嬢と女子高生の言い争いは、まるで現実味がなかった。

「いいこと教えてやるよ。あんたが鬼炎に誘拐されるのに手を貸したのは、竣なんだ」

「手を貸したとか、そういうんじゃない。ただ俺は――」

「あー！　そういうことか！」陽向はソファの背もたれに両腕を置き、体を思い切り反らせた。「竣から言われたとこに行く途中だったんだよね、あたし。城址公園の北口。そこを襲われたんだった」

城址公園は、街の真ん中にはあるが、夜は閉門されているから誰も近づかない。特に北口の辺りは寂しい場所だった。

「つまり――」

陽向はぐっと体をかがめて竣の方に顔を突き出した。金髪が顔にぱらりとかかる。

「竣もグルってこと？」

「そうじゃないって」竣は必死の形相だ。「なんで俺があんな危険な連中とグルなんだよ。あり得ないだろ？」

「あり得るよ」紫苑は茶化した。「竣は、あんたの心配なんて、これっぽっちもしてなかったからね。だってあんたとの待ち合わせ場所を、誘拐犯にばらしてたんだから。つまり、あんたなんかどうだっていいんだよ」

「違うって」

竣は数日前に紫苑と沙代子に語ったいきさつを、息せき切って陽向に説明した。すなわち鬼炎にはめられたオーナーからの命令で、陽向を指示された場所に呼び出したこと。彼女が誘拐されるなんて夢にも思わなかったことなど。あまりに急いたものだから、声は上ずり、前後関係がめちゃくちゃになった。

ソファの上でふんぞり返って聞いている陽向の方が、混乱の極みにあるホストよりもどっしりとしていた。だが、竣に頼まれて身代金を取りにいったのが紫苑で、しかも手ぶらでここに来たというくだりのところでは、ぎらりと目を光らせて紫苑を見やった。到底そんな話、信じられないとその目が訴えていた。沙代子も自分が睨まれたかのような気持ちになり、竦《すく》み上がった。

「くだんねえ！」

全部聞き終わると、陽向は苦いものを吐き捨てるように言った。

「どいつもこいつもくだんねえよ。大人はそれだから汚いんだ。ホストもキャバ嬢もおんなじだね！　適当な作り話をしやがって。チョーむかつく」

「ふん」紫苑は目を細めて女子高生を見下した。

「深夜徘徊してホストと遊び回ってるお嬢様の方が上等だって思ってるんだろ。言っとくけど、そんなのただの子どものひがみだよ。さっさと家に帰ってパパとママに慰めてもらいな」

「お断り！　あたしは家には帰らないよ。ここにいる」

「竣、何とかしなよ。聞き分けのない子にお仕置きをしてやったら？」

紫苑の怒りは竣に向けられた。

沙代子はただただ萎縮するのみだった。こんな場面に出合ったこともなければ、ホストに入れあげるキャバクラ嬢や髪の毛を信じられない色に染め上げた高校生がいることも知らなかった。

「いや、あの――、その」

竣はしどろもどろだ。

「はっきり言ってやりなよ、竣。いつも言ってるみたいにさ。くたびれてケバいキャバ嬢にはうんざりだって」

陽向の言葉が終わる前に、紫苑が金切り声を上げて飛びかかった。陽向をソファの座面から引き剝がし、組みついたまま床に倒れ込む。そのまま、毛足の長いカーペットの上を二人で転がった。陽向の上に馬乗りになると、頰を平手で張り飛ばす。陽向も負けていない。紫苑の胸を下から蹴り上げ、紫苑が手を緩めたところをつかみかかった。紫苑の薄手のルームウェアがびりびりと破れた。

「おい、やめろ！」

　竣が陽向を後ろから羽交い締めにしようとして、肘でしたたかに顎を打たれた。竣が沙代子に、目で助けを求めてくる。仕方なくキッチンから出ていったものの、どうしたらいいのかわからない。竣が今度は紫苑を押さえにかかったので、陽向をどうにかしようと寄っていった。うまく押さえ付けられず、覆いかぶさるようにする。だが暴れ回る女子高生の力は強い。顔といい、胸といい、彼女の拳で叩かれる。

「重いんだよ！　どけよ」

　喚《わめ》く陽向の拳は容赦がない。自分の体を庇うつもりで、いつの間にか沙代子も応戦していた。

「痛い！　やめろよ」

　陽向が悲鳴を上げる。竣に押さえつけられた紫苑が体の力を抜き、陽向もやたら振り回していた腕を下ろした。

「放せよ！」

　陽向が沙代子を突き飛ばした。よく見たら、手にしていたサラミのスティックで彼女を殴りつけていたのだった。信じられない思いで、サラミを凝視した。スペイン産の高級サラミだ。陽向はくるりと頭を回し、これ以上ないというほど吊り上げた目で、沙代子とサラミスティックを交互に見た。その取り合わせをどう解釈したらいいのか、一瞬逡巡したようだった。挙句に言った。

「あんた、誰？」

　自分がどういう立場でここにいるのか、沙代子はうまく説明することができなかった。自分でもよく理解できていないのだから仕方がない。

竣が、紫苑の友だちだと紹介するのを、陽向は懐疑的な目で見ていた。

「とにかくさ、ここにいる間はみんな仲良くしよう」

そんな生ぬるいことを言う竣に、怒り心頭の紫苑は収まらない。

「うるさい！　このヘタレホスト！」

破れたルームウェアをそのままに、腕組みをして竣を睨んでいる。その指の長い爪が二本折れて無残なことになっていた。竣は目を伏せてしまった。

「竣に愛想を尽かしたんなら、出ていったら？」

すかさず陽向に突っ込まれ、「出ていくもんか！」と怒鳴り返した。陽向もひどい恰好だ。金髪は大嵐の中を歩いてきたようにくしゃくしゃに乱れ、制服のボタンはいくつか弾《はじ》け飛んでしまっている。首元のリボンは初めから結ばずに崩して着ていたが、さらにはだけて胸の辺りが丸見えだ。

「だいたい、あんたが誘拐なんかされるから、こっちも迷惑してんの！」

紫苑が、誘拐の身代金を取りに行った時のことを詳しく話すのを、沙代子は落ち着かない気分で聞いた。

「身代金を払ったのは、あんたの父親なんだろ？　こんな娘でも可愛いんだ。パパはさぞかし心配しているんだろうね。未成年者は日が暮れたらおとなしくおうちにいるもんだよ」

いくぶん、丸みを帯びた声を出す。あの三千万円の出所がわかって、どこか気持ちにゆとりが出てきたようだ。そこは沙代子も同じだった。三千万円は、このどうにも手の付けられない女子高校生の父親が出したわけだ。しかも当人は誘拐実行犯から逃げ出してきている。だからといって三千万円を横取りした罪が消えるわけではないが、とりあえずは切迫した状況ではないということだ。犯罪絡みの金は金だが、大金持ちの親が娘のために支出した金だとわかってひと安心したというところか。

リビングに集う奇妙な取り合わせの四人の前には、沙代子が入れたココアのカップが置いてある。この家の持ち主が買い置きしていたゴディバのダークチョコレートのココアだ。適度な苦みと温かさで、ほっと息がつけた。紫苑は、さっきの乱闘で唇の端を切ったらしく、ココアが滲《し》みるのか、そろそろと飲み下している。陽向は甘い飲み物に至福の表情を浮かべた。

これでいがみ合う二人が落ち着いて話し合いをしてくれるといいのだが、どうやらそれは望めそうになかった。

「竣、あたしもここにいるから」

「冗談やめてよ」

「じゃあ、訊くけど、ここはあんたの家なの？　違うでしょ」

「だからってあんたがここにいていいって誰が決めたのよ」

「竣が決めればいいじゃん。竣がここの留守番を頼まれてんだから」

二人の視線がさっと竣に向けられた。竣はしどろもどろだ。

「一度、家に帰れよ、陽向」

勝ち誇ったように紫苑が腕組みをして笑みを浮かべた。

「そうそう、あんたが家に帰れば誘拐事件は解決ってことになるじゃない。めでたし、めでたしだよ」

めでたし、めでたしであの三千万の行方も追及されなくなるのだろうか。犯人が身代金を手に入れて、娘を解放したと勘違いした親は、金のことなど忘れてくれるだろうか。そんなにうまくことが運ぶだろうか。

沙代子の頭の中で様々な思いがぐるぐる回った。どちらにしても早くこの奇怪な状況から抜け出したかった。郊外の一軒家に寄って、倉庫に隠した現金の半分をラパンに乗せて走り去ることができれば。

「あたしが意味もなくここに転がり込んできたと思ってんの？」

「竣にくっつきたかったんなら、悪いけど、お断りだね。竣とあたしは――」

「別に好きにすれば？　オバサン。欲しかったら竣はあんたにあげるよ」

紫苑がまた傍若無人な女子高生に飛びかかるのではないかと、沙代子は身構えた。だが、すんでのところで紫苑は自分を抑え込んだ。食いつきそうな顔で陽向を睨みつけてはいたが。

「とにかく、あたしはさ。まだ誘拐されているってことにしたいの」

「あんたの言うこと、さっぱりわかんない。頭おかしいんじゃないの？」

「ちゃんと理由はあるってこと。あんたに説明する義理はないけどさ。ま、家庭の事情ってとこ」

「へっ」紫苑が高々と脚を組んだ。「ご立派なおうちには、たいそうな事情ってもんがあるんでしょうね」

「そういう問題じゃない」竣が割って入った。「問題は、あの金が鬼炎の手に渡っていないってことだ。あいつら、コケにされたと知ったら――」

竣は肩を落とし、頭を抱え込んだ。

「だって、ここにいれば安全でしょ？」

「バカ。いつまでもこの家に閉じこもってるつもりかよ」

どこまでも楽観主義の紫苑の言葉に、竣もとうとう苛立った声を出した。それから何かを思いついたように顔を上げた。

「陽向、お前、鬼炎に誘拐を依頼した奴の見当はついているって言ったよな」

「まあね」

「それ、ヤバい奴か？」

「うーん」

陽向は顔を天井に向けて考え込んだ。

「全部しゃべれよ。そうしたら、ここに置いてやってもいい」

「ま、いっか」

陽向はココアのカップを手で包み込んだ。金髪を逆立て、肩がずり落ちそうになった制服の前を掻き合わせた女子高生が、ぷっくりした唇でココアを啜り上げるのを、他の三人はじっと見やった。

「あたしの叔父さん」

「へ？」

「あたしの叔父さんが、あたしを誘拐させたんだよ」

今度は三人で顔を見合わせた。

「お前んとこの親父が社長で、専務がその叔父さんだって言ってたよな。あの、有名な会社――えっと――」

「光洋フーヅファクトリー」

沙代子の喉から「グッ」というおかしな音が出た。竣と紫苑と陽向が一斉に沙代子を見た。沙代子は、急いで顔を伏せてカップに口をつけた。

光洋フーヅファクトリーは、夫俊則が勤める会社だった。いったい何がどうなっているのだろう。俊則は、地方都市でも指折りの優良企業である光洋フーヅファクトリーの総務部長であることを、ことのほか鼻にかけていた。沙代子や沙代子の実家が営む自営業を見下しているのも、その地位にあるせいだ。

沙代子には教えてくれないが、かなりの収入も得ているはずだ。外に愛人を作れるほどの。自宅で晩酌をする時、彼は上機嫌で社内での役職や責任ある仕事のことを自慢する。いつも適当に聞いていたその内容を思い出そうとした。

光洋フーヅファクトリーは、食品の製造というよりは、食品加工の技術や加工用機械の開発をする会社だった。フリーズドライや冷凍、レトルト、缶詰や瓶詰などの保存加工技術に秀でていて、日本のみならず、海外にもその技術や機械を提供している。画期的な技術を開発して多くの特許も取り、前途有望な企業なのだと言っていた気がする。俊則との縁談を持ち込まれた時、俊則その人よりも、食品に関わる会社に勤めているということだけに目がいった。世間知らずの自分には、どうせ男の人を見る目なんか備わっていないと、初めから決めつけていた。

中に入った人物も「いいじゃないの。沙代ちゃんは調理師だし、いい取り合わせだと思うわ」と言った。両親も嬉しそうに頷いていた。

あんな言葉にどうして心を動かしてしまったのか。

俊則自身は、食品や栄養なんかには何の興味もなく、ただ地元の一流企業だからというだけで光洋フーヅファクトリーに入り、製造や企画開発とは関係のない営業や事務の部署を好んでいたということに気づくのは、結婚した後だった。

俊則が嫌で逃げてきたというのに、ここで彼が勤める会社の名が出てくるとは。

知らず知らず、また喉の奥から呻き声が漏《も》れた。

「ねえ、ホント、この人、誰？」

目を細めた陽向がますます不審感を募らせた顔を、沙代子に向けた。

「だから、私の友だちだって。それから？」

紫苑が先を促す。陽向は、オバサンと呼ぶキャバクラ嬢よりもさらに年上の中年女を一瞥《いちべつ》しておいてから、もう一口ココアを飲んだ。ピンク色の舌が、泡立ったココアを唇から舐めとる様を、沙代子は黙って見ていた。

＊＊＊＊＊＊＊

男が例の老人と出会ったのは、紀伊半島の山間部だった。男にも馴染みのない寂《さび》れた町。

男が根無し草のように転々と居場所を変えていた時期だった。都会に疲れて、気まぐれに田舎の町に居ついた。

そこで偶然知り合った老人が、男の人生を変えることになった。

季節労働者として、柑橘《かんきつ》の収穫時だけ雇われて働くという仕事にありついた男は、雇い主である老人になぜだか気に入られた。家族を持たず、地味に一途に農業を営む老人だった。雇われたアルバイターたちは、母屋とは別棟の平屋で生活をしていた。

ある晩、男は老人に用があって母屋を訪ねた。呼びかけても返事がなく、つい家の中まで足を踏み入れた。その時、老人は奥まった部屋で、甘露の調合をしていたのだった。

声をかけてずかずかと入っていった男に、老人はひどく狼狽した。びっくりして部屋の中に立ち尽くす男に、今度は老人の方が驚愕《きょうがく》した。

「こりゃあ、たまげた。お前、この薬の成分を吸い込んでも大丈夫なんか？」

老人の前には、見慣れない材料が何種類か広げてあった。古臭い天秤《てんびん》ばかりや火にかけた小鍋、俎板《まないた》の上には小刀と刻まれた葉のようなもの。それらを、男はざっと見渡した。

「これ、何です？」

「わしが生きている間に、お前のようなもんに会えるとはな」

老人は小躍《こおど》りせんばかりに喜んだものだ。それが男とナイト・ドゥとの出合いだった。あの老人は人がよすぎた。柑橘の収穫は、別のアルバイターたちにまかせて、その期間中、老人は男につきっきりで薬の調合方法を教えてくれたのだった。

老人も若い時に出会った誰かから伝授されたと言っていた。

取り寄せられる材料はその調達先を、自分で用意しなければならないものはその育て方を、老人は懇切丁寧に教えてくれた。

かわいそうに、あの老人は、その収穫期の終盤には、山の中のため池に浮かぶことになるのだった。

男はすぐに別の土地に移った。

そこでナイト・ドゥの効力を試してみたくてたまらなくなった。目をつけたのが、体を鍛えるトレーニーだった。その時は、一人だけ。老人は、この薬には依存性があるから気をつけろと忠告した。その通りだった。トレーニーは、男が差し出すドリンクを有難がった。

そのプロテインドリンクは、ストイックに肉体改造に励む時、邪魔になる雑念を取り除いてくれる。自分を甘やかしたり、限界を感じたり、諦めたり、迷いがあったり。そうした負の感情すべてから遠ざかり、無の境地に入り込むための導入剤とでも言おうか。

トレーニーは、依存しているとも思わない。男に操られているという自覚もない。それほど虚無になってしまう。

最初に戦闘員となったトレーニーを使って、男の過去を探ろうとつけ狙っていたうるさいルポライターを襲わせた。運がいいことに、ルポライターは死にはしなかった。だが二度とルポルタージュはおろか、文字の一つも書くことはできなくなった。

5

光洋フーヅファクトリーは、陽向の祖父、入船剛造《ごうぞう》が興した会社だという。ワンマン社長だった剛造は、一年前に不慮の事故で急死してしまった。日課にしていた早朝の散歩の途中、前日までの豪雨で水嵩《みずかさ》の増えた用水路に転落して溺死したのだ。

そのことは、俊則から聞いた憶えがあった。総務部長として社長の葬儀を取り仕切ったのだと、自慢げに話していたような気がする。夫はいつもそうした話を、沙代子にではなく母親の友江に向かってしゃべるので、ぼんやりとしか憶えていなかった。

社長亡き後、会社は二人の息子に引き継がれた。陽向の父、史郎《しろう》が社長で、その弟孝和《たかかず》が専務の座に収まった。長男と次男という関係だが、二人は双子だった。ところがこの二人はすこぶる仲が悪い。孝和は、長男だからというだけで社長の座に就いた史郎が気に入らず、そこから追い落とすことを画策しているようだ。

「それが何であんたの誘拐とつながるわけ？」

「あたしを人質に取って、パパを社長から引きずり下ろすつもりだったんだよ。ほんと、いちいち解説しなきゃなんないんだ。かったりぃー。ＡＹモードだよね、あんた」

きょとんとしている紫苑に、「頭弱いモードってこと」と説明し、紫苑は飛び出しそうな目で陽向を睨みつけた。身を乗り出したので、膝が激しくテーブルにぶつかった。カップが倒れそうになったのを、すんでのところで竣が押さえた。

「そいつ、兄貴が社長で自分が専務なのが気に入らないんだな」

竣は、紫苑と陽向を交互に見ながらそんなことを言った。「妬《ねた》んでんだ。一流の会社なのにドロドロだな。なんかホストの世界に似てるな」などと一人で頷《うなず》いている。

「大会社の社長の家も揉めてんだ。たいしたことないね」

何とか陽向を言い負かしたい紫苑はソファに座り直し、肩をそびやかした。沙代子は、陽向と同じソファの端っこに腰を下ろしていたのだが、座り心地はひどく悪かった。浅く座ったお尻を、しょっちゅう動かしつつ、ココアのカップをテーブルから持ち上げたり戻したりしていた。

陽向と対峙《たいじ》するように、紫苑と竣がテーブルを挟んだ正面に座っている。紫苑は陽向に噛みつきたい気持ちを何とか抑え込み、長い爪でテーブルをカツカツと叩いていた。陽向は平然としたものだ。

「お祖父ちゃんでもっていたようなもんなの。光洋フーヅファクトリーは」

剛造はアイデアマンで研究肌の人間だった。食品を長持ちさせる技術や、栄養素を付加する技術を開発し、それに特化した製造機械を作り上げた。それが成功し、光洋フーヅファクトリーは飛躍的に大きくなったのだ。そういうことを陽向は語った。会社は、工場や研究所を備えた郊外の広々とした土地にある。沙代子にもその場所はよくわかった。俊則はそこへ車で通っていた。

「お家騒動ってことだな」

竣が古臭い言い回しを使った。

「金持ちのね」

すかさず紫苑が付け加えた。

「だいたい、お家騒動なんてのは金持ちしかしないんだよ」

竣はさらに間の抜けたことを言う。

「お嬢様をさらったんなら、それでさっさと社長を脅したらよかったじゃん。身代金なんて七面倒くさいことを要求せずにさ」

「あんた、どこまでバカなの？　そんな直接的なことしたら、もろ、叔父さんの仕業だってわかってしまうじゃない」

紫苑はとうとう床を蹴立てて立ち上がった。歯を剝きだしにした紫苑が陽向に組みつく前に、竣がどうにか紫苑を抑え込んだ。沙代子はソファの座面に縫い付けられたように動けなかった。竣が紫苑をなだめて座らせるのを、ただ凝視《ぎょうし》しているのみだった。

陽向は、ことさら顎をつんと上げて、肩で息をしながら燃えるような目つきを送ってくるキャバクラ嬢を見据えていた。

「もう勘弁してくれよ」紫苑に向かって竣は半泣きの声を出した。「ここ、俺が留守番頼まれただけの家なのに、いろんな奴が次々転がり込んできて面倒を持ち込むんだから」

「こんなガキに言いたい放題にさせるあんたが悪いんだよ！」

憤懣《ふんまん》やるかたない紫苑は、竣に当たった。

「娘を人質に取って、パパの気力を殺《そ》ぐ作戦なんだよ。パパは割と弱《じゃく》いからね。その点、叔父さんはコーカツっていうのかな。悪知恵が働くっつーかそういう感じなんだよ。双子でも大違い。叔父さんの方がとり巻きも優秀だしね」

陽向は滔々《とうとう》としゃべる。なかなかしっかりしたもの言いに押され、紫苑は黙り込んだ。沙代子も耳を傾けた。

「わかったぞ。要するにお前んとこのパパの会社は二つの派閥に分かれてんだな」

「そゆこと」

確かに、俊則も社内は社長派と専務派に分かれていると言っていた。俊則は専務側についていて、自分で専務の懐《ふところがたな》刀だなどと言っていた。総領息子の社長はボンクラで、弟の専務の方が切れ者なのだ。それを見抜いた自分は、専務の側についている。将来的な展望に鑑《かんが》みてそうしたのだ。そういう話を悦に入ってする時の夫の赤い顔と、酒臭い息まで思い出してしまった。

俊則は常に自己保身と昇進だけを考えていた。そのためには誰に取り入るか、どう身の処し方をすればいいかを心得ていた。自分は最善の選択をしてきたのだと豪語していた。友江は無条件にそんな息子を褒め上げた。何も知らない沙代子は、ただ黙って聞いていただけだった。

そういえば、俊則の話にはしょっちゅう「専務がこう言った」「専務にこうしたことを頼まれた」「専務に目をかけてもらっている」という文言が出てきていた気がする。俊則が蔑んでいる社長とは、沙代子からすれば異星人にしか見えない女子高生の父親だったのか。

陽向の話は続く。

「身代金は、その鬼炎とかいう実行犯への報酬のつもりだったんじゃないの？　叔父さん、ケチだからね」

「でも、その金はあいつらには渡ってないんだ」

竣の悩みは堂々巡りの末、元のところに戻ってきた。

「シルバーフォックスのオーナーからも、早く金を届けろと言ってきてる。オーナーは鬼炎に催促されてんだ。そのうち、俺のとこにも来るぞ」

竣はまた頭を抱えた。弱り果てたホストの肩越しに、紫苑が強い視線を沙代子に送ってきた。

「つまらないことを言うな」とその視線が語っている。

「鬼炎ってどんな奴らだった？　あんた、あいつらに誘拐されたんだから、様子はわかってるよね」

紫苑が陽向に問いかけた。途端に陽向は真顔になった。

「おかしな奴らだったね」

紫の毛先を弄《もてあそ》びながら考え込んでいる。

「あたしが見たのは三人きりだけど、無駄口は叩かないし、表情もないし、ただ命令されたことをやってるって感じ……」

精一杯虚勢を張ろうとしていたが、彼女も鬼炎のメンバーには、不気味さを感じているようだった。顔が強張っている。

「人間じゃない。まるでゾンビみたいだった」

女子高生の乏しい語彙《ごい》で表される犯罪集団の様子に、沙代子も身震いした。つまりは感情の欠如した集団ということだ。恐れることも怯むこともなく、犯罪を完遂する集団。とてもじゃないけど、そういう輩を相手にはできない。「もうだめだ」と紫苑に目で伝えるが、彼女は、それとわからないように首を振る。

「車の中に閉じ込められていた時も、マンションの部屋に連れていかれた時も、あたしが何をしゃべりかけても答えない。女子高生にちょっかいを出そうともしない。目が変にすわってるんだよね」

「クスリやってんじゃないの？　私はそう聞いたよ」

紫苑が突っ込むが、「さあね」と素っ気なく返す。

「もういいよ、あいつらのことは。うまく出し抜いて逃げてきたんだから。これからのことを相談しなくちゃ」

「相談てね、あんた――」

女子高生に主導権を握られそうになった紫苑は何とか形勢を挽回しようとする。

「あたしがここにいる理由だよ。それ、聞きたくないの？」

「つまり、あんたんとこのお家騒動に合わせて行動しろって言いたいわけ？　どうして私たちがそんなこと――」

「いや、そこ、重要かもな。誘拐事件のからくりがわかったら、身代金のこともどうにかなるかもしれないだろ？」

竣にしてみれば、藁《わら》にもすがるような思いだろう。どうにか追い詰められた状況から抜け出したいと思っているに違いない。沙代子も同じ気持ちだった。

陽向が語る話に、紫苑もしぶしぶ耳を傾けた。

光洋フーヅファクトリーの社長職を継いだ史郎と専務の孝和の仲は最悪だった。剛造が急死したものだから、うまく調整する者もなく、ぎくしゃくしたままの会社運営だった。孝和は、大手企業である三ツ星《みつぼし》食品と組んで、史郎を出し抜こうと画策している。光洋フーヅファクトリーが開発した食品加工の技術を持ち出して三ツ星食品に提供し、見返りとして三ツ星食品の経営陣に加わろうというものだった。特に剛造が亡くなる直前まで手掛けていた長期保存技術とそれを使った食品の研究は、今後の世界的な食糧不足を補うための画期的なものだったと陽向は言った。

突き抜けた女子高生の見かけからは想像できない語りだった。

「その研究は、叔父さんの娘、つまりあたしの従姉妹が引き継いでやってる。夏凜《かりん》ていう名前であたしと同い年なんだけど、あたしと違って、とんでもなく頭がいいんだ。いけすかない奴。お祖父ちゃんは、つまんない意地を張り合う息子たちじゃなくて、お気に入りの夏凜に会社を託すつもりだったんだよ、たぶん」

夏凜は飛び級で高校を卒業して、理系の難関大学に在学しながら、祖父が遺した研究に没頭しているという。

「ねえ竣、前に夏凜の写真を送ってあげたでしょ」

「ああ……」

竣がスマホを取り上げて操作した。

「これ――かな？」

紫苑と沙代子は、竣が差し出したスマホの画面に見入った。そこには真面目を絵に描いたような少女が映し出されていた。黒髪を目の上で真っすぐに切り揃え、黒縁の眼鏡をかけた神経質そうな女の子だった。

「全然あんたとは違うタイプじゃん」

紫苑が弱々しく皮肉を言った。陽向がしゃべりだしてから、彼女の語りに押され気味だ。

「光洋フーヅファクトリーの研究室に入り浸りなんだよ。信じられる？　十七歳なのにさ。遊びもせずに大学や会社の研究室にこもって、試験管とか振ってるなんて」

「まあな」

竣が相槌を打った。

「研究室の中で、あーでもない、こーでもないってやってるのが好きなんだよ。ネクラの夏凜はさ。あの子、高校でも陰キャだったから、目立つためには、頭使うしかないんだよ」

「とにかく――」紫苑は大きく息を吸い込んだ。「あんたは家に帰りなよ」

紫苑の頭にあるのは、横取りした三千万円のことだけだ。

「娘が無事だってわかったら、パパも元気が出て、弟と対決するだろ？　あんたの嫌いな叔父さんと従姉妹を追い出してめでたし、めでたしだよ」

紫苑はどうしても自分の都合よくことを収めたいようだ。

「そうはいかない」陽向は頑なだ。そこでさっと声を落とした。

「お祖父ちゃんが研究してた食品加工技術を夏凜が引き継いでるんだ。パパも追い出すわけにはいかないんだ。完成させたら、叔父さんはそれを引っ提げて三ツ星食品に乗り込むつもりなんだよ。そんなこと、させるわけにはいかない。お祖父ちゃんは——」

陽向はぐるりと三人の顔を見渡した。

「水路に落ちて溺死《できし》したの。あれは絶対おかしいよ。そんなヘマをやるはずない。お祖父ちゃんは合気道の師範だったんだから」

「おかしいのは、あんたの頭だよ」

紫苑が言い返す。何とか女子高生をやり込めたいようだ。陽向も負けていない。

「事故に見せかけて殺されたのかも」

昂《たかぶ》った声で、陽向は言った。

「これも鬼炎の仕業かもしんない。あたしを誘拐したのがあいつらだってわかった時に思ったんだ。誰かがあいつらに金で依頼してたとしたら？」

「そういうの、ヒガモっていうんじゃないの？　あんたらコギャルの言い方ではさ。被害妄想ってこと」

陽向が「うっせーよ」と言い返す。

「お祖父ちゃんは超ワンマンだったからね。アイデアを出してどんどん製品化していった。自分の思い通りにことを運ぶためと会社と技術を守るために、上場せずに、地方の一企業でいることを選んだんだ。金儲けのためじゃないよ。これから世界は食糧危機に陥る。その時に備えて、食品の栄養価を高めたり、長持ちさせたりする技術のことを考えてた。息子たちに会社を譲って引退するなんて、これっぽっちも考えてなかった」

陽向はまくしたてた。しっかりした口調は、どうにも彼女の見てくれにはそぐわない。違和感を抱きながらも、沙代子はたじたじとなった。自分はあまりに社会に背を向けて生きてきたと思い知らされ、情けない気分になる。

「ご立派なこと！」

紫苑が入れる茶々にも陽向は動じなかった。

「会社の中でも外でもあっちこっちでぶつかって、自分の考えを押し通す。よその会社とも技術開発に絡んで大喧嘩するし、食品界の変人だって言われてた。つまり、恐れられてたってこと。長期保存がきく食品加工はその中でも一番の発明品になるはずだった。そっから生まれる食品は、完全栄養食で、長持ちして、原価も安い。大量生産も可能。いいことずくめの食品だったからね。あれが完成したら、光洋フーヅファクトリーはさらに大躍進を遂げるところだったの」

「さっさと結論を言ってくんない？　私、ＡＹモードだからさ」

紫苑はそっぽを向いて口を尖らせた。

「つまり、お祖父ちゃんには敵が多かったって言いたいわけ。いなくなってくれたらいいと思ってた人物はたくさんいる。そこ、複雑だよ。あの食品技術を完成させて欲しくないとか、ノウハウを盗み出したいとか、いろいろね。敵は内にも外にもいる」

陽向は声を落とした。他の三人は、釣られて耳をそばだてた。

「会社を継ぎたいと思ってた叔父さんかもしれない」

「それならあんたの父親かもしんないじゃん。社長を継いだんだから」

「そうかもね」

さらりと答えた陽向の顔を、沙代子は信じられない思いで見た。

「でもパパと叔父さんが組んでるってことは絶対ないね。双子だけど、究極に仲、悪いからね。あの二人。ほんと、エグい」

冷めた表情でざっと大人たちを見渡した。

「あんたも苦労してんだ」

同情とも皮肉とも取れる言い方を、紫苑はした。

沙代子は天井を見上げた。高価なシャンデリアの光に目を射られる。頭の芯がじんじんと痛んだ。ひどく疲れていた。何で自分はここにいるのだろう。ただ実家を助けたいだけだったのに、夫に罵倒されて家を飛び出し、その後は理解不能の事態に陥ってしまった。

夫が勤める会社の内情が、そんなにどろどろしたものだったとは全く知らなかった。

この高校生の言うことは、まるでサスペンスドラマだ。そんな恐ろしいことが現実にあるとは信じがたい。いや、怖いのは、そういうことを想像でも口にする少女の心境だ。そこまで父親を突き放した視線を、この年代の子が持つとは。

玄関ロビーにある古風な大時計が十二時を告げた。

品のいいチャイムの音に重なり合うように、陽向の腹がグウッと鳴った。

沙代子はすっと立ち上がると、キッチンに入った。炊飯ジャーに残ったご飯で雑炊を作る。昆布とカツオで丁寧に取った出汁は常備してある。数種類の野菜を入れて煮た後、シラスを散らして卵でとじた。それを陽向はガツガツと食べた。野菜の浅漬けにも喜んで箸をつけた。もう夕食は終わっていたのに、紫苑も同じものを食べた。竣は首を振って断った。

「こんな時間にものは食えない」

食べている間は、紫苑と陽向はさっきまでのいがみ合いを忘れたみたいに穏やかな表情を浮かべていた。

食べ物は人を幸せにする。沙代子にとって確かなことはそれだけだった。


だが、その平和は翌朝に破られた。

勝手にこの家の女主人のブランドもののスウェットを着込んだ陽向が、ぼさぼさの頭でリビングに現れた時、ソファに向かい合う大画面のテレビが、朝のニュースを流していた。竣と紫苑がソファに座っていた。沙代子が用意した朝食を食べ終えてくつろいでいたのだった。見事なヒョウ柄の薄手のガウンを羽織った紫苑も、クローゼットに入っていたものを勝手に着ているのだ。

一か月後、この家の主が戻って来た時、浮かべる表情は想像がついた。沙代子以外は誰もそんなことは考えていないようだったが。

チャンネルを変えようと、リモコンを持ち上げた竣の手が止まった。

「入船陽向さん、十七歳が何者かに連れ去られ、その後、身代金の要求がありました」

大あくびをしかけていた陽向が口を開けたまま、その場で固まった。竣と紫苑がさっと振り返って陽向を見た後、また正面に向き直った。沙代子は蛇口から流れる水をそのままに、キッチンから飛び出してきた。

テレビの画面には、陽向の写真が大きく映されていた。にかっと笑って首を傾け、ピースサインを頬にくっつけたポーズをとっている。髪の毛は、今とは違って明るい茶色だった。

「陽向さんの父親は、犯人が指定した場所に身代金を置いてきたのに、陽向さんが戻って来ないので、警察に届け出たということです」

アナウンサーが眉根を寄せて、ニュース原稿を読み上げている。シンクに流れ落ちる水の音が耳障りだ。だが竣が音量を上げたので、アナウンサーの声はよく聞こえた。

「届けを受けた警察が、身代金を入れたバッグを捜しましたが、既に持ち去られた後でした。これは、警察が公開した防犯カメラに映った犯人と思われる人物の映像です」

画像が切り替わり、夜の闇を映し出した。見覚えのある風景だ。嫌な予感に冷たい汗が流れてきた。沙代子のこめかみで激しく脈が打ち始めた。鼓動は耳鳴りと重なって、体を揺るがすほどの大音響となる。目を逸らしたかったが、できなかった。

四角い窓が連続して並んでいて、そこから漏れる光が、のたのたと歩いていく人物を照らしている。背中を丸めるようにして歩く小太りの女だと知れた。人影は一旦画面から消える。そこからは早送りになり、次に女が現れたところからは通常のスピードに戻った。女は大ぶりのボストンバッグを提げている。さっきは手ぶらだった女は、重そうにそれを運んでいるのだった。

窓のそばを通る時、うつむきがちだった女は顔を上げる。女の顔に光が当たった。

沙代子は、濡れた手の甲を噛んだ。そうしないと喉元をせり上がってきた叫びが、外に飛び出していきそうだった。そして一度口から出た叫びは、どうやっても治まりそうになかった。

そんな恰好をしている沙代子を、陽向が振り返ってみた。

「あんただよね、あれ」

低く抑えた声が、怒りを孕《はら》んでいる。

「それがどうしたのよ」

沙代子が答える前に、紫苑が言った。

「やっぱりあんたたちがガメてんじゃん」

「おい、紫苑。よくもしらばっくれたな。あの金がないと俺がどんなことになるか、わかってんだろ？」

「わかってるよ」

紫苑は面倒くさそうに言った。

「返せよ」

「返してよ」

竣と陽向が同時に吼えた。それに紫苑が声高に応え、また二人が口々に言い返す。汚い言葉の応酬が続いた。それらの言葉は、沙代子の耳には入ってこなかった。

もうおしまいだ。あの画像は全国に流れた。俊則が見たら、あれは沙代子だとわかるだろう。家を飛び出したと思ったら、妻は犯罪者の手先になっている。それも光洋フーヅファクトリーの社長の娘の誘拐に関わることだ。専務の懐刀と自認する夫は、きっと怒り狂っているに違いない。

「この泥棒ネコ！」

陽向の声で我に返った。陽向はソファの背もたれを飛び越えて、紫苑に飛びかかったところだった。二人がソファの上でもつれながら、髪の毛を引っ張り合う様を、沙代子はぼんやりと眺めていた。目の前で起こることのすべてに現実味がなかった。

「返すよ！　返せばいいんだろ！」

紫苑が大声で怒鳴っている。

「車の中か？」

逸《はや》る気持ちを抑えて竣が問い質《ただ》す。

「違うよ。あれはちゃんと安全なところに置いてあるんだよ」

「安全なところってどこだよ」

苛立《いらだ》ってくる竣とは反対に、陽向は気持ちを落ち着けてきたようだ。ソファからずり落ちてしまった紫苑の髪の毛から手を離した。

「で？　あのバッグの中にはいくら入ってたの？」

床に仰向けになった紫苑は一瞬、口ごもったが、観念したようだ。

「一千万」

「一千万！」陽向は目を丸くして口笛を吹いた。「あたしの身代金が一千万！」

「あんたみたいな子でも、親はかわいいんだ」

紫苑は精一杯の皮肉を言った。三千万円を一千万円だと言い張る紫苑の心臓には、沙代子は尊敬にも似た気持ちを抱いてしまう。ここにきてもまだ二千万円を浮かそうと策略を凝らすとは。いずれ陽向が親と話せば、すぐにわかってしまうことなのに。それとも紫苑には何か別の企みがあるのだろうか。恐ろし過ぎて聞きたくもなかったが。

「とにかく、早くそれを取ってこいよ。まだ間に合うから」

余裕のない竣は、立ち上がって紫苑を見下ろした。

「なんで竣に渡すのさ。あれはうちのお金なんだよ」

「うちって、あんたの親の金でしょ？　あんたの金じゃなく」

「でもとにかく竣が持っていく筋合いの金じゃないよ」

「頼むよ、陽向」

陽向はソファの上で胡坐《あぐら》を組み、腕組みをして考え込んだ。他の三人は女子高生をじっと見詰めた。あのボストンバッグの金を所有する権利は、やはりこの十七歳の女子高生にある。紫苑や竣がどんなに理屈をこねても、あれは入船家から出た金なのだから。

陽向はおもむろに口を開いた。

「そうだね。その一千万円、あんたらにあげてもいいよ」

竣と紫苑はそっと顔を見合わせた。

「ただし、あたしの言う通りにしてくれたら」

竣は大げさにため息をついた。

「そんなこと、チンタラやってる時間なんかあるか。あれがないと俺は――」

「わかってるって」陽向はしたり顔だ。「とにかく、あれをよくわかんないオバサンが持ち逃げしたことは、さっきの映像で知れたってことよね。この人のことは今んとこ、誰も知らない」

竣と紫苑、それから陽向の視線がすっと沙代子に向けられた。

「ある程度は時間が稼げる。竣が責められることのない時間がね。竣は――」

青白い顔をして聞き入るホストを指差す。

「言われた通り、バッグを取りに行ったけど、誰かが持ち去ってなかったたっていう言い分が通るわけ」

「そ、そうか」

ホストはちょっとだけ安心したような笑みを浮かべたが、紫苑を見やって顔を引き締めた。紫苑は口元を歪めた。

「で？　あんたは何がしたいわけ？」

陽向は満足げに頷いた。今やここを取り仕切っているのは、高校生だ。大の大人が三人も、これから彼女が語ることを固唾《かたず》を呑んで待っている。

「あたしを誘拐させたのは、叔父さんだと睨んでるって言ったよね。どこがどう絡んでいるのか知んないけど、複雑な思惑の先にお祖父ちゃんを殺させた奴もいるはず」

紫苑が大仰にため息をついた。

「はん！　結局それ？　あんたんちのお家騒動？　チョーどうでもいい！」

「黙りなよ。落ち目のキャバ嬢さん」

紫苑はさっと起き上がった。ヒョウ柄のガウンが翻《ひるがえ》る。彼女の喉の奥がガルルルと鳴った。さながら獲物に飛びかかる寸前のメヒョウだ。牙があったら、ガチガチ鳴らしていたところだろう。

陽向が身をかわし、竣が紫苑のガウンの裾を押さえたせいで、修羅場は回避された。

沙代子は、水が出しっぱなしになっていた蛇口を締めにいった。再びリビングに戻ると、陽向がどっかりとソファに座り直したところだった。

「この人が一枚噛んでくれたのはラッキーだったよね」

沙代子の方を見てそんなことを言う。

「あの映像に映っていたのが竣やキャバクラのお姉さんだったりしたら、すぐに追い詰められるとこだった」

「私がこの人を誘い入れたお陰だよ」

紫苑が立ったまま、胸を反《そ》らせた。交通事故を盾に、沙代子を無理やり引き込んだことは伏せたままだ。

あの映像に映っていたのが自分の妻だと気づいた俊則はどうするだろうと沙代子は考えた。怒り狂ったその後は？　きっと保身に走るだろう。自分から警察に届けるなどということは絶対にしないはずだ。知らん顔を決め込んで、変わりない生活を送るだろう。なにせ、自分が働いている会社の一大事だ。誘拐事件に自分の妻が噛んでいるなんて、口が裂けても言えない。内心びくびくしながらも、表面上は平静を装っているに違いない。何日か経って、沙代子の行方が知れないとなると、捜索願を出して体裁を整えるか。そんなことまで沙代子は想像し、暗澹《あんたん》たる気分になった。

「それで？　どうやればいい？」

竣は膝を乗り出した。すっかり陽向のペースに取り込まれてしまっている。

竣はシルバーフォックスのオーナーには、ボストンバッグは指定された場所にはなかったと何度も訴えていると言った。

「そのことはもう鬼炎には伝わってるはず。そこから――」

鬼炎のリーダーから、陽向を誘拐するよう依頼した人物にも確かに伝わっている。

「だいたいさあ！」紫苑が声を荒らげた。

「そのあんたの推理、当たってんの？　あんたの叔父さんが、あんたのパパを社長から引きずり落とすために誘拐を依頼したって話」

「間違いないよ。誘拐はお金のためじゃない。叔父さんには夏凜という強い切り札があるんだから。自分の娘の夏凜が、お祖父ちゃんがやりかけた新製品を完成させれば、こっちのもんだって思ってんじゃないの？」

ほんと、超SSの子だよ、と陽向は夏凜のことを評した。くさしているんだろうなとは察しがついたけど、沙代子には意味不明だ。

「あんたらの親もマジ仲悪いけど、その子どもたちもおんなじだね」

「そういうもんでしょ。夏凜はね、頭がいいのをアピるんだよね。オニブスのくせにさ」

「お前らの仲なんかどうでもいいよ」竣が割って入った。「次に俺はどうしたらいいんだよ」

「こんなとこに隠れてないで、シルバーフォックスに出勤しなよ。ひとまずあんたが身代金をガメたんじゃないってことは証明されたわけなんだから、堂々としてたらいいじゃん。そんでオーナーの様子も観察して、鬼炎がどう出るか探るんだよ。そこしか突破口はない」

「あー！　ムリ！　絶対ムリ」

竣はクッションを抱えて、大げさに震えてみせた。陽向は意に介さない。

「鬼炎は金が目当てでしょ。それに誘拐したあたしが逃げたわけだから、メンツ潰されて焦ってると思う。何か行動を起こすと思うんだ」

「俺の身に危険が迫ったら、どうしてくれるんだよ」

「何よ！　あたしは誘拐されて怖い目にあったんだよ！　そんで自分の力で逃げてきたんだ」

「お前は大事な身代金のタネだから、手加減されたに決まってるよ。俺なんか、すぐに殺されて終わりだ」

クッションをさらに強く抱きしめて、竣は泣き言を言った。またそめそと泣き出しそうな雰囲気だ。

「行きなよ、竣。いつまでもこうしているわけにはいかないでしょうが」

紫苑が陽向の肩を持った。

「そうだよ。いざとなったら、あたしが家に戻ればいいんだ。誘拐の企みはパアになったってわかるから、あいつらも諦めるって」

「その腹いせに俺は殺されるんだ」

「その前に逃げなよ。一千万円、あげるから」

陽向の口調は、まるで駄々っ子をなだめる親のようだ。その後も竣は何とか抵抗しようと試みたが、結局、女子高生とキャバクラ嬢に押し切られた。ホストクラブのオーナーとも電話で長々と話して、ようやく決心がついたようだ。その日の晩から出勤するということになった。

陽向は、決着がつくのはこの数日だと踏んでいる。鬼炎のリーダーは陽向に逃げられたことを受けて、どうするか頭を働かせているはずだという。逃げたのに、自宅に帰った気配のない陽向の意図をはかりかねて迷っているかもしれない。そういう意味であいつらに揺さぶりをかけたのだと陽向は得意顔だ。

　彼らが誘拐の依頼主に自分たちの失態を告げるかどうかも興味のあるところだ。告げる前に、陽向を連れ戻すことに血眼になるということも考えられる。そうなったら結構ヤバい。この隠れ家も安全とは言えないだろう。そうすると、自分たちに残された時間はそうない。冷静にそんなふうに分析する陽向は、とても十七歳の高校生には見えなかった。この子は案外頭のいい子かもしれないと沙代子は考えた。それとも、沙代子などには想像もできない数々の経験を積んできているのだろうか。

　リビングで今後のことを話し合う三人から、沙代子はそろりと離れた。

　彼らの作戦には、沙代子のことは含まれていない。当然といえば当然だ。成り行きで仲間になった身元のはっきりしない女の立場を考慮する必要はまったくない。

　警察が介入したのだから、あの防犯カメラの映像の解析を始めている。捜査も一気に進むだろう。俊則がだんまりを決め込んでも、いつか自分の身元は割れるに違いない。

　ますます家には帰れない。もうお金なんかいらない。こんな恐ろしい状況から抜け出せるのなら。しかしどんなに頭をひねっても、沙代子には妙案は浮かばなかった。こういう時に機転が利くくらいなら、こんな事態には陥らなかった。自分は女子高生ほどの度胸も知恵も持ち合わせていない。大人として持っているはずの経験もないに等しい。

　お家騒動か何か知らないが、陽向が仕掛けた企みがうまくいくことを願うしかなさそうだ。誘拐事件が解決し、被害者の少女が両親の許に戻れば、どうにかいい方向に向くような気がする。少なくとも今よりはましだろう。

リビングで額を突き合わせている三人を尻目に、沙代子は庭に出た。外の空気を吸うと、ほっとした。

　この家は庭も広い。リビングの前は一面の芝生になっていて、その一角にはゴルフ練習用のネットも張ってある。竣たちに見つからないよう、そこを避けて家屋の横に回ってみた。強化ガラス製の温室があった。しゃれた六角形の造りだ。遮光してあるようで、中はよく見えなかった。

　温室の脇には背の高いフェンスがあって、その手前はコニファーの生垣になっていた。温室に近づいていくと、フェンスの向こうに人が立っているのがわかって、ぎょっとした。隣人のようだ。五十代後半くらいの女性だった。庭いじりをしていたのか、デニムのエプロンをして、手にスコップを持っていた。

　フェンスと生垣のせいで、気づくのが遅れた。今さら踵《きびす》を返すのは、あまりに不自然だ。向こうも沙代子が近づいていくのをじっと待っているようだ。小さく頭を下げて、温室に向かおうとする沙代子を、相手は呼び止めた。

「ねえ、あなた、瀬良さんとこの新しい家政婦さん？」

　いきなりそう問われて口ごもる。

「え、ええ、そうです」

　ようやくそれだけを喉の奥から絞り出した。誤解してくれているなら、そのままがいい。口下手な自分がつまらないことをしゃべると、ろくなことがない。相手はずんずんとフェンスに近づいてきた。

「そうなの。瀬良さんはご旅行？」

「はい」

「ふうん」

額に皺を寄せて、沙代子の頭の先からつま先までを舐めるように見た。その粘っこい視線に縮み上がる。隣人は、細川《ほそかわ》と名乗った。

「じゃあさ、あなたは留守番をまかされているってわけね」

「はい」

早く解放してくれないかと、もどかしい思いがした。おしゃべり好きらしい細川は、到底その気はないようだ。

「ところで、この前からこの家に居座っている若い男の人、あれ、瀬良さんの甥だって本当なの？」

「え？　ああ、そうですね。ええっと——」

言い淀む沙代子に、細川は疑り深い目を向けてくる。

「そう聞いています。あの方も留守番を頼まれていて。そのう、奥様に」

「そう聞いてる？」

細川は、フェンスに顔をぐっとくっつけた。わし鼻がフェンスの細長い隙間から突き出してきた。

「家政婦のあなたには、そう言い繕ったのかもしれないわね。瀬良さん」

どっと汗が噴き出してきた。

「あの方、いろいろとご活躍のようだから」

わし鼻からフフフと息が漏れた。

「いえ、本当に甥御さんです。あのう、奥様の妹さんの息子さんで――」

泣きたくなった。その奥様とやらに妹がいるかどうかもわからない。そういった事情を隣人が知っているかどうか。しゃべればしゃべるほど、辻褄《つじつま》が合わなくなっていく気がする。

「あら、そうなの。そうね、確かに甥御さんでしょうね。瀬良さんがいるときから、ちょくちょくここには顔を出していたみたいだから。一人暮らしの伯母様のことがご心配なんだわね」

小さく安堵の息を吐いた。だがそれ以上突っ込まれると、ボロを出してしまいそうだった。

「それでは、失礼します」

頭を下げて、フェンスに背中を向けた。

「あなた、お名前は?」細川の声が投げつけられる。仕方なく振り向いた。半泣きの顔をしているに違いなかった。

「当分瀬良さんとこで働くなら、しょっちゅう会うことになりそうだから」

細川は、フェンスの向こうでにやりと笑った。

「名前? 名前はええっと――」

頭の中が真っ白になった。ここで本当の名前を名乗っていいものかどうか。自分は犯罪に足を突っ込んでいるのだ。

「か、かわ――」

「え?」

「川本《かわもと》です」

「ああ、そう。川本さん。よろしくね。何でもわからないことがあったら聞いてね。雇われた途端に瀬良さんがお留守では、勝手がわからないでしょうから」

「はい、ありがとうございます」

細川はそれで気が済んだのか、一つ大きく頷くと、フェンスを離れていった。細川の家は、立派な和風建築の家屋だ。座敷の前に太い孟宗竹でできた縁側が付いている。広い縁側だ。縁側の下には、余った孟宗竹の切れ端や、園芸用の鉢、肥料の袋などが押し込んであった。細川は、ガーデニングが趣味なのだろう。よく見たら、花壇には色とりどりの花が咲いていた。

細川は、花壇まで歩いていって、かがみ込んだ。紫のアイリスの花の向こうに、彼女の体が没した。かすかに鼻歌が聞こえてきた。

そこまでを目で追って、沙代子は踵を返した。細川の視界から逃れるように、温室の陰に隠れる。びくびくしている自分がふがいなかった。細川は好奇心旺盛だが、気のいい隣人なのだ。そう自分に言い聞かせた。紫苑や陽向を見習って、堂々としていなければ。

何度か深呼吸をして、庭に植えられたヤマボウシやズミの木を見ていると、心が静まってきた。しばらくそれらの枝が風に揺られるのを見上げていた。

ここで細川と会ったことは黙っているのがいいだろう。隣人と会話したことが知れたら、竣が機嫌を悪くしそうだった。細川の話から、竣はかなり前からこの家に出入りしていたようだから、そのことも紫苑には腹立たしいことに違いない。とにかく、おとなしくしておくことだ。そして成り行きを見ながら、自分の身を守るしかない。紫苑を含め、この家に集まった誰もが信用できなかった。

リビングには戻る気がせず、温室の扉を引いた。遮光《しゃこう》ネットがガラスの内側に張ってある。入り口にネットが垂れていて、中の様子は窺えないが、甘い香りが鼻腔を満たした。何かの花が咲いているということはわかった。

瀬良という家主も、また隣人の細川も花が好きな人らしい。こんな立派なガラスの温室を構えて、どんな花を栽培しているのだろう。

ネットを手で払って、温室の中に足を踏み入れた。黒い土がこんもりと盛り上がり、二本の畝《うね》になっている。そこには筋の入った細長い葉の植物が植わっていた。よく見ると、茶に近い濃い臙脂《えんじ》の花がいくつかついている。花自体はそう大きなものではない。むしろ、ずいぶんと伸びた茎や葉の方が元気で、花はその陰で下向きに遠慮がちに咲いていた。

「ヒカゲランだ」

つい声が出た。蘭といっても、華々しいものではない。山間部に自生する目立たない種類だ。四国の山の中で見かけたことがある。名前の通り、日陰を好む花だった。木の下や、岩の陰にひっそりと咲いていた。ヒカゲランというのもあの地域での通り名で、本当の名前は別にあったろうが、沙代子が習ったのはその名前だった。

この地味な花を取り寄せてわざわざ温室で育てるとは、瀬良という女性は、マニアックな植物愛好者だったのかもしれない。窮地に陥って逃げ込んだ場所で、子ども時代に出会った花を見つけるとは、どういう巡り合わせだろう。沙代子は、その場に立ったまま、胸いっぱいにヒカゲランの香りを吸い込んだ。

あの頃に戻りたかった。山を気が向くままに歩き回り、山間部に根付く生活の知恵を身に付けて、生きる力に変えていた頃に。あそこが自分の原点だった。今頃になってそれに気づいた。沙代子はヒカゲランの一つにかがみ込み、ビロードでできたような花びらに手を伸ばした。

ヒカゲランはその仕草に応じて、小さく首を振った。

6

「あれ、ヒカゲラン。まだ今もこんなにして咲いとんじゃね。かわいい花やけど……」

雪代が林床の灌木や雑草を掻き分けて、小さな花を指し示した。

「ほんと。花が咲いてる」

沙代子が手を伸ばそうとすると、雪代はヒカゲランを草の中に隠してしまった。

「毒?」

雪代は野草やキノコの知識が豊富で、食べられるものとそうでないもの、薬草と毒になるものの見分け方を沙代子に教えてくれた。

「ううん、そうじゃないけど」

あんなかわいい草が毒草なわけはないと思ったが、案外、見た目がいい草やキノコが体によくない成分を持っていたりするのだ。毒でないにしても、かぶれたり、とんでもなく苦かったりする。

植物は自分の身を守るために、いろんな武器を備えている。そこを人間がうまく利用して、食用にしたり薬に利用したりする。

「ほんのちょっとだけ、自然の恵みのおすそ分けをもらうんよ」

白井昭二、雪代親子はまさにそんな謙虚な暮らしを山の奥で営んでいた。彼らと知り合えたことは、沙代子の生活も変えた。

「ああ、雪代さんやろ」

雪代たちの家で怪我の手当てをしてもらって祖母の家に戻ると、祖母は言った。

「あの人らは里の私らとは違う。昔っからの知恵を引き継いで、山の中で暮らしとる。えらいもんよ」と褒めたのか貶したのかわからない感想を述べた。

「誰やて？」

居合わせた伯父が聞き返した。祖母は「ほれ、タンザワゴエの」と答える。村には通称で呼ばれる場所がたくさんあった。

「あの人か。昭二さんとこの――」

それで充分通じ合うようだ。タンザワゴエという地名は、消滅しかけている集落の名前だった。かつてはさらに山奥に鉱山があったのだそうだ。江戸時代から明治の時代にかけては銀を産出し、昔は栄えていたらしいが、鉱量の枯渇により先細りになり、細々と操業を続けていたものの、戦前に閉山してしまった。タンザワゴエは、元鉱山従事者が住みついていた最後の集落だという。

そういうことを、伯父の口から聞いた。

「ようもまあ、あんな辺鄙《へんぴ》なとこでやっていけるもんよ」

タンザワゴエには、数軒の世帯があったが、一軒減り、また一軒減りで今は白井家しか残っていないそうだ。

祖母と伯父から、銀山の大雑把《おおざっぱ》な歴史を聞いた。鉱山が盛んに銀を産出していたのは江戸時代の初期らしい。産出量が減り、坑道が長くなると出水対策などに金がかかり、採算が合わなくなった。明治に入ると、銀山は新政府から個人経営へと払い下げられた。

経営者は躍起《やっき》になって掘り進んだが、無駄骨だった。費用をかけまいと坑道の中の支柱を省き、排水工事を手抜きするものだから、事故はたびたび起こったそうだ。大きな事故があると、大勢の犠牲者が出た。それでもどこからともなく、次の働き手が連れて来られる。

「里とヤマとは一定のやり取りはあったけどな、そんだけ。あんまり深入りはせんようにしとったんじゃと。ヤマの人らはヤマの人やけん」

それも祖母が直接経験したことではなく、親やまたその親から聞いたことなのだった。ヤマは閉じ、経営者たちも引き上げ、つましい生活をする人々だけが残ったというわけだ。

昭二と雪代という親子は、鉱山労働者の末裔《まつえい》で、そこで自給自足の生活をしている。祖母たちに言わせると「変人」親子らしい。

「あの人らぁは山のもんで事足りる。食べるもんも薬も」

「金も山で稼ぐ」伯父は小ばかにした言い方をした。「干しゼンマイだけでもええ金になるが」

「どこに何が生えとるか、ちゃあんと頭に入っとるわいな。銀が出んなってもここでやっていくしかない。元は下財《げざい》やけん」

「下財」というのは、鉱山用語で、土地を持たずにヤマを渡り歩いた坑夫のことを指すのだと、沙代子は後で知った。今もタンザワゴエの住人とは、里山の人々は距離を置いているということも。

「あんまり山の中、うろつくもんじゃない」

最後に祖母はそう釘を刺したが、沙代子は雪代と懇意になった。タンザワゴエという集落にも出入りするようになった。学校や祖母の家にいるよりは、うんと居心地がよかった。

雪代は、若くもなく、かといってそう年を取っているようでもなく、要するに年齢不詳なところがあった。元来、子ども好きらしく、すぐに「沙代ちゃん」と呼んで可愛がってくれた。雪代は独身で、母親を早くに亡くし、父親である昭二とずっと二人で暮らしていたようだ。昭二も沙代子が訪ねていくのを楽しみにしてくれていた。

そこで沙代子は山菜や野草や、薬草の知識を得たのだった。

「沙代子は変わりもんやな」

タンザワゴエへ行く沙代子を、祖母は不機嫌ながらも止めはしなかった。白井親子が持つ山の知識には敬意を払っている様子だった。

酢も味噌も梅干しもお茶も、雪代は手作りしていた。フキやウドなどというよく知られた山菜以外の野草もちょっと手を加えて美味しく食べる方法を知っていた。薬草の知識も豊富だった。伯父が言うように、雪代親子の収入源は、野草や薬草を採取してきて加工し、売ることだった。

里の人々も、季節になると山に入って副業としてそうしたことをやっていたが、雪代たちは採る量も知識も格段に上だった。ワラビやゼンマイ、タラの芽などはいい値で売れるようだった。漢方製剤、生薬の原料も製薬会社と契約していて、一定の量を買い上げてもらっているという。沙代子が崖から転落した時も、雪代は山菜か薬草を採りにいっていたのだった。

沙代子が訪ねていっても、雪代は山歩きをしていることが多かった。昭二はもっぱら加工や保存の作業を家でしているのだった。沙代子は雪代について行きたがった。山の中にいると、困難な状況にいることを忘れられた。精神のバランスを崩してしまう母親にびくつくこともなく、祖母に冷たくあしらわれて萎縮することもなかった。

森の中は、新鮮で豊かな恵みに溢れていた。雪代は、特段に沙代子に気を配るということもなく、小学生でもついていける場所なら連れていってくれた。彼女がさりげなく口にする言葉や作業から、沙代子は多くのことを学んだ。トリカブトとニリンソウの見分け方、ドクゼリとセリの違い、沢筋の歩き方、山で迷った時の対処の仕方など、誰も教えてくれない知識が身に付いた。

採ってきた野草の下ごしらえや保存法、調理法もそばで見ているだけで沙代子はすぐに憶えた。薬草を扱う時の注意事項は、雪代は特別に詳しく教えてくれた。間違った用法で摂取すると、体調を悪くするだけでなく、命にかかわることだからと。様々な副作用についても習った。

そういう諸々を吸収することは楽しかった。

「沙代ちゃんは本当にこういうことに向いとるねえ。私が子どもの頃よりずっと憶えがええわ」

雪代にそんなふうに褒められると嬉しかった。実家の工場の片隅で、存在を薄くして自分を保っていた沙代子は、ここでは確かな存在に戻った。

山歩きのおかげで足も丈夫になった。タンザワゴエに行き始めて半年も経つと、都会から来たひ弱な少女の面影はすっかり消え去った。たまには都会の自宅に帰ることがあった。すると母は、我が子を前にして浮足立ち、感情がいろいろと変わって疲れ切っているように見えた。沙代子は、以前とは逆に、早く四国に戻りたいと思ったものだ。四国の山奥、タンザワゴエに。父は「あっちが沙代子に合ってるんかな」などと的外れなことを言った。

タンザワゴエに足繁く通う沙代子から、従兄弟たちは距離を置いた。それでも麻未は、時折沙代子に嫌みを言った。

「沙代ちゃんは、山の人になってしもた。怖いなあ。もう遊べんわ」

なぜ山の人が怖いのか、よくわからなかった。麻未は大人の受け売りをすぐに口にするから、親か祖母がそんなことを言っているのだろうと推測はできた。

祖母のところから中学に通うようになる頃には、なんとなくその理由がわかった。山裾にある中学では、また違った人々と接するようになったから、そこで耳にした情報をつなぎ合わせるということができた。タンザワゴエに残っていた住人たちは、薬草や生薬について、独特の知恵や技術を継承していると思われているのだ。

かつて鉱山で厳しい労働環境に置かれていた人々には、そういうものが必要だったと信じられているようだった。その時の用法が伝わっているという不確実な噂が、タンザワゴエの住人を特別視することになったようだ。

曰く、「下財として各地を渡り歩いてきた人々の末裔は、不思議な力を持ち合わせている」「昔ながらの暮らしを頑なに守り続ける白井親子はちょっと常識からずれた人だ。近づかない方が賢明だ」「秘伝の生薬があって、それを製薬会社に売りつけて儲けている」。

根拠のない噂やひがみの類だと思えた。実際のところ、白井親子は、製薬会社から一目置かれるほど野草や薬草の知識を持ち、たくさんの漢方薬の材料を提供して収入源としている。しかしそのつましい生活ぶりを見ていると、食べていくのにぎりぎり足りる稼ぎしか得ていないことは、一目瞭然だった。

子どもらしい純真さで、里の人たちの言い草を雪代にぶつけてみると、フフフッと笑った。

「そんなことを言われとるのは知っとるよ。大昔、鉱脈を探し当てた山師の子孫やけんね、私ら」

でも特殊な能力なんかはさっぱりないわ、と雪代はまた笑った。

「昔、こんな山奥にはろくな医療機関がなかった。わしらの祖先は、野にあるもんで薬を作って怪我や病気を治しよったんじゃ」

そばで聞いていた昭二が言い添えた。ヤマが閉山した後は、里人にもそれを分けてやって感謝されていたという。

「ただの民間薬やね。それでもよう効いたけんね。そやから、今も漢方薬の原材料を採って製薬会社に買い上げてもらっとるの。皆が言うほど儲けとったらええけど、そううまいこと、いかんのよ」

また雪代はフフフと笑った。

確かにクコやドクダミ、甘草《かんぞう》、茶葉などは畑で栽培して大量に乾燥させ、まとめて製薬会社に引き取ってもらっていた。畑の世話は昭二の仕事で、これが一番の収入になると彼は精を出して加工していた。自分たちでも薬草を利用していた。その知識を、いつの間にか沙代子も身に付けていった。

「下財として各地を渡り歩いてきた人々の末裔は、不思議な力を持ち合わせている」と里の人が噂する理由にも何となく見当がついた。彼らは発酵と熟成という技術を上手に使う。漬物も味噌も発酵食品だ。堆肥作りなどに活用するのもよく知られた方法だ。沙代子の祖母や伯母も同じようなことをしていた。

しかし、白井親子は、ポピュラーな麴菌《こうじきん》や乳酸菌以外の細菌も巧みに利用する。その最たるものが、昭二が手作りするお茶だった。昭二たちは「黒石茶《くろいしちゃ》」と呼んでいたが、名前の通り、真っ黒で石みたいに固まったお茶だった。それは発酵カビによって発酵させたお茶だという。カビ付けをしたり二段階の発酵段階を経たりと、手間がかかって仕方がないが、昭二はそれを地道にやっていた。

彼は頑なに受け継いだ製法を守って、畑の横に建てた作業小屋で黒石茶を作っていた。健康食ブームが起こったり、マニアの間で細々と飲まれたりして、生き延びていたのだった。昭二が使用する発酵カビは、土壌菌の一つだそうだ。各種の菌を、昭二も雪代もさりげなく使っていた。土の中には、様々な微生物が含まれているのだが、代々彼らが使用してきたのは、土着の菌だけではない。下財として日本中の鉱山を渡り歩いてきた人々があちこちの土地で知った菌を持ち寄り、微生物の働きによってたくさんの発酵食品を作り上げたのだ。

「菌というのは、カビのことよ。カビ言うても、悪いもんばかりじゃないんぜ。何でも使い方次第。昔の人の知恵を古臭いて切って捨てたらいかん」

冷蔵技術も防腐剤もない時代、人々は、発酵カビを使って食品を保存していた。飢饉に備えて、豊富に採れた食物を蓄えておく備荒食《びこうしょく》としても利用されていたようだ。

交通の便が悪く、食物事情のよくない山間部では、常に備荒食を蓄えておくのが習慣になっていた。

「わしらの祖先は、いろんな土地を渡り歩いて、土地土地のカビ菌を上手に使いこなす術を身につけたんやな。医者代わりに病気の手当てをしたり、備荒食をたくさんこしらえて村人を助けてやったりしとったんじゃ」

多様な食品を生み出す鉱山労働者たちの秘伝の技に、里の人は目を見張ったのではないか。その裏には、カビ菌の発酵作用があったのだ。特にこの元銀山では、土の中にわずかに銀の成分が含まれていて、それがカビ菌の生育に微妙に影響を与えているという。そうした銀山特有のカビ菌の性質を知り尽くしたごくわずかな山の民が存在した。彼らは、錬金術師のように発酵食品を生み出していったのだ。そういう話を聞くのが、沙代子は楽しかった。

山深い貧しい集落で伝わってきた知識と技の話には、興味がつきなかった。

「こんな話、面白いか？　もう今はわしらしか知らんし、使いこなす人も他にはおらんのに。雪代にも子がおらんけん、これはここで廃《すた》れていくもんや」

そう言いながらも、昭二は乞われるまま話をしてくれた。雪代の手伝いをしているうちに、知識や実際の利用法も自然に身に付いた。あの経験が、沙代子を料理の道へ導いてくれたのだと思う。

現代社会では備荒食など不要だし、長期保存のための科学技術も発達して、あの当時でも古臭い保存法はないがしろにされていた。黒石茶以外は特に役に立つとは思われなかった。

「今は保存というよりも、美味しいからね。それに体にもええし」

黒石茶は長期保存がきくだけではない。時間が経てば経つほど風味が増して美味しくなる。滋養《じよう》強壮剤《きょうそうざい》としても重宝される。不便な鉱山で単調な食生活に彩《いろど》りを加えたり、苛酷な労働に耐える栄養素としても重宝された。下財としてよそへ移動する時に携えるのにも便利だったのだろうと、雪代は言っていた。

ぎゅっと圧縮された形の黒石茶は、その製法からちょっと酸《す》っぱい味がした。だが、慣れると美味しいと感じるようになる。愛飲者があるということは、この味に魅了されているからだろうと沙代子は考えたものだ。だから今でも、黒石茶の製造は、山の中で一軒になってしまった白井昭二の手で行われていたのだった。

黒石茶を発酵させる菌は、万能の菌だった。昭二たちの先祖が育て、培養してきたものだ。今は黒石茶の製造にしか使われていないけれど、その力は無限で、いろんな活用法があると沙代子は習った。

「私らが死んだら、このお茶も忘れられてしまうんよ」

そんなふうに言って雪代は微笑んだ。秘伝でも何でもない。ただ代々伝えられたカビ菌を利用しているだけ。教えて欲しいと言われれば、いくらでも教えるけど、そういう人はいないんよね、と付け加える。だから、もしかしたら白井親子から多くのことを学んだ人物は、沙代子で最後かもしれない。

土壌菌を始めとするカビの力には感嘆したが、同年配の友人には理解できないことだろうと思えた。憶えはしたが、当時中学生の沙代子には活用する術もなかったのだ。

その代わり、薬草の知識は役に立った。雪代が呆れるほど、質問攻めにして吸収した。

スギナは煎じて飲むと、利尿作用や疲労回復に役立つ。センブリの粉末は二日酔いに効く。腹痛や食あたりにもよい。ツワブキの湿布は湿疹やアトピーに効くし、葉のもみ汁は、歯痛や虫刺されにつけるといい。干したシソの葉と乾燥させたキキョウの根を煎じると咳止めになる。そうした効能は、ありとあらゆる植物が持っているということを、沙代子は知った。そして薬草となるものはたいてい、調理してもおいしく食べられるのだった。

後々、調理員として働いている時に知り合った管理栄養士の平本からは、そういうものを医食《いしょく》同源《どうげん》というのだと習った。彼女は薬膳にも興味があって勉強していて、その方面の知識が豊富だった。漢方医学では「食療《しょくりょう》」と「食養《しょくよう》」と分けて考えられているが、民間では病気の治療の補助とした「食療」も健康増進のための「食養」も特に意識して区別することなく普及しているという。

発酵は腐敗を防ぐための最も身近な方法だということも彼女から教わった。食べ物は、放っておくと腐ってしまう。しかし、カビの働きでバリヤーを張ると、長期保存が可能になる。発酵菌が繁殖すると、腐敗をもたらす微生物を締めだしてしまうからだという。たくさんの試行錯誤の末に確立されたまさに古人の知恵だ。白井親子が使いこなしていた黒石茶の発酵菌は、その最たるものだったのだと、その時になって認識した。沙代子は、今も固い黒石茶の欠片《かけら》を小瓶に入れて持ち歩いている。それはタンザワゴエや白井親子を思い出すよすがであり、自分を奮い立たせるお守りでもあった。

銀山で育った土壌菌は、彼らがいなくなったあの山の土中で、今もひっそりと生きているだろうか。誰にも活用されず、顧みられることもなく。

雪代は化粧品まで自分で作っていた。ドクダミの花と焼酎とグリセリンで化粧水を作り、シュンランの根を乾燥したものを粉末にしてハンドクリームに混ぜて使うと、ひびやあかぎれによく効くと言って愛用していた。

「あ、それならヒカゲランも？」

シュンランの効用を聞いた時、そう問うたことを思い出した。

「ううん。ヒカゲランの使われ方は特別。もう今は誰も採ってないね」

あのかわいらしい花にも、もちろん効能はあった。だが、薬として重宝されていたのは江戸時代中期から明治、大正の時代にかけてだと雪代は教えてくれた。代々受け継いだ薬草の精製に詳しい昭二からも昔語りのようにして、ヒカゲランの効能や用途、精製法などを聞いた。厳しい環境下で働く鉱山労働者のための疲労回復や意識高揚のために使われていたという。当時、鉱山経営者が精製された薬を高く買い取り、坑夫に与えていたと昭二は教えてくれた。鉱山が閉山し、労働環境も整った現在では、無用のものになってしまったようだ。

口伝えで伝承された植物や菌の効能や精製法も知識を持つ人がいなくなれば、どんどん忘れられていくのだ。

化学合成の薬が全盛となった現代では、昔は有用だとされていた薬草も山野でどれだけ繁茂しても顧みられることもないのだろう。ヒカゲランも、あの山の中でそっとうつむいて咲いているに違いない。その姿を思い浮かべると、打ち捨てられた鉱山とともに、何かうら悲しい気持ちがした。

そのヒカゲランがここでは温室で満開になっている。とても不思議な気がした。この家の女主人は、どこでこれを手に入れたのだろう。子どもの頃、森の中で見た時には、あまり香りは感じなかったが、温室という閉ざされた空間で密集して咲いていると、むっとするほどの芳香を放っていた。

畝には水をやった痕跡が残っていた。瀬良から、竣はこの花の世話も託されているのだ。花を枯らせないように厳しく言いつけられているのかもしれない。家に押しかけてきた有象無象《うぞうむぞう》の輩に手を焼きながら、竣は律儀に言いつけを守っているということか。

この家の主が一か月の休暇から戻ってきたらどうなるだろうか。想像するだに恐ろしかった。沙代子が片付けようとどんなに頑張っても、家の中は荒れ放題だ。紫苑も陽向も勝手にマダムの洋服を着ているし、竣のために彼女が用意した食べ物を遠慮することなく腹に収めるし、紫苑にいたっては、高級な酒類をどんどん空けている。アルコール類を一切口にしない竣は、苦々しい顔で眺めているだけだった。所詮、彼はホストには向いていなかったのだ。ちょっと顔がいいからと安易にこの世界に足を突っ込んだということだろう。今はそのことを心の底から後悔しているのではないか。

家の中に戻る気にならなくて、沙代子は温室の中の小さな作業椅子に腰を下ろした。ヒカゲランの可憐な臙脂色の花を見て、濃厚な香りに包まれ、沙代子はそこに座り続けた。ここで懐かしい花に出合えたことが嬉しかった。

これがいい前触れになるといいと思ったが、この混沌とした状況を打開する名案はどうしても浮かばなかった。ただぼんやりと物思いにふけるのみだ。

四国の山の中で一時期を過ごし、白井親子と接したことである種の自信がついたことは事実だ。他人から見たら些細なことかもしれないが、食の力に興味を向けてくれたあの二人には感謝している。彼らは貧しいけれど、豊かな生活を送っていた。工夫を凝らして手間を惜しまず、先祖代々受け継いだ知識を縦横に使いこなして、楽しく日々を送っていた。あの経験は、その後の沙代子の人生を支えてくれた。

四国から自宅に戻った時、まだ母の千鶴の精神は不安定だった。娘が戻ってきて嬉しいと言って舞い上がったかと思うと、翌日には床から起き上がれないほど落ち込む。娘を前にして、母親らしいことを何もできない自分を見出し、情けないとおいおい泣くのだった。彼女の奇矯な振る舞いは、印刷工場の工員を含めた周囲の人々を疲弊させた。

高校生になった沙代子は、否応なく家事を担《にな》うようになった。それが沙代子には苦痛ではなかった。特に食事を作ることに喜びとやりがいを感じた。母の不調も、食習慣を整えることで改善するのではないか。ただ漠然と食事の用意をするのではなく、体に入れるものはすべてが薬だという気持ちで取り組んだ。それはとても楽しい作業だった。

まずは味噌や納豆、漬物、甘酒などの発酵食品で免疫力を高めることを心掛けた。米のとぎ汁で作る浅漬けは、簡単で美味しい。元来野菜嫌いの千鶴は、この漬物を食事ごとに口にするようになった。その上で、滋養強壮や精神安定にいいユリ根、更年期障害に効くセリやセロリ、神経過敏の抑制に効果があるというゴマなどを努めて料理に取り入れた。

手に入れば、薬草も母に勧めた。胃を元気にするためにツリガネニンジン、食欲増進のためにセンブリ、精神鎮静のためのトウキという具合だ。意識して周囲を見渡すと、滋養強壮によいノアザミやヒルガオ、月経不順やめまいに効くメハジキ、冷え性を改善してくれるヨモギ、便通によいギシギシなどは、都会でも自然公園の中の雑木林や道端や河原で見つけることができた。

そうしたものを器用に干したり煎じたりする沙代子を、千鶴は目を丸くして見ていた。

「沙代ちゃん、いつの間にそんなことができるようになったの？　びっくり。お祖母ちゃんに教えてもらったのね」

母の誤解はそのままにしておいた。祖母とうまくいかなくて、山の中をさまよっていたなどと話し、余計な心配をさせたくなかった。食事できちんと栄養を摂り、規則正しい生活を心がけると、母の精神状態も少しずつ改善されてきた。母を散歩に連れ出して、野草の名前を教えた。母の好きな音楽を聴いたり、アロマも試したりして気分を変えると、だんだん平静を保てるようになってきた。

そして、沙代子が高校を卒業する頃には、すっかり病院や処方薬とも縁を切ることができた。父の印刷工場の仕事も、簡単な作業なら手伝えるほどになった。父は沙代子の功績を褒めたたえた。昭二と雪代から授けられた知識が、役に立ったのだった。あの苦しい時期も無駄ではなかったと思えた経験だった。

その経験は、沙代子に自信をもたらしてくれ、その後の人生にも影響を与えた。

地味で引っ込み思案なところは一緒だったが、常に食にはこだわって、その腕を役立てられる仕事も得られた。その道筋をつけてくれたのは、あの四国の山奥での地道で丁寧な生活ぶりだった。食べることが、人を作るのだと心に刻まれたのだった。そこさえ押さえておけば、大丈夫。そう自分に言い聞かせてきた。

——人の暮らしの基本は食べることやからね。その気になったら、何だって食べられるんよ。

祖母の家から離れて、都会に戻ることになった時、雪代の言葉が沙代子の背中を押してくれた。あの言葉はいつも沙代子を励ましてくれていた。

沙代子は畝に整然と並んで咲くヒカゲランを見下ろした。あのままでいればよかった。欲を出して、自分の家族を作ろうとしたのが間違いだった。沙代子は俊則にとっては、妻帯者という体裁を整えておくための道具であり、川田家の人々にとっては、体のいい家政婦にしか過ぎなかった。

あそこからも弾き出され、さらに想像もつかない状況に陥るとは、自分の人生にこんな時が訪れるとは、想像もできなかった。山で得た知識ではまったく太刀打ちできない。あの家では、ただ料理をして自分の心を落ち着かせるのが関の山だ。

沙代子はいつまでも温室の中に座り続けていた。

陽向の身代金が三千万円だったことが明らかになった。夜のニュースでその金額が流されたのだ。誘拐事件に警察が介入したのだから、早晩、そうなるのは目に見えていた。身代金が犯人に渡ったのかどうか、誘拐された陽向はまだ家に戻っていないとニュースは告げた。

当然ながら、陽向は怒り狂った。興奮のあまり、沙代子にはまったく理解できない言葉でほざいた。

「あたし、今ガンギレしてっから。パチこきやがって。マジない。おままじＦＫ！」

「何言ってんの。まともな日本語、しゃべれっつーの」

ここまできてまだ堂々としている紫苑は、どういう神経をしているのだろう。

「ねえ、ちょっと！　オバサン！」

陽向の怒りの矛先は、沙代子にも向けられた。びくっとした沙代子は、一歩二歩退いた。

「あんたはどういうカンケイシャ？　バッグを取りにいって、当然中身を見たわけでしょ？」

「いえ――、あの、私は――」

何だって自分の娘ほどの少女に問い詰められて、しどろもどろになっているのだろう。情けないと思いつつも、沙代子は言葉が出てこなかった。陽向はさらに言い募る。

「あんたみたいなフツーのオバサンが、何でこんなキャバ嬢とつるんでんの？」

「この人に――」沙代子は紫苑を指差した。燃えるような目で見返した紫苑の方は、極力見ないようにする。

「この人に頼まれただけで」

「頼まれた？　大根買ってきてって頼まれるのとは違うんだよ！　ぜってーおかしい」

どんなふうに自分の立場を説明したらいいのか、沙代子にはわからなかった。

今頃、警察はあの防犯カメラの映像の解析を進めているだろう。沙代子の身元は遅かれ早かれ割れるだろう。光洋フーヅファクトリーの社長の娘が誘拐された。そして彼女の身代金を受け取りにいったのは、光洋フーヅファクトリーの総務部長の妻だった。あまりに出来過ぎている。それが偶然の出来事だなんて誰も信じてくれないだろう。あの晩、家を飛び出したのは、本当にたまたまだったのだ。そしてたまたま歓楽街を車で走り、歩行者と接触した。直後、自動車事故の相手から、誘拐事件の身代金を取りに行くよう頼まれたのだ。本当に小さな「たまたま」が重なっただけだ。

自分はとんでもない窮地《きゅうち》に陥っていることだけはわかった。

「どうなのよ！」

玄関ロビーのアンティーク時計が午前一時を打つ音と、陽向の怒鳴り声が重なった。

久しぶりに職場に出勤した竣は、オーナーに事務所に呼びつけられ、二人で善後策を講じてから、店に出ることとなく戻ってきたのだった。竣の帰りを陽向はじりじりしながら待っていた。それから四人がリビングに集まった。

何もかも白状して楽になりたかった。いや、そうすべきだ。紫苑の企みに乗ったことも正直に話して、あの身代金も返す。そして——警察に自首する？

嫌な汗が噴き出してきた。たまたまの重なり合いで、とうとう本物の犯罪者になってしまった。

「あんたはどうしたいのよ」

妙に落ち着いた声で紫苑が言った。その問いは、陽向に向かって放たれたものだった。

「あんた、一千万円で私たちを雇うって言ったよね。それが三千万円だってわかったからってどうなるの？　鬼炎を使ってあんたを誘拐させた依頼者とか、お祖父さんを殺した犯人を突き止めるって話、どうするわけ？　諦めんの？」

陽向はぐっと詰まった。

「結局さ、お嬢様の気まぐれだったんでしょ？　退屈だから、探偵ごっことかしたかったんだ」

陽向は唇を嚙み締めている。さっきまでの逆上振りは影を潜め、ただ紫苑を真正面から見据えていた。

「でも三千万円は、私たちにとっては重い金額なんだ」

紫苑はちらりと沙代子を見る。そうだ。あのお金は、喉から手が出るほど欲しいものだ。沙代子は心の中で呟いた。すべてはそこから始まった。

「三千万円は、私たちの方が有効に使えそうだね。あれはあんたには返さない」

きっぱりと紫苑は言い切った。まったく筋の通らない言い分だ。あれは陽向を誘拐犯から取り戻すために彼女の親が用意したものだ。たとえあのバッグを偶然見つけたのが紫苑と沙代子だったとしても、所有権は入船家にある。そう頭ではわかっているのに、ここで不条理なことを口にする紫苑が潔いとさえ思えた。

「諦めない」

陽向は喉の奥から声を絞り出した。紫苑は特に感情を表さず、陽向を見返した。

「諦めないよ。あたしはあたしを誘拐した鬼炎の正体を突き止めて、誰がそんなことをさせたのか、白状させる。何が起こっているのか、何もかも知りたい」

「わかった」

静かに紫苑は応じた。

「あんたに雇われてやるよ。何もかもやり遂げたら、金は返す」

「そしたら、その中から一千万を払うよ」

二人の間で話はできあがってしまった。沙代子が声を上げる前に、竣が喚いた。

「無理だって。鬼炎の正体なんか絶対わかるもんか。てゆうか、あいつらに関わること自体が自爆行為だって」

紫苑が気弱なホストをぎろりと横目で見た。

「竣、腹を据えなよ」

「お前ら、全然わかってない！」

「遅いよ、竣。鬼炎はもうあんたに目をつけているよ」

ついさっきまでいがみあっていた陽向と紫苑は、突然手を組んだようだ。陽向は誘拐犯を突き止めるために。紫苑は金のために。これは利害関係が一致したというのだろうか。

「私もちょっと当たってみる。私を追っかけてるヤミ金の連中のバックには若村組がついてる。この街で鬼炎と張り合ってる奴ら。だいぶ分が悪いみたいだけど、敵対してるからこそ、相手のことをわかってると思うんだ」

「え？　え？　そうなんだ。それ、いいかも」陽向が乗ってきた。「でもヤバくね？　あんた、ヤミ金に追われてんだろ？」

「だからさ、金返す算段がついたって言う。そしたら、あいつら、食いついてくると思うんだよね。ヤミ金の出資金は組が出してるんだ。だから、私に貸した分、焦げ付かせるわけにはいかないの」

「そこで情報を取るってわけだね。誘拐事件のウラもわかるかも、だね」

「何とか食い込んでみる」

「よろたん！　あの叔父さんと夏凜をぎゃふんと言わせてやっから」

この話の行方はどうなるのだろう。紫苑の借金がどれくらいあるか知らないが、彼女は自分の取り分の一千万円をその返済に充てるつもりのようだ。もはや沙代子との約束など、頭の隅にもない。

沙代子は不安と恐怖にちりちりと焼かれる思いだった。

「あー！　もう終わりだ」

沙代子と同じように計画から疎外された竣は天井を仰いだ。

「これ、絶対無理ゲー！」

「わかってるよ！　このめっちゃ悲惨な状況から抜け出すためにやるっきゃないんだよ」

紫苑はさっと立つと、竣の襟首をつかんで引っ張り上げた。竣はヒイッと呻いてされるままになった。

「いい？　鬼炎の方から竣に接触してくると思う。それに応じる振りをすんの。わかってると思うけど、金のことも私たちのこともしゃべるんじゃないよ。とにかく言いなりになって向こうを探るのよ」

首を絞め上げられた竣はこの世の終わりのような表情を浮かべた。

「大丈夫だって。あいつらだって金は欲しいに決まってる」

「そうだよ。この――」

陽向が沙代子を振り返った。金髪の先の鮮やかな紫色が、肩の上でぱあっと広がる。

「この人を捜してるはず。警察よりも先に見つけて金を取り戻そうとするよ」

陽向に言われるまで、沙代子はその可能性に気づかなかった。自分の鈍さを呪った。そうだ。警察があの映像を公開したということは、鬼炎にも知れたということだ。人を殺すことを何とも思わない犯罪者集団に。俊則に知られることを恐れていたが、それよりももっと恐ろしいことが起こる。

沙代子は座ったスツールの縁を、両手でぎゅっと握りしめた。

「沙代子さんは、ここにいる限り、安全だから」

紫苑が励ましてくれたが、湧き上がった恐怖は、消えはしなかった。

「ほらな。お前ら、俺を盾にしてここに居座ろうって魂胆だろ。言っとくけど、ここは俺の――」

「あんたのごひいきさんの家だって言うんでしょ！」

「その人には感謝してるよ。ほんと、神ってる」

いつの間にか紫苑と陽向は寄り添っている。

「シルバーフォックスのオーナーだって、いざとなったら俺を売るに決まってる」

竣はまだ泣き言を言っていた。

「とにかくあんたは、素知らぬ顔でシルバーフォックスに出勤してればいいの」

紫苑が投げ出すように竣の襟首を離し、竣はソファの上に崩れ落ちた。それでもまだ諦めきれず、繰り言を言った。

「素知らぬ顔なんかできるか！」

「あー、お腹空いた。沙代子さん、夜食、何かできる？」

紫苑は完全に竣を無視した。

沙代子は反射的に体が動いて台所に立った。戸棚と冷蔵庫の中を確かめて、鍋を取り出した。二十分後には、鶏肉とチンゲン菜入りのフォーが出来上がった。それを三人で黙って食べた。夜食などに見向きもしない竣は、さっさと部屋に引き上げた。浅漬けを噛み砕くシャリシャリという音が、部屋中に響いていた。

フォーを食べながら、沙代子も腹を据えた。

細川がまた庭に出てきて手入れをしている。その姿を遠目に見ながら沙代子は考えた。あの人は、今騒がれている誘拐事件に興味を持っているだろうか。たぶん、ニュースは見ているに違いない。この地方都市で起こった珍しい誘拐事件に気を引かれない人などいないだろう。旦那さんと、このことについて話し合っただろう。

「怖いわねぇ」

「誘拐事件なんかが身近で起こるとは思わなかったな」

そんな会話が交わされたのではないか。

あの防犯カメラの映像も見たはずだ。あれから何度も流されている。夜だし、解像度が低いから、人物の特定は難航しているようだとニュースは言っていたが、細川は隣の家の家政婦がその本人だと気がつくだろうか。

あの温室の中の花は、瀬良三知子の趣味で育てているものなのだと竣は言った。あれを枯らしたくなくて、竣を留守番に雇っていると。竣は言われた通りに時折世話をしているだけらしい。ヒカゲランという名前も知らなかった。

植物などに端《はな》から興味のない紫苑と陽向は、竣と沙代子のやり取りを聞き流していた。そのうち、紫苑はヤミ金の連中とスマホで連絡を取り始め、竣は瀬良に頼まれた事業所の見回りに出かけていった。陽向はぼうっとテレビを見ている。誘拐された時にスマホを取り上げられたので、手持ち無沙汰なのだ。一時は禁断症状が出て苛ついていた。

「スマホがないなんて、ありえない。マジでひま」

などと言っていたが、「スマホを持っていたら、ＧＰＳ機能で居場所特定されるじゃん」と紫苑に忠告され、「あ、そうか」と素直に納得していた。

「あたし、今誘拐されてるもんね」

あっけらかんとそんなことを言い、笑った。

沙代子はそんな二人を置いて、勝手口からそっと庭に出てきたのだった。温室に向かって歩いていくと、フェンスの向こうの花壇にいた細川が、すっと立ち上がった。庭いじりをしている振りをして、隣家を窺っていたのかもしれない。

温室はフェンスに接しているので、近寄ってきた細川と顔を合わせることになる。

「川本さん」

「はい」

落ち着いて返事ができたことに胸を撫で下ろした。

「ゆうべ、主人と話してて気がついたんだけど――」

全身がざわりと粟立つのがわかった。きっと顔は引き攣っていただろう。そんな沙代子の様子を観察するように、細川はねっとりとした視線を送ってきた。

「瀬良さんには妹さんはいないんだったわ」

「あ」

間の抜けた声しか出てこない。

「瀬良さんにはお姉さんが一人いるだけだって主人は言うのよね。だからね、あの甥御さんという人は、瀬良さんのお姉さんの息子さんじゃない？」

「あ、ああ」

家政婦ではないことを見破られたか、あるいはもっと悪いことまで想像していた沙代子は、安堵のあまり、膝から頽《くずお》れそうになるのを懸命にこらえた。

「そうだったかも。私、聞き間違えてしまったんですね。すみません」

「いいのよ」細川は鷹揚《おうよう》に応じた。「あなた、雇われたばかりですものね」

「あの――」

「何？」

「ちょっとお伺いしてもいいですか？」

「どうぞ、どうぞ」

細川は、新参者の家政婦に頼られたことが嬉しいらしい。両手にはめていたガーデニング用の手袋を急いで剝ぎとって、エプロンのポケットにしまった。

「この温室の中のお花ですけど」

「花？」

細川の一重瞼がすっと上がるのが、フェンス越しに見えた。

「はい。甥御さんがお世話を頼まれたらしくて。とても珍しい花なんですよ」

「へえ！」

花好きらしい細川なら、興味を持つと睨んでいた。

「どんな花？」

見てみたくてうずうずしているようだ。沙代子は急いで温室の戸を開けて、手前に生えているヒカゲランを一本手折ってきた。沙代子が持ってきた花を、細川はまじまじと見た。

「ほんと、見たことがないわね。でも花も小さいし、地味な植物ねえ」

ふいと目を上げて沙代子に問いかける。ヒカゲランという名前にも心当たりがないという。細川は、エプロンのポケットからスマホを取り出して、花の写真を撮った。それから何か操作している。写真から花の名前が検索できるアプリだという。

「単子葉《たんしよう》植物ラン科に属するホシチョウラン」

細川は淡々と読み上げた。「暖温帯から、亜熱帯の常緑広葉樹林下で生育。日本では本州、静岡県以西に分布。絶滅危惧種Ⅱ類」

本来の名前は、ホシチョウランというのか。初めて知った。それでも沙代子の中ではヒカゲランが一番しっくりくる。細川は、スマホをしまって、もう一度実際の花を見た。

「これを瀬良さんが甥御さんに世話をさせてるって？」

「ええ」

細川は「はーん」と大げさに体を反らせた。

「信じられない話だわね」

嫌みな笑みが浮かぶ。

「だってね、あの人、植物なんかには全然興味なかったんだもの」

「でも、温室が――」

「ああ、これは亡くなった旦那さんが建てたのよ。多肉植物を育てるのが趣味だったみたい。私もたまに見せてもらってたの。珍しいものも結構あってね。小さな花を付けたら、大喜びして。旦那さん、ほんとに慈《いつく》しんで育ててたのよ」

細川は、唇の端をくいっと持ち上げた。

「ところがよ。旦那さんが亡くなった途端に、奥さん、鉢を全部処分しちゃったのよ。小さいのを入れたら、百鉢はあったでしょうに、園芸店に引き取ってもらったり、捨てたりしたの。『どうせ私は枯らしてしまうから』って澄ましてた」

細川は、ゆっくりと首を振った。

それ以降、温室は空っぽのまま見向きもされなかったという。

「だからね、あの甥御さんとやらが、ここんとこ頻繁に温室に出入りしてたから、変だなとは思ってたの。どういうことかしら」

こんな地味な花を瀬良が好きなわけがない。いつも花屋から派手な花を届けさせていた。そもそも彼女は自分で植物を育てようなんて考えは持たないと細川は断言した。

「これ、山の奥で繁殖する花なんですよ」

「へえ！　それをわざわざこんなとこで？　物好きだこと」

二人はフェンスを挟んで、ヒカゲランをじっと見詰めた。

「何か使い道でもあるのかしら、この植物に」

細川の言葉に、沙代子は考え込んだ。ヒカゲランは、沙代子の手の中で首を垂れている。この花は森の中で生息してこそ、価値があるのだ。あの、廃れた鉱山の森の中で。

しばらくして顔を上げて言った。

「あの、お宅の縁の下に置いてある竹筒を少し、分けてもらえませんか？」

「え？」

細川は振り返って、自宅の縁側の下に突っ込んである孟宗竹を見やった。そしてまた正面を向くと、沙代子を気味悪そうに見返した。

＊＊＊＊＊＊＊

ナイト・ドゥという薬は、人間を原初のカタチに戻していく。

生命力に溢れ、食べ、眠り、生殖活動に勤《いそ》しんでいた生き物は、死が突然訪れようとも、嘆き悲しむこともなく、己の運命に従う。そこには驚愕《せんりつ》も恐怖もない。抗いもない。それこそが理想だ。たとえ他人を殺すことになろうとも、躊躇や戦慄や罪悪感を覚えてはならない。そんなものに囚《とら》われることこそが、自分を滅ぼすことになるのだ。

世の中では、それを犯罪と呼ぶかもしれない。しかし、これは人間の雑多な感情を殺ぎ落とした末に訪れる純粋な行為なのだ。男の計画の下、俊敏に行動する彼らは、獲物を狩るハンター、あるいはゲームをコンプリートする戦士に酷似《こくじ》している。

美しく、完璧な犯罪を為《な》し遂げるためには、ナイト・ドゥは欠かせない。特殊なあの薬は、男にしか作り出せない。鬼炎のメンバーは、安定と鎮静、無の境地を求めて、ナイト・ドゥを摂取したがる。スリムでシンプルになった彼らはもはや、あれなしでは生きていけない。

厳重に施錠した部屋の中で、男はナイト・ドゥの調合に余念がない。階下はスポーツジムだ。そこでは健全な運動が為されている。薬の精製の過程では、他の人間を寄せ付けないようにしなければならない。男のような特殊体質を持たない人間には、深刻な害を及ぼす作業だからだ。

一度、あの老人の忠告を試してみたことがある。老人は言ったのだ。

「お前以外の者は、決して調合に立ち会わせてはならない。それは恐ろしく危険な行為だ」と。

あれは本当なのだろうか？　俺以外の人間には、この薬を扱うことができないのだろうか？　原料一つ一つは無害なのに、それを混ぜ合わせる行為は、それほど危険なのだろうか？　一度疑問が浮かぶと、どんどん膨《ふく》れ上がった。

別々に取り寄せたナイト・ドゥの原材料を何も知らない人物の前に広げた。見た目は何ということはない。粉末状のもの、固形物、練り状のものなどだ。由来は鉱物や植物、動物と様々だ。それらを教えられた通りに調合する。固形物を削《けず》って小鍋で煮溶《にと》かしたり、乾燥したキノコを刻んで加えたりする。

相手は、興味深そうにその作業を見守っていた。ふと立ち寄ったショットバーでアルバイトをしていた二十代半ばの男だ。大学に通っていたが数年前に退学したという。アルバイトで金がたまったので、これから世界放浪の旅にでかけるつもりなのだと語っていた。自分で作詞作曲をするので、世界の文化や音楽に触れてさらに視野を広げたいなどという話を、男は聞き流した。彼は興に乗って、自分は吟遊詩人《ぎんゆうしじん》を目指しているのだとうそぶいた。

彼は、ナイト・ドゥのことを聞いた時、おそらくマリファナやコカインの類を想像したのだろう。目を輝かせてついてきて、作業を見守っていた。

そして死んだ。たぶん、死因は心臓発作だ。原材料から揮発した気体か、舞い上がった粉末を吸い込んでしまったのだろう。痙攣《けいれん》が数分続き、それっきりだった。あっけないものだ。

吟遊詩人は、別の世界に旅立っていったのだった。

彼に家族がいたかどうか聞きもしなかったが、もしいたとしたら、世界のどこかを放浪して、人に囲まれて気楽に歌でも歌っていると思っているかもしれない。実際は、誰も行かない山奥の土の下で沈黙しているのだったが。

老人の言ったことは本当だった。やはりこの世でこれを扱えるのは俺だけなのだ。そう思うと、全能感に酔いしれた。

以来、男は鬼炎を自由自在に操ってきた。本格的に始動するに当たり、中規模の地方都市を選んだのは正解だった。前時代的な暴力団が仕切るという構図もわかりやすい。目下の敵は若村組というところだ。奴らは、ただ淡々と犯罪を請け負う鬼炎の真意をはかりかねつつも、とにかく尻尾をつかんで潰そうと躍起になっている。

警察もまだ鬼炎の真の姿に気づいていない。若い半グレの集団が、犯罪に手を染めたという程度の認識だ。かなり緻密《ちみつ》に作り上げられた組織だとは、まだ誰にも知られていない。

ましてや男がナイト・ドゥという古来から細々と伝承された妙薬で、巧みに操っているとも思っていない。あまりにも荒唐無稽な話だから、頭の固い警察には想像もつかないことだろう。リーダーである男も、巧妙に隠れ蓑《みの》を被《かぶ》っているせいで、その存在すら知られていない。警察は、個々の事犯として捜査をしていた。

　この都市は何の縁もない土地だった。うまくいかなければよそへ移る気だった。だが、男の企図は的中し、うまく回り始めた。依頼される犯罪を完遂するたびに、男は自信に溢れてきた。もう少し、ここで力を溜めようと思い直したものだ。地方だけにあるしがらみから、面白い犯罪も生まれていた。

　この地方都市では一流企業に当たる光洋フーヅファクトリーという会社に絡む犯罪を、続けて請け負った。初めは、社長を脅してくれというものだった。依頼主は、光洋フーヅファクトリーのライバル的な食品会社のようだった。

　本当の依頼主が誰かなど、どうでもよかった。報酬さえもらえれば、いや、犯罪の場を鬼炎に与えてもらえれば、それでよかった。依頼主と鬼炎とを結びつけるエージェントは、ついでのようにこう言った。

「要するにあの社長が目障りなのさ。向こうは脅しという緩い言葉を使っているがね、まあ、察してやってくれ」

　そこでメンバーになって日の浅い男にチャンスをやった。簡単な仕事だと思った。ナイト・ドゥの効果はいかんなく発揮されていたはずだ。だが、奴はしくじった。社長に怪我を負わせるつもりがほんの一瞬心にぶれが出た。挙句、力加減を間違えて川に突き落とし、溺死させてしまった。脅しが殺しになった。まあ、仕方がない。人選を誤ったのは自分だ。いきなり人を殺したメンバーは見どころがあるとも言える。将来性のある彼を許した。

　エージェントも、このしくじりには動じなかった。喉の奥から出す嫌らしい笑いが、電話の向こうから聞こえた。

「目障りな雑草を一気に刈り取ったな」

それから「警察に尻尾をつかまれないようにだけしてくれ」と短く念を押した。「ただの事故案件として見られるように」

彼は有能で信用のおけるエージェントだった。鬼炎の名声が裏社会で上がっていくと、向こうから接触してきたのだった。犯罪を依頼したい相手と、実行者とをつなぐ闇のネットワークのようなものが存在するのだとその時知った。いくつかの仕事を請け負って、信頼するに足る人物だと判断した。指示は的確で無駄がない。向こうの取り分も相応だ。ただし、いつでも関係は切れるようにしている。エージェントも心得たものだ。一度も会ったことはなく、やり取りは記録に残らない電話の通話だけ。それでうまくやってきた。

光洋フーズファクトリー関連のそんな仕事に当たったのは、一年前のことだ。

それで終わりかと思ったら、また光洋フーヅファクトリー絡みの依頼がきた。社長が死んで、後継者どうしが揉めているらしい。新しい社長の娘を誘拐してくれというものだった。

エージェントはいつものように依頼主をぼかしたが、興味を持って調べてみると、光洋フーヅファクトリーの内部で派閥争いがあって、兄である社長と弟である専務が揉めているようだった。依頼者は専務で、兄を揺さぶる材料として誘拐事件を利用するという魂胆らしかった。裏事情を調べることなど滅多にないし、男が犯罪そのものに興味を持つこともまれだった。しかしこの都市では、光洋フーヅファクトリーの名前を知らない者はいない。面白い展開だった。報酬は高校生の娘を取り戻すために親が用意した三千万円だという。

この金額も魅力的だった。男自身には物欲はないが、日に日に腕を上げていく犯罪集団を維持するのには、金が必要だった。男の忠実な部下を守るために。ところが、身代金は手に入らなかった。表だった行動は控えさせるため、鬼炎とは別の人物に取りに行かせたのが裏目に出た。簡単な仕事だと思っていたのに、とんだ手違いだ。

しかし、男は焦らなかった。ゲームは複雑で難解な方がやりがいがある。誘拐した娘が策を講じて逃げ出そうとしたのを、わざと見逃した。行き先はわかっている。所詮は子どもの知恵だ。光洋フーヅファクトリーの内部対立に乗じて、まだ新たな展開が楽しめそうだった。もちろん三千万円も取り返すつもりだ。

だが、そろそろ潮時かもしれない。この件にケリがついたら、よその土地に移ってもいいだろう。全能の薬ナイト・ドゥと、秀逸な犯罪集団鬼炎を従えて。

7

「なんだって？」

竣はあんぐりと口を開けた。沙代子が発した言葉が信じられないといった様相だ。こめかみの辺りがぴくぴくと引《ひ》き攣《つ》っている。

「だから、あの——、温室にある植物を全部引き抜いて——」

「嘘だろ？」

二人のやり取りを耳にした紫苑と陽向はきょとんとした顔を向けた。

「ええと――、だから、あれの球根を刻んで熟成させたらすごく美味しい調味料に――」

竣はしまいまで聞かずに、庭に飛び出していった。スプリンクラーが水を撒き散らす芝生を、大股に駆けていく細身の男を、リビングのガラス越しに残りの三人は見ていた。

「いったい何だっていうの？」

紫苑が面白くもなさそうに呟いた。

「だからさ、この人が温室の花を全部捨てちゃったわけ。で、竣がガンギレしてるってことよ」

陽向が説明した。

「だから？」

まだ事態が呑み込めない紫苑が問い返す。陽向は首をすくめるのみだ。そのうち、ものすごい勢いで竣が戻ってきた。玄関のドアが激しく閉じられる音が、ロビーから響き渡った。

「おい！」

血相を変えた竣は、リビングに飛び込んで来るなり、沙代子に詰め寄った。あまりの勢いに、沙代子は壁際まで下がった。

「あれをどうした？」

「あの花は、だから、うまく処理したら、すごく美味しくなる――」

「勝手なことをするな！」竣は吼えた。「だいたい何で温室なんかに入ったんだ。誰がそんなことをしていいって言った？」

竣の剣幕に、紫苑も陽向も呆気に取られて突っ立っている。沙代子は、三日前に温室のヒカゲランを全部抜いてしまった。さっき、水をやりに行こうとした竣に告げたところだった。

竣は腕を振り上げ、沙代子は思わず頭を庇《かば》った。腕は振り下ろされることはなく、宙で止まってぶるぶると震えていた。

「落ち着きなよ、竣。何でそんなに腹立ててんの？」

のんびりした口調の紫苑を、竣はきっと振り返って睨みつけた。彼が何か言う前に、紫苑はさらにだるそうに畳みかけた。

「温室の中に何があったって？」

「花だよ！　大事な花！」

「ヒカゲランっていうんですよ、あれ」壁に背中をぴったりくっつけて縮み上がった沙代子が補った。「あれ、四国の山の中に自生してて——」

「知るか！　そんなこと。とにかく大事な花なんだ」

「何で？」

紫苑の緩慢《かんまん》なもの言いが、竣をさらに逆上させたようだ。

「だから！　あれはここの瀬良っていう家主から俺が頼まれて世話してんだ。枯らすと大変なことになるっていうのに、全部引っこ抜いてしまうなんて、ありえねえ！」

「ああ」

ようやく事情を理解できたのか、紫苑が一つ頷いた。

「そりゃあ、ちょい、ヤバいね。全部引き抜いちゃったのは」それでも薄っすらと笑いが浮かんでいる。「沙代子さんらしくないね。その花を——」

何て花だっけと問い返してくるのに沙代子は「ヒカゲラン」と答えた。

「ヒカゲランとやらを食べもんに変えるんだったらさ、一応、竣に断るべきなんじゃない？　竣が今はここを預かってるんだからさ」

「オバサン、食いもんなんか、いくらでもあるだろうが！」

憤懣やるかたない竣はまた沙代子に向き直った。

「あんな花を食わなくても！」

その言いように、陽向がぷっと噴き出した。

竣は髪の毛を掻きむしりながら、部屋の中をぐるぐる回り始める。

「やらかしてくれたな！　こんなことになるなら……」

その先を沙代子は待ったが、竣は低い唸り声を上げたきりだった。だが、頭の中を整理するようにあたりをぐるぐる回る行為は続いている。

「あとどれくらいで帰ってくるの？　そのう、瀬良さんて人」

紫苑の問いかけにも答えない。

「その人、この有り様を見たら腰抜かすだろうね。温室だけじゃなくて」

陽向がリビングをぐるりと見渡して言った。この家に紫苑と沙代子、陽向が転がり込んできてから十日ほど。きちんと整えられていた家の中は荒れ放題だ。おまけに紫苑と陽向は家主の持ち物を勝手に使っている。キャビネットの中の洋酒は、だいぶ数が減った。

「でも許してくれるんじゃね？　金モの奥様なんだろ？」

陽向は気楽にそんなことを言う。竣は立ち止まって、燃えるような目つきで陽向を見やった。同じ視線が、沙代子にも向けられる。怒りでぎらついた目に射すくめられて、沙代子は慄《おのの》いた。

竣はそのまま足早に家を出ていった。瀬良が置いていった外車のエンジンがかかり、それが遠ざかっていくのがわかった。エンジン音が聞こえなくなると、沙代子は強張らせていた体から、少しずつ力を抜いた。

「何をあんなに慌てまくってんだろ」

「竣も追い詰められてっからね」

沙代子を慰めるでもなく、紫苑と陽向が呟いた。

「だいたい、何だって温室の花を食べようなんて、考えたわけ？」

紫苑がさっきの疑問を蒸し返した。

「ヒカゲランの球根にはとてもいい土壌菌が付いていて、発酵させると柔らかくて美味しい食品ができるの。そのままでも食べられるし、別の料理の調味料としてもいい風味付けになるし」

「ドジョーキン？」

陽向が訊き返してくる。高校生にとっては、発酵だの熟成だのというものはひどくかけ離れた話題だろう。沙代子はかいつまんで、カビ菌が促す作用のことを説明した。これは人間に有用な微生物であること、人の目には見えないけれど大きな力を発揮すること、昔から数々の食品に利用されてきたこと、これをうまく使えば腐敗を防ぎ、長期保存を可能にすること。

すぐに飽きてしまうと思ったのに、陽向は案外熱心に耳を傾けた。

「でもさ、それ、今、ここでするこ と？　よその家の花を引っこ抜いてさ」

そんなふうに言って苦笑する紫苑とは大違いの反応だ。

「長期保存てどれくらい？」

「うまくやれば十年でも二十年でも品質が変わらず、却って風味が増すものもある。それが熟成っていうものよ」

黒石茶のことを思い浮かべながら、沙代子は説明した。

「嘘。そんなに長く？」

話に乗ってきた陽向に、沙代子も興が乗ってきた。四国の山の中には、特殊なカビ菌がいて、それに即した利用法もあるのだと教えた。そこに伝わっていたやり方を自分は体得しているが、今ではまったく顧みられることがない。それで四国山地で見かけた花で、試してみたくなったのだと付け加えた。

スマホを失くし、この家に閉じこもっている陽向は退屈していたのだろう。黙って耳を傾けていた。「へえ」とか「そうなんだ」と相槌も打つ。若い子には、却って新鮮な話なのかもしれないと沙代子は考えた。

「昔の人はそういうので食べもんを長い間保《も》たせてたんだ」

腕組みをしてえらく感心している。

「防腐剤だのレトルトだの、使わなくてもいいってことじゃん。お手軽な方法が近くにあったんだね」

膝をぽんと叩く。

「それって、ほら、よく言うやつじゃん。灯台真っ暗？」

「灯台下暗し」

「あ、そうだった」

沙代子の話にはまったく興味を示さず、どっかりとソファに腰を下ろして背を向けている紫苑が、その部分にだけは反応して、背中で笑った。

「あんたの脳みそもお先真っ暗だね」

陽向は、振り返りもしない紫苑の背中を憎々し気に睨んだ。

ソファの上には皺くちゃになったソファカバーやクッション、脱ぎ散らかした服、空のペットボトル、食べかけの菓子袋、読みかけのファッション雑誌などが散乱していた。紫苑か陽向がこの家のどこかから持ってきて置いたままにしてあるのだ。ソファの下のカーペットには、何かをこぼしたらしい染みができていた。

沙代子が片付けても片付けても追いつかない。この二人には、整理整頓の意識などは皆無だ。

紫苑もここでの生活に嫌気がさし、疲れているのは一目瞭然だった。もともと化粧荒れしていた肌はくすみ、張りがなくなってきている。そういう部分は、十代の陽向と比較するとさらに目立つ。すっぴんでも、それなりに生き生きしている陽向とは大きな差がある。見栄えなどとうに気にしなくなった沙代子は、自分のことを棚に上げてそんなことを思った。

紫苑は、山奥での生活を語る沙代子の話が煩わしいのか、立っていって冷蔵庫から強炭酸水のペットボトルを取り出してぐびぐび飲むと、派手にゲップをした。その後、リモコンをクッションの下から探し出し、テレビを点けた。

午後の番組で、見慣れた女性アナウンサーが爽やかな笑顔でニュース原稿を読んでいた。陽向と沙代子の話は途切れ、二人して大型画面を見るともなく見た。陽向と話したことで、沙代子はようやく気持ちが治まってきた。竣がことのほか取り乱して迫ってきたことは意外だった。温室の中の植物のことで、彼があれほど逆上するとは思わなかった。

「それでは次のニュースです」

自宅にいる時、家事の合間に見ていた午後のニュース番組のアナウンサーは沙代子のお気に入りで、密かに親近感を抱いていたのに、今は遠い人にしか思えない。

「食品加工技術に秀でた光洋フーヅファクトリーでは、新しい製品の開発に成功しました。次世代型の食品で、現在、発売に向けて準備中ということです」

陽向の顔に驚愕の表情が現れた。そのままぐっと前に乗り出す。紫苑もペットボトルを持ったまま、立ち尽くしていた。

「取材によると、光洋フーヅファクトリーの新製品は、内容は明らかにされていませんが、前社長の遺志を継ぎ、孫の入船夏凜さんが研究の末、完成にこぎつけたということです」

画面には、大きく入船夏凜の写真が出た。この前、竣のスマホの写メで見たのと同じで、真っ黒な髪の毛が顔を取り囲んでいて、輪郭のはっきりしない顔だった。分厚い眼鏡の奥から陰気な瞳がこちらを見ていた。

沙代子がちらりと陽向を見ると、大きく目を見開いて画面を食い入るように見詰めている。好意的な視線でないのは明らかだった。

ニュースがこれを取り上げたのは、夏凜がまだ十七歳ということが理由だったようだ。アナウンサーは夏凜が優秀な少女であるということを、ことさら強調していた。飛び級で理系大学に入学し、志半ばで逝った祖父に報いるため、研究に没頭してきたと話す。このニュースを、感動的な家族の物語に仕立てようとしているのだ。

「夏凜さんに取材を申し込みましたが、まだ詳しいことは発表できないとのことです。しかし光洋フーヅファクトリーの将来は、夏凜さんの肩にかかっていることは確かなようです」

「信じらんねえ!」

陽向が喚いた。それに恐れをなしたように、ニュースは別の話題に切り替わった。

「光洋フーヅファクトリーの現社長の娘が誘拐されてるってのに、こんなニュース流す? てゆうか、会社がこーゆー発表する? フツーしないよ」

「ウケるー!」

紫苑が手を打って笑った。ペットボトルが床に落ちた。

「要するにあんたのパパの会社は、もう叔父さんに乗っ取られようとしてんじゃない? ま、その方が賢明かもね。娘の出来が違うっつーの!」

陽向が何か言い返し、またすったもんだが起きるかと沙代子は身構えた。しかし陽向は、紫苑から奪ったリモコンでテレビを消すと、憤然と自分が寝起きしている部屋に戻っていった。

陽向が乱暴に部屋のドアを閉めるのを確かめて、紫苑が沙代子にすり寄ってきた。

「沙代子さん、ちょっと話があるの。二階に来て」

嫌な予感しかしなかったが、沙代子に拒絶する気力はなかった。階段を上る紫苑の後をついていく。紫苑は二階の一番端にある部屋に、沙代子を呼び込んだ。そこは立派なオーディオ設備を備えた部屋で、瀬良かその夫かの趣味で音楽を楽しむ目的で作られたもののようだった。防音設備も整っていると竣が言っていた。

紫苑は慎重に分厚いドアを閉めた。

「私がヤミ金の連中と連絡取るって言ったでしょ？　憶えてるよね」

オーディオセットの前のリクライニングチェアに浅く腰掛けると、紫苑は切り出した。沙代子は頷きながら、おずおずと隣に座った。

「奴らと話がついたの」

「奴らって？」

「だから、ヤミ金のバックにいる若村組とだよ」

もどかし気に早口になる。

「あいつら、鬼炎を目の仇にしてるからね。この街から追い出そうと必死なんだよ」

元々この街を仕切っていた暴力団は、裏事情にも通じている。トロい警察より先をいっている。鬼炎が手がけた犯罪は、若村組にはおおかた目星がついているのだと紫苑は言った。だから、今回の入船陽向の誘拐事件も鬼炎が受けたものだと察していた。

「だからさ、私は持ちかけたわけ」

この無謀なキャバクラ嬢は、またとんでもないことを思いついたに違いない。沙代子は慄いたが、耳は紫苑の声を拾い続ける。

「あの三千万円を陽向に渡さず、私たちのものにしようってことよ。それに協力してくれって持ちかけた」

知らず知らず紫苑の方へ傾けていた体を、沙代子はさっと反らせた。その分、紫苑は身を乗り出してくる。

「だってさ、一千万円であんな高校生に雇われるなんてかったるいことしてらんないでしょ。誘拐ごっこに付き合うなんてさ。あんただってお金、欲しいんでしょ？　今すぐに」

この前は、陽向と手を組んだように見えたのに、もう彼女を裏切ることに決めたのか。

「いや、でも——」

「鬼炎が怖いのはわかる」

沙代子の戸惑いを勝手に解釈して、紫苑は話を続けた。

「だからこそ、こっちは若村組を味方につけたわけ。鬼炎を罠にかけておびき出して、出し抜くの。それにはこの誘拐事件はいい仕掛けになる。なんせ、陽向はこっちの手の中にあるんだから。うまくいけば、鬼炎をこの街から追い出すだけでなく、叩き潰すこともできるかもしんない」

三千万円を隠し場所から取り出して、運んでいる間にヤクザに奪われるというシナリオを紫苑は描いたという。見せかけの強奪劇だ。段取りは打ち合わせ済みだと沙代子に説明した。三千万円を返すと言って陽向を外に連れ出せば、その強奪劇を陽向も目の当たりにする。金は奪われたものと納得する。後は若村組がうまくやると言っている。

「あいつらはあいつらで計画を立ててんの」

何度も鬼炎に煮え湯を飲まされている若村組は、周到な計画を練っている。尻尾をなかなかつかませなかった鬼炎を引っ張り出せれば、思うツボだ。鬼炎のことを若村組も調べていて、おおまかなことはわかっているらしい。リーダーが一人いて、彼が目をつけた若い男たちを統率している。ドラッグの類を使って精神を支配していると言われているが、詳細はよくわからない。

そんなふうに考えるのは、メンバーの男たちがあまりに簡単に完璧に犯罪を成し遂げるからだ。

ぞっとするほど無表情でそれでいて手際よく、戸惑いも慄きもない。そして残虐。人間的な部分を殺ぎ落とされたかのように。そんな人間の集団を、リーダーなる男がクスリでデザインしているのだ。そのリーダーも、正体はまったく知れない。どちらかというと、ヤクザの方がまだ人間味があると、紫苑は言い募った。

私たちは、陽向を連れて逃げればいい。その間に金は暴力団が持っていってしまったということにできる。金は失うが、陽向は助けてくれた紫苑と沙代子に感謝して、三千万円のことは諦めるはずだと。

これが成功すれば、ヤミ金も紫苑に貸した金が回収できるし、ヤクザとしても鬼炎を厄介払いできる。少しばかり手数料をヤクザに払ったとしても、まだ大金は残る。彼らもそれで手を打つと言っている。悪くない話だと紫苑は説明した。

当然のようにこの仕掛けの中には、沙代子も含まれているのだった。

沙代子は心の中でため息をついた。どうしてこの人は、こんなに楽観的な計画を次々に思いつくのだろう。

「これはさ、あんたの身を守ることにもなるんだよ。陽向も言ってたろ？　鬼炎は防犯カメラに映ってた人物を捜してるって。鬼炎を叩き潰しとけば、そんなことに怯えなくてすむよ」

「そんなにうまくいくかしら」それだけを口にした。「暴力団なんて信用して」

めでたし、めでたしと紫苑がまた口にするかと思ったが、それはなかった。

「大丈夫だって」

紫苑が押す太鼓判こそ、信用できない。

「鬼炎みたいな犯罪組織を相手に、私たちではどうにもできないじゃん。だからこそ、若村組に歩み寄ったんじゃない。そっちの方はまかしとけばいいのよ。向こうは何と言ってもプロなんだから。ほら、よく言うじゃん。蛇の穴に蛇がいる——だっけ」

「蛇の道は蛇」

「あ、それそれ」

いかにも軽く応じる紫苑を、沙代子はまじまじと見詰めた。さっきは陽向の無知を笑ったくせに、トンチンカンなことを言い放って平然としている。

どうせ、私には選択肢はないのだ。この支離滅裂で手前勝手なキャバクラ嬢と行動を共にするしか。もう腹を据えたのだから。お金はもちろん欲しい。だが、それ以上のものが沙代子を突き動かしていた。

「いいわ」

乾いた声でそう答えると、紫苑は我が意を得たりという表情を浮かべた。

「じゃ、そゆことで」

「竣さんはどうするの？」

紫苑はちょっと考え込んだ。

「あいつにとってもいい話だよ。助けてやらなきゃ。こんなことになっておたおたしてっから。でもこの計画は、竣には内緒だよ。ヘタレが入るとろくなことにはならないから」

紫苑は冷めたことを言った。オーディオルームの窓からは、温室の屋根が見えた。沙代子はあの中ですくすくと育っていたヒカゲランのことを思った。

あれを丁寧に世話していた竣のことも。

沙代子たちがリビングに戻ると、陽向が待ち構えていた。その顔を見た途端、彼女にも何か魂胆があるのだとわかった。あっちもこっちも策略だらけだ。

「話があるの」

陽向も同じ言葉で切り出した。

「何？」

紫苑はことさら素っ気なさを装って、ソファの上のものをよけて座った。沙代子もそろりとスツールに腰を下ろす。陽向は立ったままなので、見下ろされている感じが落ち着かない。

「あんたが隠してる三千万円のこと」

陽向がぴしゃりと言い放ち、紫苑の顔が引き締まった。

「隠してるんじゃないよ」

紫苑はぶすっと言い返した。

「別にあんたに預けたつもりはないけど」

陽向は重く低い声を出した。彼女が持ち出す策とはどんなものだろう。

スマホを失くした陽向が、この家に備えてある固定電話で誰かと連絡を取っていることを沙代子は知っていた。自分の部屋と決め込んだ客間に子機を持ち込んで、長電話をしている。竣と紫苑が気づいているかどうかはわからない。

ただニュースを見るかぎり、陽向はまだ誘拐されていることになっているようだから、両親と連絡を取っているのではないはずだ。それとも発表はされないだけで、両親には無事であることだけは伝えたのか。向こうは向こうで警察と相談しているのではないか。そのうち、警察を伴って、ここへ踏み込んで来るのではないか。

様々な思いが交錯し、沙代子はスツールからちょっと腰を上げてまた座り直した。

「あれはやっぱり返してもらう」

紫苑と沙代子が三千万円を若村組と組んで自分たちのものにする計画を立てた途端に、陽向はそれを取り戻すことに決めたらしい。紫苑は沙代子に目配せした。ほんのちょっとした目の動きだったが、沙代子にはそれとわかった。

「気が変わったわけだ」

紫苑が慎重な口ぶりで応じた。

「この前、あんたは私らを一千万円で雇うって言ったよね。それで叔父さんの企みを暴いてやるんじゃなかったの?」

「気が変わったんじゃなくて、事情が変わったの」

紫苑は、大げさな仕草で天井を仰いだ。

「どっちでもおんなじだよ」

「とにかく返して」

「嫌だね」

「あんたに拒否る権利があると思ってんの?」

紫苑はさすがに黙り込んでしまった。高校生に言い込められ、ふて腐れて横を向く。陽向は容赦しない。

「言っとくけど、あんたらは犯罪者だからね。人の金、ガメてさ」

紫苑と沙代子を交互に見やった。沙代子はうつむいてしまう。

「だからさ、ガメたわけじゃないって」

紫苑は今、頭の中で目まぐるしく計画の練り直しをしているはずだ。せっかく若村組と話をつけたのに、何もかもおじゃんになりかねない。

「あたしが家に帰って、あんたらのことを白状したらどうなると思ってんの。世間に向けても、何もかもをぶちまけるからね」

「そんなことしたら、あんたの誘拐のウラ事情がウヤムヤになるじゃん。お家騒動にもケリがつかないよ」

陽向はちょっと考え込む仕草をした。そこへ紫苑は畳みかける。

「むかつくあんたの従姉妹をぎゃふんと言わせるんでしょ」

「もちろん、それはきっちりやるよ。陰気くさい研究室でいい気になって、新製品なんか作ってる夏凛に、光洋フーヅファクトリーは渡さない」

「なら――」

「とにかく――」

紫苑と陽向の声が重なった。

「とにかく、三千万円は返してもらう。返してくれないんだったら、家に帰ってあんたらを告発する」

紫苑は大仰にため息をついた。

「いったい、どんなふうに事情が変わったんだか。お嬢様のさ」

なんとか憎まれ口を叩いた後、低い声で「わかったよ。返せばいいんだろ」と答えた。

「そ、返せばいいんだよ」陽向も応じた。

「三千万円、きっちり返してくれたら、あんたらのことはうまくごまかしてやるよ。誘拐事件は私のやらせだったって。親を困らせるためにキャバ嬢とオバサンを仲間に引き入れてこんなことをしでかしたんですって。ちょっとくらい泣いてやってもいいよ」

「はん！」紫苑は声を張り上げた。「有難いこと！」

沙代子は黙って二人のやり取りを見ていた。

「そんで、あんたはその三千万でホストクラブ通いでもするんだろ？　夜遊びだけじゃ物足りなくなったわけ？」

「あんたらには関係ないじゃん、使い道なんか。とにかくさっさと金を取ってきて」

立ったままの陽向と座った紫苑は、真っ向から睨み合った。

先に視線を逸らせたのは、紫苑だった。どう考えても彼女の方が分が悪い。

「わかった」

そう言って立ち上がった。

「でもちょいと面倒なところに置いてあるから、今日すぐにというわけにはいかない」

時間稼ぎを始めた。若村組と計画を練り直すつもりだ。沙代子はハラハラしながら成り行きを見守った。

「いつ？」

陽向はイライラと詰め寄る。急に金に固執し始めたこの人の事情とは何なのだろう。

「明日」

「いいよ」

「でも、ここでは渡せない。竣がいるから」

「そだね。あいつが絡むと面倒だね。あいつはハブろう」

二人とも、頼りにならないホストを軽視しているようだ。もはや、彼を取り合うということもない。ただ隠れ家を提供してくれた便利な男くらいにしか思ってない。どんどん話は進み、翌日、紫苑と沙代子が車で外出し、隠し場所から金を取ってくるということになった。時間と場所を決めて、そこで陽向と待ち合わせて渡すという段取りもできた。陽向はそのまま、家に戻るという。

「竣にはテキトーな理由を言って、別々にここを出よう」

「了解」

そう答えた後、陽向は目をすっと細めた。案外素直に応じたキャバクラ嬢を疑っている様子だ。

「つまんないこと、企むんじゃないよ。金を持ち逃げするとか」

そんなことをしたらすぐさま警察に駆けこんで、あんたらを手配してもらうから、と陽向は続けた。紫苑の謀《はかりごと》を警戒している。抜け目のない高校生だ。

「そんなことはしない。あんたこそ、誘拐はやらせだったってことにしてくれるんだろうね？　じゃないと沙代子さんは大変なことになるんだから」

自分のことは棚に上げて澄ましている。

「わかってるって」

その日の夕食は、中華にした。春巻きに酢豚、春雨スープ、肉団子の甘酢あんかけという新鮮な野菜がなくても作れるものだ。

「沙代子さん、ほんと、料理うまいじゃん。ガチ主婦って感じ」

はしゃいでいるのは陽向だけだ。竣はまだ昼間の怒りを引きずっていて機嫌が悪い。

「竣、元気出しなよ。ここの奥様が帰ってきたら、一緒に謝ってあげるから。家の中も温室の中のこともさ」

竣は上目遣いに陽向を見たが、一言もない。

「竣が心配してんのは鬼炎のことだよ。瀬良さんのことなんか心配してない」

紫苑が春巻きをバリンと嚙み砕いて言う。

「それな」

陽向は、物事を深刻にとらえないという天性の気質を持っているのかもしれない。それとも三千万円が手に入るというので、舞い上がっているのか。

ぼそぼそといかにもまずそうに料理を口にする竣を、沙代子は観察した。

「竣、私たちはもうすぐここを出ていくと思う」

紫苑の言葉にだけは反応して、竣は手を止めた。箸にはさまれた肉団子から、てりのきいた甘酢あんがとろりと皿に垂れた。

「いつまでもここにいるわけにはいかないもんね」

陽向が口添えすると、竣は肉団子を皿に戻して乱暴に箸を置いた。バシンという音に、沙代子は身をすくませた。きっとまた朝のように怒鳴り散らすのだろうと身構えたが、竣はそのまま立ち上がってリビングを出ていった。半分以上残された料理の皿を沙代子は下げた。

「鬼炎を怖がってんだ」

レンゲでスープを口に運びながら、陽向が言う。

「当然だろ。あいつらはあんたに逃げられた上に金も手に入らず、どんなことやらかすかわかったもんじゃないし」

「竣は危ない？」

陽向は眉を寄せた。

「かもね」

紫苑はさっさと料理を食べてしまうと、食べ散らかした食器をそのままに、二階へ上がっていった。竣がいる寝室ではなく、オーディオルームに入っていく。遅れて陽向も一階の客間に消えた。沙代子は後片付けを始めた。それから足音を忍ばせて、オーディオルームに向かった。

紫苑は、昼の間に若村組の幹部と連絡を取り合い、計画の練り直しをしたと打ち明けた。陽向に三千万円を渡さずに済む方法を。初めに立てた計画を、そんなに変更することはないのだと自信たっぷりに沙代子に説明した。陽向を待たせておいて三千万円を取りに行くところまでは一緒だ。そして三千万円入りのボストンバッグを、陽向に渡す。彼女とは、そこで別れる。

「あとはヤクザが後をつけて、陽向ごと金を奪い取るわけ」

「陽向さんごと？」

「そ。陽向にはちょっとだけ怖い目をしてもらう。あの子を誘拐した鬼炎はあの子を捜しているはずだから、若村組と取引をするんじゃない？」

楽しそうに紫苑は続ける。若村組は陽向を、鬼炎をおびき出すエサにする気だ。若村組がその後どうやるのか、詳しいことは紫苑も聞いていないと言った。若村組は、陽向を手中に収めて目障りな新興の犯罪集団を叩き潰す目論見を立て、それに紫苑が協力するという構図だ。陽向の口を少しの間封じるという意味合いもある。しばらく陽向がどこかに監禁されている間に、金はそれぞれに分配されて行方知れずになるという寸法だ。

「それじゃ、陽向さんはどうなるの？」

「ひどいことにはならないって、ヤクザは言ってる。鬼炎にも渡さない。いずれは親のところに返すって」

「そんなこと、信用できない」

「しょうがないじゃん！」

オーディオルームで、紫苑は声を荒らげた。

「このまま、陽向に三千万円を渡すわけ？　あの子が出した交換条件を呑むわけ？　誘拐事件はやらせだったってあの子が本当に言うと思う？」

「私はそれでいいわ。お金も――」

「いらない？」

紫苑は目を吊り上げた。

「その代わり、沙代子さんは犯罪者になるのよ。誘拐犯の片棒を担いだわけだから。あの防犯カメラの映像が証拠よ」

「そんな――」

沙代子は絶句した。

「どうする？　陽向に同情して犯罪者になる？　それとも私の言う通りにしてお金を山分けする？」

この人は、陽向は信用できないが、ヤクザは信用すると言っているのだ。ヤクザの手先のヤミ金に追われていたくせに、今度はその相手と組むと言っている。海千山千のキャバクラ嬢には、到底太刀打ちできない。そんなことは初めからわかっていたことだ。あまりの目まぐるしさに、沙代子は息をするのも苦しい思いだった。そして今、自分はどっちかを取らなければならない。

沙代子は考えた。この状況を抜け出す方策として、沙代子が思い付いた唯一のやり方。それを試すしかない。

もう誰かに頼って生きるのはうんざりだ。誰かの顔色を窺い、誰かが方向を示してくれるのを待つ。それは私の人生ではなかった。

紫苑はポンポンと沙代子の肩を叩いて、オーディオルームを出ていった。

その背中を見ながら思った。私にもやれることはある。


ことのほか、夜はよく眠れた。朝もすっきり目覚めた。

沙代子は自室として使わせてもらった客間を念入りに掃除し、整頓した。一度も会ったことのない瀬良に心の中で礼を言った。

起きてくるのがいつも遅い紫苑が、その日は早くリビングに出てきた。彼女も大仕事の前に緊張しているのかと思ったら、そうではなさそうだ。

「竣の具合が悪い」

「具合って？」

「体のあっちこっちにじんましんが出てる。それがすごく痒《かゆ》いんだって」

「へえ。どうしたのかしら」

そんな会話を交わしていると、竣が二階から下りてきた。無遠慮に見詰める沙代子を鬱陶しそうによけて、キッチンに入るとコップに水を汲んでぐびぐびと飲んだ。その喉に赤いじんましんが出ていた。じんましんに覆われた顔は、赤い斑《まだら》模様になっていた。整った顔のホストは、見る影もない。コップを流しの上に置くと、竣はスウェットをまくり上げて脇腹を掻いた。

「ああ、くそ！」

誰にともなく毒づく。

「えっと……」紫苑はどうしたらいいのかわからないというふうだ。助けを求めるように、沙代子を見る。沙代子も首を振っただけだ。

「なんか変わったもん、食べた？　竣」

「食べてないよ」

ぶっきらぼうに竣が答えた。

「そうだよね、ここでは皆、同じものを食べてるんだもん。外で何か食べたか飲んだかしたんじゃないの？」

「だから、してないって」

そのままドスドスとリビングに歩いていって、ソファの上のものを引きずり落とすと、そこに横になった。

「理由はわかってんだ。ストレスだ」

「ストレス？」

ぽかんとした紫苑に、首だけもたげて竣が噛みついた。

「シルバーフォックスにもいたよ。ノルマとか接客がストレスになって、全身にじんましんが出た奴」

「シルバーフォックス、そんなにノルマ、きついんだ」

「違うって！」

竣はクッションを殴りつけた。

「俺のストレスはお前らだ。この家に次々と転がり込んできて、厄介ごとを持ち込んだ」

「そりゃ、そうだね」

あっけらかんと紫苑は言った。

「誘拐事件の身代金をガメた私たちと、誘拐された本人が転がり込んで来たんだもんね」

その本人が起きてきた。

「何？　また揉めてんの？」

真っ白なシルクのパジャマを勝手に着込んだ陽向の肩先で、紫色の毛先が跳ねていた。

「うわ！　どしたの？　竣、その顔」

竣は獣じみた唸り声で応えた。

「ストレスだって」

紫苑は、含み笑いで説明した。

「こんな顔じゃ、ホストクラブなんかに行けない」

竣はシルバーフォックスを当分欠勤するらしい。「病院に行けば？」という紫苑の忠告を無視して、また寝室に戻っていった。ホスト仲間にもらったじんましんの薬があるという。

「さあ、とにかく私たちは、やることをやらなくちゃ」

「そだね。もうこんなとこにいるのは飽きた。学校にも行かないと」

「学校？　そんなことよりご両親が心配してるでしょうに」

沙代子は口を挟まずにはいられなかった。紫苑も言い募る。

「家に帰って、パパとママに謝ってくれるんでしょうね。あんたが仕組んだ誘拐事件だって」

「大丈夫だって。三千万円持って帰れば、その話は通るよ」

「あんたさ――」紫苑は腕組みをして、白金色《プラチナブロンド》の頭の女子高生をじろりと見た。

「金さえ手に入れればそれでいいの？　えらく事情が変わったもんだね」

「いいよ。どっちにしても今回の誘拐事件は成功しなかったってこと。私が無事だったから、パパはそのまま社長でいられるし」

「あんたはまた好き勝手に遊べるし」

陽向は下唇を思い切り突き出した。

「それもこれも三千万円をちゃんと返してくれればの話だよ。わかった？　オバサン。お金持ってトンズラしようなんて思わないでよね。そんなことしたら、あんたらリアルガチ、ヤバいことになるからね」

陽向を待たせるのは、郊外のショッピングモールの中ということになった。紫苑を信用していない陽向は、人混みの中で待つことを選択したのだ。竣をのけ者にして、紫苑も陽向も自分が有利になるように駆け引きをしている。

家に戻ることを想定して、陽向は鬼炎から逃げて来た時の制服姿だ。紫苑との乱闘で弾け飛んだボタンは、沙代子がつけてやった。

「じゃ、ね。あんまり待たせないでよ」

今朝、洗面所で丁寧にブラッシングしていた金髪が、より映えていた。陽向の方も、自分の思い通りにことが運ぶと信じている。鼻歌混じりにブラッシングしながら、通りかかった沙代子に言ったものだ。

「この家にこもってるのはもううんざりだけど、沙代子さんの料理が食べられなくなるのは残念。沙代子さん、うちの料理人にならない？　パパに口きいてあげるからさ」

そう言ったそばから、「あ、それは無理か。うちにはもう関わらない方がいいね。なんせ、沙代子さん、紫苑の仲間だもんね。金、持ち逃げした仲間」

紫苑が聞いたら首を絞めそうなことを言った。

「まったく抜け目のないヤツ」

金の隠し場所まで運転しながら、紫苑は罵った。

「竣さん、大丈夫かしら」

「何で今、竣の心配なんかするのさ。この大事な場面で」

沙代子にも噛みつく。相変わらず乱暴な運転だ。アクセルを踏みっぱなし、交差点もそのままの勢いで曲がるから、沙代子はひやひやした。瀬良邸にこもってから、初めての外出だ。ここで交通違反とかで捕まったりしたら、警察官は同乗者の沙代子を見逃すだろうか。誘拐事件に関係した犯罪者だと気づくのではないか。

まるで自分の車のようにラパンを乗り回す紫苑は、あの郊外の一軒家にたどり着いた。石の保管庫は、前のままのたたずまいだった。ここに来たのが、遠い昔のように思えた。

「ここに来るとなんか、ほっとするんだよね」

あんな大金持ちの家にいるより落ち着くよ、などと紫苑は本音か虚勢かわからないことを口にした。

「まあ、どっちにしてもさっさと仕事を片付けなくちゃ」

漬物用のポリバケツの中には、入れた時のまま、ボストンバッグが収まっていた。一応、ジッパーを開けて中身を確かめた。無造作にゴロンと入った百万円の札束が三十個。紫苑が数万円を抜いたかもしれないが、その形跡は見る限りない。

「ね？　いい隠し場所だよ、ここ」

口笛でも吹きそうな勢いで、紫苑はバッグを持って車に向かった。もし紫苑の計画がうまくいったら、この人はまた夜の街に戻っていくのか。借金を返し終えて、水を得た魚のように歓楽街で生きていくのだろうか。時折、かりそめの父親を見舞いにいき、この家でほっと一息つくという日常が戻ってくるのだろう。

私は――？

沙代子はふと立ち止まって空の高みで囀《さえず》るヒバリを見上げた。白い雲を浮かべて青く晴れた空は、春というよりももう夏の様相を呈していた。

私はどうしたらいいのか。俊則に頭を下げて家に戻るか。山分けで手に入る金はいくらかわからないが、とにかくそれを実家にこっそり渡した後。

沙代子とは違い迷いのない紫苑は、さっさとラパンに乗り込むと、当然のように運転席に座った。ショッピングモールの最寄りの私鉄駅の前を通り過ぎた。

「金を受け取った後は、ヤクザがあの子の後をつける手はずになってる。混雑してるとこでは、さすがに拉致はできないもんね。すぐ通報されるから。どこか人目につかないとこで襲うはず」

沙代子の不安顔を笑い飛ばす。

「大丈夫だって。金はちゃんと手に入るから。ヤクザの取り分を差っ引いた後は、沙代子さんに間違いなく半分渡すよ」

ショッピングモールの駐車場に乗り入れる。ドアを押し開けて降りようとした沙代子の腕を紫苑は押さえた。

「親のとこに返された陽向が、万一あんたや私のことを犯人の仲間だって訴えたとしても、ヤクザに脅されて仕方なく金を取りに行ったんだって言えばいい。金はヤクザに渡ったんだと思うってしらばっくれんの。いい？」

強い視線で見据えられ、つい頷いてしまった。紫苑は満足げに微笑んだ。

「ここでぐらついたら、何もかもおじゃんだからね。最終的な仕上げは、沙代子さんが突っ張れるかどうかにかかってる」

脅されているのか励《はげ》まされているのかわからない気分になった。

「心配ないって」

紫苑はガハハと笑って、沙代子の右肩をバシンと叩いた。

「偉そうな口をきくけど、陽向はまだ高校生だよ。私らとは人生経験が違うっつーの！」

「そういうことじゃなくって」

「あ、若村組の方？　それならなお大丈夫。金を渡すことで、話ついてるから。あいつらの真の目的は、鬼炎を暴き出してコテンパンにすることだから。金の行方だってうやむやにする方法はいくらでもあるんだ」

紫苑の手が、沙代子の肩をぐっとつかむ。マニキュアが醜く剝げているのがわかった。

「ね？　あいつらにまかせとけば間違いないって。鬼炎がやっつけられたら、竣だって助かる。何もかも丸く収まるってことよ」

「そんなにうまくいくの？」

そうなったらどんなにいいかしれない。が、暴力団の力を借りるというところに引っ掛かりを覚えた。

「ここんとこ、鬼炎がやりたい放題だけど、暴力団は犯罪のプロだよ。そんなの目じゃないって。ほら、蛇の穴に蛇が――」

「蛇の道は蛇」

「それ！　じゃ、行こう」

ラパンから降り立った紫苑は、足取りも軽く駐車場を横切っていく。

彼女が言う蛇の穴に、すっぽり落ち込んだ自分を、沙代子は想像した。ここから抜け出すには、今自分が持っている力を存分に使うしかない。確かなことはそれだけだった。

8

陽向が待っていたのは、ショッピングモール内のフードコートだった。午前十一時前の今は、早めの昼食を取る客や、ドリンクだけを中に置いておしゃべりに興じる主婦らしき人々がいるきりだ。フードコートをぐるりと取り囲んだ飲食店は、忙しくなるこれからの時間に向けて仕込みの真っ最中というところか。

真ん中のテーブルにポツンと一人で座った陽向は、浮いて見えた。誘拐された少女がこんなところに座っているとは、誰も思わないだろう。誘拐被害者の入船陽向としてニュースで流された写真は、制服をきちんと着込み、まずまずまともな高校生に見えた。それが今はブリーチを繰り返した金髪で、毛先だけ紫に染めているのだ。自由な校風の私立の女子高とはいえ、学校でも相当目立っているはずだ。

金髪の少女を遠目で見ながら、紫苑は、さっと周囲に視線を走らせる。釣られて沙代子も辺りを見渡した。柱にもたれてスマホを見る男や、テーブルの前に紙コップだけを置いてふんぞり返っている男。若村組の手の者が、この中に紛れているのだろうか。そう思うとどうにも落ち着かない。陽向も緊張しているのか、周りをきょろきょろと見回している。隣のテーブルの男と目が合うと、すっと席を立って少し離れたテーブルに移った。一度腰を落としたと思ったら、また立ち上がり、歩きだした。フードコートを出て行きそうな勢いだ。

「ヤバい。あの子、何かを勘付いてる」紫苑も一歩を踏み出した。

「早くこれを渡してしまわなきゃ」

練りに練った作戦が、ここでおじゃんになったら元も子もない。焦った様子の紫苑は、フードコートの端まで行った陽向を追いかけた。沙代子も急いでその後をついていった。

「おまた」

紫苑はさりげなく陽向に声をかけた。

振り向いた金髪少女は、どこか不安げだ。いつもの押しの強い調子は影を潜めている。やはり何かを感じ取ったのか。陽向は近寄ってきた二人を警戒するように、一歩退いた。

「どこ行くのよ。ちゃんと持って来たよ」

紫苑は自分の体で隠すようにして、バッグのジッパーを開いてみせた。陽向は、恐る恐るというように寄ってきて、中身を確かめた。そっと手を突っ込んで、一束を繰り、本物の札だと確かめた。それから指で札束を転がしながら、数を数えた。肝心なところは抜け目がない。その仕草を、そばに立って見つめる紫苑は気もそぞろだ。ちらちらと周囲に視線を飛ばす。

すぐ横を、トレイを持った女性が通り過ぎ、その方にも油断なく目を配った。ろくに陽向には目をやらない。早くボストンバッグを持ってここを離れて欲しいと思っているのだろう。ヤクザが陽向を拉致し、金を奪うまでは、安心できないと顔に書いてあった。

沙代子は紫苑の後ろから、バッグの中身を確かめる陽向をじっと見詰めた。うつむくと、金髪がぱらりと顔にかかる。はだけた襟元に紫の毛先が入り込んだ。この子、案外白い肌だったんだなと沙代子はぼんやりと考えた。陽向は確認が終わると、自分でジッパーを閉め、バッグを受け取った。

「じゃ」

それだけを言う。これからこの子は、怖い目に遭うのだと思うと、沙代子はいたたまれない気がした。

「わかってるよね。それを返した理由。打ち合わせ通りうまくやってよ」

素っ気なく背を向けそうになった陽向に、紫苑が念を押した。半身だけ振り返って、陽向は頷く。そのまま足早に歩き去った。よもや、これからどこかに連れ去られるとは予想もしていないだろう。人混みに消えていく陽向の後ろ姿を、二人はその場に立って見送った。沙代子はふと違和感を覚えた。何が気になるのか、自分でもよくわからなかったが、心の奥底がざわりと波立った。

紫苑も何かが引っ掛かるのか、その場を動かなかった。陽向が消えた方向を凝視している。もう一階に下りて、モールの出口を目指しているだろうか。陽向の身に何かが起こった時、こんなところにいてはまずいのでは、と沙代子は思った。

「さ、行こうか」

同じことを思ったのか、紫苑も一歩を踏み出した。二人揃ってフードコートを出る。ただ紫苑についていて回っただけなのに、沙代子はひどく疲れていた。駐車場に向かうため、売り場の中を突っ切る。

その時、紫苑のポケットの中でスマホが鳴った。紫苑は、スマホのディスプレイを見て、珍しく戸惑った表情を浮かべた。きっとヤクザからだ。まだ陽向の姿をとらえてもいないだろう彼らが何の用だろう。沙代子は気になって、スマホに耳を寄せた。

「おい！　どういうことだ？」

相手が怒鳴っている。

「え？　何のこと？」

紫苑は、相手の剣幕に押されて青ざめた。沙代子の中で生まれた小さな不安が、みるみるうちに大きくなって、胸を圧迫した。それでも耳はスマホからの音声に引き付けられたままだ。

「お前、はめたな！」

「だから、意味わかんないって。いったい――」

「入船陽向に金を渡して泳がせて、それをこっちに襲わせるとか、いい加減な計画を持ち掛けやがって」

「そうだよ。金は今、陽向に渡した」

「まだそんなことを言ってんのか！　お前」

電話の向こうで、男が咆えた。

「入船陽向は、今、カメラに向かってしゃべってるだろうが！　テレビで流れてるぞ」

スマホを耳から離した紫苑の目が、大きく見開かれた。その視線をたどって、陽向は売り場の一角に目をやった。電気製品売り場に人だかりがしていた。つんのめるように駆けて、紫苑と沙代子は大型テレビの前に移動した。

「やっと逃げて来たんです！」

耳に馴染んだ陽向の声だ。背の低い沙代子は、画面に見入る人たちの後ろで背伸びをした。紫苑は人々を押しのけて前に出る。その後ろを沙代子もついていった。金髪の陽向が大映しになっていた。制服ではなく、紺色のトレーナーを着ている。

「あたしを誘拐したのは、鬼炎っていう集団だと思います。でも監禁されていたのは、別の場所で、誰かの家だと思う。そこにいたのは、若い男と女。それから家政婦みたいな中年の女の人」

膝に力が入らない。その場にへたり込んでしまいそうになるのを、何とかこらえた。紫苑は、ぐっと目を上げて画面に見入っている。だが握りしめた拳がぶるぶる震えている。

「あの子、誘拐されていた子よね」

「自力で逃げだしたみたいよ」

周囲で交わされるひそひそ話が届いてきた。

陽向の口元には、マイクが突きつけられていた。隣に立って、そのマイクを握っているのは、見憶えのある地元のアナウンサーだった。画面の右隅には、「ＬＩＶＥ」の文字がある。つまり、陽向は今、どこかの場所でインタビューに答えているということだ。

アナウンサーが矢継ぎ早に質問する内容と、陽向の返答を聞いていると、おぼろげながら事情が見えてきた。陽向は市内中心部にあるローカル局に駆け込んだようだ。それが誘拐された高校生だとわかるやいなや、キー局につないで、今、全国に映像が流れているという寸法だ。

いや、でもそんなはずはない。陽向とは、さっき別れたばかりだ。ローカル局は、このショッピングモールから、何キロも離れている。

急に紫苑が沙代子の腕をつかんで、後ろに下がった。テレビに釘付けになった人は、振り向くことはなかった。

「やられた！」

小さいが、鋭い声で紫苑が言った。

「どういうこと？　だって陽向さんは、さっき……」

「さっきのは陽向じゃない」

ますますわからなくなる。人々の頭越しに見える画面の中で、陽向は声高に答えている。背景をよく観察すると、そこは確かにローカル局のロビーだった。番組のポスターや、受付カウンターなどが見える。スタジオに入ることもなく、そこが急ごしらえの記者会見場になったようだ。

「その三人は、どんな人でしたか？」

「危害を加えるという感じではなかったけど、怖かった。犯人の仲間だと思います」

「どうやって逃げて来たんですか？」

「今日、三人とも出かけたので、なんとか知恵を絞って抜け出して――」

そこで陽向はわなわなと唇を震わせた。女性アナウンサーはいかにも同情したように、陽向の肩を抱いた。

「もう大丈夫ですよ。ここにいれば、犯人は手が届きませんよ。今、警察にも連絡しましたから」

その時、どやどやと警察官らしい人物が割って入った。インタビューは中断させられる。ローカル局のすぐ近くに警察署があるのだった。テレビの映像が乱れた。テレビ局のクルーは遠ざけられ、誘拐事件の被害者は警察に保護されたのだ。体勢を立て直したカメラが、局の自動扉を出ていく集団の後ろ姿をとらえた。

「入船陽向さんは、うちの局舎に逃げ込んで来られたのでした。今、警察署に向かっています」

興奮気味にアナウンサーがしゃべり、キー局のスタジオに戻った。

「わかりました。また何か続報が入れば、教えてください」

昼前の情報番組のキャスターが、いきなり飛び込んできたニュースを、見事につないだ。

そこまで見た紫苑はスマホを取り出して、急いで操作した。相手が出ると途端に叫ぶ。

「で？　陽向はつかまえた？　ボストンバッグを持って一階に下りたでしょ！」

相手が何と答えたかはよくわからなかった。紫苑の思惑からははずれた返答だったらしい。がなり立てるヤクザをものともせず、紫苑は怒鳴った。

「バカ！　あんたらは大金を持った子を取り逃がしちゃったんだよ。とにかくモール中を捜してみて。駅までの道にも人をやって」

いまいまし気に通話を切った紫苑に、沙代子は恐る恐る話しかけた。

「全然わからないんだけど。さっきのが陽向さんじゃないってどういうことなの？」

顔を上げた紫苑の目の中に、憤怒の炎が燃え盛っていた。

「あれは陽向じゃない」もう一度繰り返す。「私たちがバッグを取りにいっている間に、すり替わったんだ」

「誰と？」

紫苑に睨みつけられ、沙代子は怯んだ。紫苑の顔から、「ほんとに鈍いね、あんたは」という声なき声を聞き取る。

「夏凜だよ。あの二人、初めからつるんでたんだ」

「嘘でしょ？」

「ああ、もう！」

今度は自分を許せないというふうに、紫苑は地団太を踏んだ。

「もっと早くに気づくべきだったんだ。さっきの子、襟元をはだけてたのに。あの子、胸にホクロがなかった」

本物の陽向には、胸元に結構目立つホクロが二つあったのだと続けた。

「私は陽向と取っ組み合いの喧嘩をしたから知ってんの！」

沙代子ははっとした。そうだった。さっき、バッグを持って立ち去る時の陽向の後ろ姿を見て覚えた違和感。あれは、少女の歩き方だった。陽向は、つま先が外に向くようなドシドシとした歩き方をする。いかにもギャルが街を闊歩するような歩き方だ。それに比べて、さっきの子は、小股でぎこちない歩き方をしていた。短いスカートを穿《は》き慣れていない様子だった。あれを大金の入ったバッグを提げているせいだろうと見送った自分の迂闊《うかつ》さに、沙代子も気づいた。

群衆の後ろにいた数人が、振り返った。騒ぎ立てる紫苑に注目している。紫苑は、我に返って口を閉じた。また沙代子の腕をつかんだ。

「ヤバい。竣をあの家から連れ出さなきゃ」

駐車場まで走りながら、息せき切って言う。

「陽向は、ああやって金をさらっていくつもりだったんだ。つまらない小細工をしやがって。一千万円で私たちを雇うなんて、あれもはったりだよ。初めから私らには、びた一文渡す気なんかなかったんだ」

紫苑も三千万円を奪うつもりだった。そのために暴力団と組んで綿密な計画を立てたのだ。ただをしなかった。
高校生の方が上手《うわて》だった。バッグを渡した時の陽向は、一言しか発しなかった。本当は夏凜だった
わけだ。きっと長くしゃべると正体がばれると警戒していたのだろう。こちらも浮足立っていた。
紫苑はヤクザとの企みに気を取られて、注意力散漫だった。金髪の少女をじっくり見るということをしなかった。

あの子が不穏な気配に勘付いたかのように、落ちつきのない行動を取ったのも、こちらの焦りをあおる陽動作戦だったのだ。それにまんまと引っ掛かってしまった。

「陽向は、竣も私たちも警察に突き出すつもりだよ」

憎々し気に言いながら、紫苑はラパンに乗り込んだ。助手席のドアを沙代子が閉めるか閉めないかの間に、発車させる。慌ててシートベルトを締めた。

「ここにいたら、私たちもヤバい」

紫苑に「私たち」と一括《ひとくく》りにされるのには慣れたが、警察の手から逃れて走り回るという状況には到底馴染めなかった。乱暴な運転に揺られながら、沙代子は全身の血が冷たくなっていくような思いにとらわれた。ハンドルを握る紫苑の横顔をじっと見詰めた。紫苑も頭の中を整理しているのだろう。真っすぐ前を見たままだ。沙代子の鼓膜が脈打ち始めた。口の中もカラカラだ。いつも威勢のいいこの人が黙るということは、それだけでことがうまくいっていないと思えるのだった。常に楽観的な紫苑に辟易《へきえき》しつつも、それにいつしか沙代子も励まされていた。

沙代子が「でもさっきの子、陽向さんにしか見えなかった」と水を向けると、前を向いたまま紫苑は声を張り上げた。

「当たり前だろ！　親は双子なんだから。もともと似ていた従姉妹どうしがもっと似せるのは簡単

だよ」

紫苑は両手でハンドルを叩いた。ついでに前をもたもた走るモミジマークの軽自動車に、クラクションを鳴らす。

「陽向のあの派手な髪の毛と同じに染めただけで、もう私らは騙されてしまうんだ」

紫苑の舌打ちを聞きながら、沙代子は考え込んだ。黒縁眼鏡の夏凜、真っ黒な髪の毛を眉の上で切り揃えた夏凜。あの写真を見せられた時から、錯覚は始まっていたのだ。おまけにあれほど仲の悪い印象を植え付けられていたから、この二人が手を組むことなどないと勝手に思い込んでしまった。

「お嬢様面してお金になんか執着しない振りをして、自分の身代金、三千万円を横取りしようと決めたんだ。瀬良の家から夏凜と連絡を取り合ってた」

電話の子機を自室に持ち込んで話していた相手は、従姉妹の夏凜だったわけだ。そして今日、まんまと身代金を持ち去った。どうせ紫苑がおとなしく金を渡すはずはないと踏んで、一計を案じたのだ。

紫苑と沙代子が金を取りにいっている間に、陽向と夏凜は入れ替わった。制服とトレーナーを交換して。夏凜が金を受け取ったタイミングで、陽向はテレビ局のロビーに駆け込む。事情を知ったテレビ局は、こんなスクープを逃すはずがない。お膳立てはテレビ局がしてくれる。陽向は誘拐犯について滔々としゃべるという段取りだったのだろう。

世間に向けて訴えているのではない。これは紫苑たちに向けてのものだ。あんたらは罠にかかったのだと知らしめるために。そして三千万円については、口をつぐんでおくようにと。だからこそ、あの子は自宅に戻らず、テレビ局に飛び込んだ。警察署のそばにある局を選んで。初めから何もかも仕組まれていたのだ。

　彼女が竣と紫苑と沙代子を誘拐犯だと告発すれば、もはやこっちは手出しはできない。ただただ逃げ回るしかない。竣と紫苑の身元はいずれ割れるだろう。行動を共にする沙代子が、身代金を取りにいった仲間だというのは、防犯カメラの映像から明らかにされる。

　公の場に出て金は奪っていないと訴えることもできない。あの三千万円を陽向と夏凜が手に入れたという証拠もない。身代金は永遠に行方知れずになってしまう。

　十七歳の少女二人にしてやられ、私たちは、本物の犯罪者に仕立て上げられたのだ。妙に冷静に、沙代子はそこまでを分析した。

　その時、また紫苑のスマホが鳴った。紫苑は車を路肩に停めて、バッグからスマホを引っ張り出した。紫苑と組んでいたヤクザは、どこにも紫苑に化けた夏凜を見つけられなかったという。テレビのライブ映像を見たヤクザは、紫苑に騙されたと思って憤慨し、見張りの手を緩めてしまった。たぶん夏凜は、あの特徴的な頭髪を隠し、黒いボストンバッグも別のバッグにそのまま突っ込んで、制服をきちんと着なおして、人混みに紛れてどこかへ消えた。

　あの子らは、紫苑を出し抜き、ヤクザを手玉に取ったのだ。

　紫苑は、電話の相手に手短にことの真相を話すと、「わかった？　どんだけ私たちが今、コケにされたかってことが」と相手を詰《なじ》った。向こうは、複雑怪奇な成り行きをよく理解できていないようだった。

「とにかく、私たちは作戦通りやるだけやったんだからね！　ドジを踏んだのはお互い様なの！」

捨てゼリフを吐いて、紫苑は通話を切った。

「でも、あの子たち、どうして三千万円が欲しかったのかな？」

再び車を出した紫苑は、ずれたことを言う沙代子にも罵声を浴びせる。

「この世に金を欲しがらない人間なんている？　あんたも私も、あの金を見た途端、目の色が変わったんじゃない」

紫苑は苛立ちのあまり、ぐっとアクセルを踏み込み、沙代子はガクンとのけ反った。

「チキショウ！　チキショウ！　チキショウ！」

まだ気が済まない紫苑がフロントガラスに向かって叫ぶ。その声を聞きながら、沙代子はなぜだか体の内側から力が湧いてくるのを感じた。紫苑に振り回されたこの二週間ほどはさんざんだったが、でも悪くはなかった。川田の家にいるより、ずっと楽しかった。

つい「フッ」と笑いがこぼれ、紫苑がぎょっとしたように助手席を見やった。

やっぱり自分は自分のやるべきことをやるしかないのだと沙代子は思った。


竣のじんましんは、だいぶましになっていた。

その竣の尻を叩くようにして、瀬良の家を飛び出した。訳のわからない竣に、説明する暇はなかった。それぞれ使っていた部屋に飛び込んで、それぞれの荷物を大急ぎでまとめた。もたもたする沙代子を、紫苑は怒鳴り散らした。

「何やってんの！　早くしなよ！」

いきなり出ていくようになって、沙代子は慌てていた。混乱して、あちこち走り回って荷物をまとめた。自分のものを一つとしてここに置いていきたくなかった。キッチンに入ってごそごそしている沙代子を、紫苑がまた怒鳴りつけた。

「ああ、ごめんなさい」

沙代子は、衣料量販店で買った安っぽいビニールバッグに詰めるだけ詰め込んだ着替えや身の回りのものを持って、紫苑の後を追った。急かされながら、当たり前のように沙代子を連れ回す紫苑は、どういうつもりなのだろうと考える。怖気づいた沙代子が裏切って、警察に駆け込むことを警戒しているのか。それともただ足としてラパンが欲しいだけなのか。

紫苑は、竣と沙代子を怒鳴りつけてカーポートに向かった。ぐいぐい引っ張っていく紫苑に、沙代子はどうしても従ってしまう。カーポートで紫苑は、一瞬瀬良家の外車に乗り換えるべきか迷ったようだったが、結局、汚れて傷だらけのラパンで出発した。

「いったい何がどうなってるんだ」

情けない声を出す竣を、紫苑は完全に無視した。

ガレージを出て、隣の家の前を通り過ぎる時、細川が庭に立って車の方を見ていた。もし、ここに警察が踏み込んで来て、報道陣もやって来たら、彼女は得意げに話すだろう。その場面が、沙代子には容易《たやす》く想像できた。

「ええ。そうですよ。瀬良さんが旅行に出かけた後、留守番にね、瀬良さんの甥御さんという若い男の人が来てましたよ。それと家政婦さんもいたわね。それから派手な格好をした女の人。え？女子高生？　それは見なかったわねえ」

それから芝居がかった様子で驚いてみせるのだ。

「その子が誘拐された女の子ですって？　まあ！　じゃあ、ここにいた人たちは誘拐犯ってこと？　そんなふうには見えなかったわねえ。特にあの家政婦さんは。確か――、川本さんって名乗ったと思うわ」

でたらめでも、名前を名乗ったことを、沙代子は心の底から後悔した。注目の的になった細川は、悦に入って続けるかもしれない。

「でも、そうねえ。おかしなことも言ってたわね。うちの縁側の下に寝かせてあった太い竹筒を分けてもらえないかとか。あれ、何だったんでしょうね」

紫苑がハンドルを切って、乱暴にカーブを曲がったせいで、沙代子の妄想も後方に飛んでいった。紫苑の元養父、和気昌平の家が、今度の隠れ家になった。紫苑は、近所から目立たないように、ラパンを庭木の下の繁り放題の草の中に隠して停めた。竣は、おずおずと古くて狭い家の中に足を踏み入れた。そしてささくれ立った畳の上に腰を下ろした。

紫苑が竣に、ことの成り行きを説明する間、沙代子は湯を沸かしてビワの葉茶を淹れた。

竣はまだ状況をつかめないまま、目の前に置かれた湯呑みをじっと見ている。沙代子はビニールバッグから、衣類を取り出し、底から瀬良邸から持ってきたハムやチーズや缶詰を取り出した。冷蔵庫や戸棚にそれらを収めながら、これは窃盗に当たるのだろうかと考えた。考えただけで、特に罪の意識は覚えなかった。

「さすが沙代子さん。やるじゃん」

「食べることが人間の基本だからね。まずお腹に何を入れるかを考えなくっちゃ」

手を止めずにそう言うと、紫苑はいかにも愉快そうに笑った。竣だけが不機嫌だった。

「お前らに付き合って、なんで俺までこんなボロ家に来る必要があんだよ」

「だから——」

紫苑は蔑むような目を竣に向けた。

「まだわかんないの？　陽向はテレビ局に駆け込んで、私たちに監禁されたってマスコミの前でしゃべったんだよ。あの家のことも警察に伝えるに違いない。あそこはもう安全じゃないってこと」

「ヤバいよ、それ。あとちょっとで瀬良さんが戻って来るってのに」

「もうとっくにヤバいことになってんの！　マダムの機嫌を取ったりしてる場合じゃないっつーの！」

紫苑はぴしゃりと言い返した。

あの家に陽向が何日もかくまわれて（陽向は監禁と言っていたが）いたのだと知れたら捜査が入り、ギリシャにいる瀬良にも連絡がいって、呼び戻されるはずだと紫苑は噛んで含めるように言った。あそこにいた人々の複雑な背景を調べ上げれば、警察はそう好意的には見てくれないだろうと。

それでもまだぼうっととしたままの竣に腹を立てる。

「だいたい竣が悪いんだよ。鬼炎の手先みたいなこと、やるから」

「お前が欲を出して、陽向の身代金を横取りしようとするからだろ！　あれで俺はとんでもないことになったんだ。あの三千万さえ素直に渡してれば——」

「そもそもあんたが、ぶっとんだ女子高生なんかに甘い顔するから、逃げ込んで来られるんじゃん！」

「うるさい！　俺はストレスでこんなになって、仕事にも行けないいんだぞ」

やっと治りかけた顔を指差して、竣が喚いた。

「ほんと！　その顔見て、私も目が覚めたよ。どうしてあんたなんかに入れ込んだんだか。借金背負い込んでまで貢ぐほどのホストじゃなかったよ。あの借金がなけりゃ、身代金をガメようなんて思わなかった。やっぱりあんたが悪いんじゃん！」

「紫苑さん」

言い争いをしていたホストとキャバクラ嬢は、一斉に首を回して沙代子を見た。

「裏の倉庫から、食料品を取ってきていいかしら」

返事を待たず、立ち上がって柱の鍵を取る沙代子を、紫苑は茫然と見上げた挙句、クスクス笑い始めた。そのまま、畳の上に転がって、笑い転げる紫苑を、竣が気味悪そうに見下ろしていた。

「ああ、もう――」紫苑は、涙まで浮かべている。「笑っちゃう。今一番落ち着いてて頼りになるのは沙代子さんだね」

肩を揺らして笑う紫苑の言葉は、途切れ途切れで聴き取りにくい。

「この――太ったオバサンが」とか「もの凄いお荷物だったはずなのに」とかいう言葉だけは判別できた。

いい加減で、いきあたりばったりに底の浅い計画を立てるキャバクラ嬢に振り回され続けてきたけれど、と沙代子は思った。彼女のやり方にだんだん慣れてきてしまった。もしかしたら、紫苑の方も鈍くて怖がりで、狭い世界にしがみついている主婦に苛立ちを覚えつつ、馴染んできたのかもしれない。これを連帯感というのかどうかはわからないが。

笑い続ける紫苑と憮然とした竣を置いて、沙代子は裏口を開けて倉庫に入った。

照明に浮かび上がったのは、夥しい数の石のコレクションだった。それらをざっと見やってから、保存食の容器を一つずつ開けて確かめた。そうしながら頭の中では献立を考え始める。さっき戸棚の奥で乾麵を見つけた。密閉してあるから、食べられそうだった。あれに瀬良邸から持ってきたオイルサーディンを合わせると、パスタ風になる。野菜は庭で野草をみつくろってくればいい。ニンニクを持って来なかったのは残念だった。

それにせっせと作った浅漬けも大型冷蔵庫の中に置いてきた。瀬良が戻ってきて、荒れ放題の家の中をあきれて見渡し、冷蔵庫を開けてフリーザーバッグに入った大量の浅漬けを見たら、どう思うだろうか。

その光景を想像して、沙代子はかすかに笑った。

明日は裏山に登ってみようか。山奥というわけではないが、なにかしら食べられる野草が見つかるかもしれない。あっちでもこっちでも、こんなふうにサバイバル食を作らなければならない。しかし、ちょっとした知恵と工夫があれば、どうにか乗り切れるものだ。

食べることは生きることだ。どこからか湧いてくる自信のようなものが、沙代子の背中を押した。きっと道は開ける。

例のボストンバッグを隠してあったポリバケツを開けてみた。底にある漬物は沢庵のようだが、これはもう食べられそうにない。きっと夏凜が持っていった三千万円には、漬かり過ぎた沢庵の臭いが移っていることだろう。

若村組と協力して、陽向から三千万円を奪う腹づもりでいた紫苑は、裏をかかれて金を持ち去られてしまった。さっき、車の中でも散々悪態をついていた。

「あの子にまんまと持ち逃げされるなんて夢にも思わなかったから、ボストンバッグをそのまま渡しちゃったんだよね。こんなことになるなら、それぞれの札束からちょっとずつ抜いとけばよかった」

そんなふうに言ってがっくりしていた。

こうやってどこか一つ抜けているところが、あの人の憎めないところだと思う。口は悪いが、本当はそう悪い人間ではないのかもしれない。離婚、再婚を繰り返す母について回るしかなく、安定した環境で育ってきたとは言い難い紫苑は、どこか自分と似ているところがある気がする。紫苑はそこから自力で抜け出して、生きる術を身に付けていったのだ。そして彼女なりの強さを蓄えていった。

そんな生き方もあったのだ。ただ自分を抑え込み、周囲に合わせて穏便にやり過ごすことのみに心を砕いてきた沙代子とは、徹底的に違った生き方——。

防犯カメラの映像が流れた時点では、あれが自分だと俊則や川田家の人々に知れないようにと祈ったものだが、今はそれほど怖くはなかった。誘拐事件に加担した人物として、自分の妻が逮捕されるなんてことを、俊則は思いもしないだろう。それも自分が勤める会社の社長の娘を誘拐したのだ。専務側についているとはいえ、俊則の立場は相当悪くなるのではないか。その時、彼が浮かべるであろう表情を想像してみる。

それは沙代子にとっては破滅を意味するものだが、その時はその時だと開き直るふてぶてしさも持った。それはたぶん、この横暴でがさつで自分勝手な紫苑のそばにいたせいだと思う。自分はあまりに先を読み過ぎ、慎重で臆病だった。紫苑の自由奔放さのかけらでもあれば、人生は変わっただろう。

開け放った倉庫の入り口から、家の中でまた言い争う竣と紫苑の声が聞こえてきた。紫苑はしたたかな二人の女子高生に、そして見込み違いをした自分にも腹を立てているのだ。

沙代子は、そばにあった樽《たる》に腰かけた。このひんやりした石の収納庫は、一人になってこんがらがった頭の中を解きほぐすのにちょうどいい。

陽向は瀬良邸に来た時から、従姉妹の夏凜と仲が悪いことをことさら強調していた。あれにまんまと騙された。あの見てくれで夜遊びをする陽向と真面目一辺倒の容貌の夏凜が、よもや手を組んでいるとは誰も思いつかないだろう。

不思議なことに、沙代子は不快ではなかった。彼女らに鮮やかにしてやられたことに爽快感すら覚えた。紫苑に話せば、「だからあんたは鈍いんだよ」と一喝《いっかつ》されるだろうが。鈍いけど、鈍い頭で考えを巡らせるしかない。頭に血が上ってしまった紫苑には見えないことが見えてくるかもしれない。

整然と並べられた夥しい石を見ながら考えた。

紫苑は、陽向はびた一文よこす気はなかったなどと言ったが、あの時は、本当に一千万円で三人を雇うつもりだったのではないか。だが、途中で気が変わった。身代金の三千万円を返すよう、要求してきた。なぜだろう。あの子は、お金などに執着していないように見えたのに。

――気が変わったんじゃなくて、事情が変わったの。

彼女の気持ちを翻《ひるがえ》した事情とは何なのだろう。それはきっと夏凜からもたらされたのだ。瀬良邸の固定電話でこっそり連絡を取り合っていた従姉妹から。そこまでしか、沙代子には推測できなかった。

　夕食に、乾麺のパスタもどきをこしらえた。庭から採ってきたカキドオシを混ぜ込んだ。カキドオシは、茹でて刻むとタイムに似た芳香があるので、パスタの薬味として適している。近くの川まで足を延ばすと、オランダガラシの群生を見つけた。大喜びでそれを摘んできて、ハムを加えてサラダにした。

　少し歩いた先にある川辺の砂地にカワラヨモギも生えていた。これを煎じたものは、じんましんに効くのだ。煎じて竣に飲むように勧めたが、彼は断固として拒否した。

「そんな得体の知れないもん、飲めるか」

「いいじゃん。飲みなよ。沙代子さんの知恵はなかなかのもんだからさ」

　ひやかすように紫苑が言うが、竣は頑なだった。紫苑は肩をすくめた。カキドオシもオランダガラシも、その辺で調達してきたのだと沙代子が言うと、竣はあからさまに嫌な顔をした。

「へえ！　そうなんだ。これ、クレソンかと思った」

　紫苑はサラダを箸で摘まみ上げて言った。

「オランダガラシってクレソンのことよ」

「ええ！　知らなかった。クレソンがそこらの川なんかに生えてるなんて。スーパーで売ってるもんだと思ってた」

「西洋野菜として日本に入ってきたものだけど、今はこうやって自生してる」

「なーるほど。野草だってばかにすることないね」

　困難な状況に追い込まれても、生来の明るさを失わないところも、紫苑の取り柄《とりえ》ではある。

単純に感激する紫苑を尻目に、竣はパスタもどきもサラダも残して立った。むっつりと黙り込んで、部屋の隅で座り込む。立てた膝の上に顎を乗せて、上目遣《うわめづか》いに食事を続ける二人を見ている。不愛想さといい、じんましんの出た顔といい、ナンバー3だか5だとかのホストは見る影もない。

点けっぱなしのテレビが夜のニュースを流し始めた。

紫苑も沙代子も、そして部屋の隅で体を丸めた竣までがテレビ画面に釘付けになった。ニュースの項目を食い入るように見つめる。入船陽向誘拐事件は、トップニュースというわけではなさそうだ。

紫苑は、あれからずっとネットニュースで入船陽向誘拐事件の続報をチェックしているが、今のところ誘拐犯の一味として、紫苑や竣の名前は出てこない。沙代子の名前も同じだ。そこはほっと胸を撫で下ろしたが、逆に不気味でもある。陽向は、警察に詳細に事情を聴かれただろうが、どこまで話したのだろう。

アナウンサーは短く、陽向が昼間、テレビ局でしゃべったことをなぞった。陽向は、夢中で逃げたので、どこに監禁されていたかはわからない。監禁場所にいた三人に関してもまったく見覚えのない人だったと言っているようだ。

鬼炎という犯罪集団に連れ去られたことは間違いないけれども、彼らは誰かに依頼されていた。監禁については、鬼炎とは別の人物にまかされていたのではないかという警察の見解を、アナウンサーは伝えた。

「警察は、引き続き誘拐事件の全容と陽向さんのために用意された身代金の行方を追っています」

アナウンサーは、短い言葉で切り上げた。

「ふん、自分が持ち逃げしたくせに」

紫苑は、卓袱台に置いてあった箸を取り上げて言った。

これを「持ち逃げ」というのだろうかと沙代子は思ったが、口には出さなかった。紫苑はまだ気が収まらないらしく、振り返って壁際に座った竣に言った。

「結局さ、あの金は陽向のもんになったんだから、期待しとけば？　堂々とシルバーフォックスに客として来るかもよ。竣の売り上げに協力してくれるかどうかはわかんないけどさ」

竣は、虚ろな目で見返したきりだった。

「でも、それは警察にはわからないわけよね。誘拐された本人が身代金を持っていったなんてことは」

沙代子はつい口にした。その事情を知っているのは、ここにいる三人と若村組だけだ。いや、若村組だって、紫苑の言い分を素直に信じたかどうかは疑わしい。やっぱり警察も鬼炎も暴力団も、あの防犯カメラの映像に映った中年女性を追っているに違いない。

「あいつ、何を企んでんだろ」

紫苑は、オランダガラシのサラダを頬張った。

「監禁場所があのマダムの家だっていうことは伏せとくつもりだよ。私たちの素性もね。それは確か。そんなことしたら、私たちだって黙っちゃいない。あの子が身代金を従姉妹と組んで持ち去ったことをばらすもんね。証拠がないから警察は信じないかもしんないけど、でもそうしておけば、あいつらは派手に金を使えないってことよ」

もしゃもしゃとサラダを食べながら言う。

陽向は、微妙な加減で情報を小出しにしている。鬼炎を雇った人物がいるとほのめかして自分の叔父を牽制し、監禁役として知らない男女のことをちらつかせ、紫苑と竣と沙代子を脅しているのだ。つまらない行動を起こさないように。

本当に頭のいい子だ。この作戦は、夏凛が考えだしたのかもしれない。しかし紫苑が推測するように、三千万もの金を、遊興費に使うとは思えなかった。誘拐された本人が帰って来たということで、一区切りがついたように見える誘拐事件は、まだ尾を引いている気がする。

翌日、竣は瀬良に託された事業所の見回りに出かけていった。ここは交通の便が悪いので、幹線道路に出てタクシーを拾うと言っていた。

陽向が口をつぐんでいるからといって、危険が去ったわけではない。警察はともかく、鬼炎がどう動くかわからない。まだ出歩かない方がいいと紫苑が止めたが、振り切って出ていった。マダムの言いつけを律儀に守っているというよりは、この狭い家に三人でいることが気詰まりだったのだろう。

カワラヨモギの煎じ薬を飲まなかったのに、竣のじんましんはほとんど目立たなくなっていた。

紫苑はラパンで出ていき、少し離れたスーパーで生鮮食品を買い込んできた。沙代子は外に出ない方がいいと判断して、買い物を引き受けたのだった。料理などほとんどしたことのない紫苑に、沙代子は買い物メモを渡した。肉や野菜、豆腐、牛乳、調味料といったものだ。

午後遅くに竣から連絡が入り、今日は瀬良が経営する会社の事務所に泊まると言ってきた。マダムは、彼専用の事務室をビルの中に設けてくれているという。

「あっ、そ」

紫苑は素っ気なく答えた。もう竣に執心するつもりはさらさらないようだった。その日一日、ずっとニュースを見続けたが、誘拐事件については、取り上げ方が小さくなっていった。紫苑の父親は、娘が帰ってきたのだから、あの身代金は惜しくないと思っているのか。

「自分の娘がガメてるんだから、世話ないよ」

紫苑が叩く憎まれ口も、諦めが混じるようになった。結局彼女の借金は返せないままだ。ヤミ金からは昨日の作戦の失敗を詰《なじ》る電話が頻繁にかかってきている。うんざりした顔をしつつも、彼らと話をつける紫苑を、沙代子は半ば尊敬の目で見ていた。ヤクザ連中と堂々と渡り合い、何とか自分が生きる隙間を見つけていく方法を、自分よりうんと年下の紫苑はこともなげにやってのけるのだ。

「そろそろ限界かもね」

別室で長電話をして戻ってきた紫苑が言う。さらりと言い放つその口調は、しかし弱音を吐いているようではない。

「陽向の思うツボになって腹は立つけど、ここで解散する?」

もう少し様子を見て、自分たちに捜査の手が及ばないようなら安心できると、またしても楽観論を持ち出す。

「きっと沙代子さんも見逃されるよ。あんな不明瞭な画像と平凡な主婦が結び付けられるわけないよ」

紫苑は何とか若村組と折り合いをつけて、またキャバクラで稼ぐつもりだと言った。

それなら、私はどこに帰ればいいのだろう。沙代子は途方に暮れた。川田家にすごすご戻るか。俊則は、今まで以上に居丈高になって、妻をないがしろにするだろう。それとも実家に帰って両親とともに借金の返済法に頭を悩ますか。きっと母は混乱の極みにあって、戻ってきた娘にその気持ちをぶつけてくるだろう。

どちらも、気持ちが萎《な》える想像だった。

ふとタンザワゴエの白井親子の家が頭をよぎった。無性にあそこに帰りたかった。あの、猿の手のミイラが吊り下がった入り口をくぐって。

だがもうあの家はないのだ。昭二が死んで、雪代も年を取ってあの家を出ていった。タンザワゴエは本当に無人の集落になってしまった。そうした情報は、この数十年の間に伯父夫婦から伝え聞いた。きっと山の中の他の家屋と同じように朽ち果てているだろう。多くの知識を与えてくれ、生きる力を得た場所は、永遠に失われたのだった。沙代子の手元に残ったのは、小瓶に入った黒石茶の欠片《かけら》だけ。

結論が出ないまま、沙代子は二人分の料理を作り続けた。竣からは何の連絡もなかった。夕食後、卓袱台の上で紫苑のスマホが鳴った。ちらりとディスプレイを見た紫苑は、しばらく鳴り続けるスマホを見下ろしていた。そこにはただ携帯番号だけが表示されている。

「いい加減にしてもらいたいね」

たぶん、ヤミ金かヤクザからなのだろう。中腰になりながら、スマホを耳に当てる。その表情がさっと変わった。

「何？　あんた、陽向？」

沙代子も驚いて見返す。落としそうになったスマホを、紫苑は卓袱台の上に置いてスピーカーモードに切り換えた。

「あ、紫苑さん？　お疲れーしょん」

ふざけた陽向の声が流れ出してきた。

「どうして私の番号、知ってんのよ！」

スマホに噛みつかんばかりの勢いで、紫苑は怒鳴った。ハハハという耳障りな笑いに、さらに嫌悪感をにじませる。

「ずっと前から知ってるよ。竣のスマホを盗み見たから」

「よくも私に電話してこれたもんだわ」

またしても陽向は笑った。

「あんなにきれいに引っ掛かってくれるとは思わなかったよ」

「うっせーよ！」

完璧にしてやられた紫苑としては、言い返す言葉もないようだった。

「ああでもしないと、あんたが隠してある金を持ってこさせることができなかったからね」

「もういいよ！　どうせあんたんちの金なんだから」

「へえ。諦めいいんだね」

「諦めたのは、あんたの方だろ！　あんたは叔父さんの悪だくみを暴くとか言ってさ。結局親んとこに戻ってお嬢様に戻ったわけだよ。どう？　パパとママに泣きついて、よしよししてもらった？」

紫苑は精一杯の皮肉を言ったが、陽向にはこたえなかったようだ。

「まあね」と軽くいなされる。

「せいぜいクソ真面目でクソ頭のいい従姉妹と仲良くしなよ。私らのことは探しても無駄だからね。もうあの豪華な家からは出たから。じゃあ、もう切るよ」

「まあ、待ちなよ」

陽向はゆったりした口調で答えた。

「ねえ、そこにいるんだろ？　沙代子さん」

紫苑が横目で沙代子を見た。

「それがどうしたんだよ」低い声ですごむ。

「沙代子さんてさ、川田沙代子さんだよね」

沙代子はぴくんと体を強張らせた。声は出ない。陽向は構わず続けた。

「沙代子さんは、光洋フーヅファクトリーの総務部長の川田俊則さんの奥さんだよね」

スマホを睨みつけていた紫苑が、小さく息を呑んだ。が、沙代子の方は見ようとはしない。ただ目を瞬《しばた》いただけだ。逆に沙代子の方が、彼女の横顔を凝視した。

「沙代子さん、はめられたのはあんただよ」

スマホから勝ち誇ったような陽向の声が流れ出る。

「家に戻ってから、夏凜といろいろ調べてみたの。パパにも聞いた。それでわかったんだ」

いったい何のことを言っているんだろう。

「あのさ、紫苑はそのこと、初めから知ってたんだ。知っててあんたを巻き込んだんだよ。だって考えてもみなよ。光洋フーヅファクトリーに関係した誘拐事件の場に、光洋フーヅファクトリーの部長の奥さんが偶然巻き込まれるなんてこと、あると思う？　あんたの車の前に紫苑が飛び出してきたのはね、偶然なんかじゃない。紫苑は、あんたが川田沙代子だと知って、わざと交通事故を起こしたんだ」

陽向の言っていることがよく理解できなかった。あの晩、やみくもに夜の街を走っていたラパンの前に紫苑が飛び出してきた。避けられずに接触事故を起こした。あれが仕組まれたことだった？

「そんな――」

囁くように言った沙代子の声が、陽向に届いたようだ。

「あたしを誘拐されたパパは、身代金を用意するだけじゃなくて、もう一つ手を打ったわけ。鬼炎と対立する若村組を使ってね。それがあんたを拉致することだった。ほんとは叔父さんの娘の夏凜を捕まえればよかったんだけど、あの子は研究所にこもりっきりだからね。どっちにしても、叔父さんも用心してるよ。娘も奥さんも連れていかれないように。つまり、自分がやったことと同じことをやられないようにさ」

陽向の息遣いがスマホを通して聞こえた。こっちの反応を探ろうと、スマホを耳にぴったりくっつけているのだろうか。

「そんで、しょうがないから、パパは叔父さんの子分の川田部長の奥さんに目を付けたってわけ。あたしが戻って来ない場合に備えて、沙代子さんの身柄を押さえといたの。万一の場合の人質よね。沙代子さんと私を引き換えにするつもりだったらしい。一種の保険だよ。よっくそんなこと、考えるよねー、大人の考えることといったらきたねえよ。ほんと、エンドってる」

自分の親のしたことを、そんなふうに突き放して陽向は笑い飛ばした。卓袱台の上でがなり立てるスマホを、紫苑はじっと見下ろしていた。その横顔が、しだいに青ざめていく。

「でさ、若村組が経営するヤミ金に借金してる紫苑が、その片棒を担がされたわけよ。どうせ借金を減らしてやるとかチャラにしてやるとかうまいこと言われて、ホイホイ乗ってきたんだろ？」

紫苑は答えない。沙代子の方も見ない。身じろぎもせず、自分のスマホを見下ろして座っていた。それが何より、陽向の言葉が真実だと物語っていた。陽向の話を噛み砕いて理解するにつれ、沙代子も凍《こご》える思いだった。

陽向は沈黙した紫苑を意に介さず、言葉を紡《つむ》ぎ続ける。

「沙代子さんはね、その計画が立てられた時から行動を調べ上げられてたんだよ。一番いいのは、車で夜、出かける時――」

沙代子は思わず唇を噛んだ。火曜日と金曜日は、由芽を塾へ迎えにいく日だった。その習慣を知られていたということか。だがあの金曜日は、由芽の塾の予定が変わって講義がなくなった。外出する必要はなかったのに、沙代子は俊則や川田家の家族に絶望して家を飛び出してしまった。あの時刻は、いつも由芽を迎えにいく時刻に近かった。

「あんたが車で走り続けている時、つけられてたの、気づかなかった？」

気づくはずがない。よもやそんなことがあろうとは、思いつきもしなかった。自分が何かの対象にされるなどということは。頭の中は、実家の工場の倒産のことでいっぱいだった。走り回ったのはどれくらいの時間だったか。それすらも憶えがない。

うまい具合に沙代子は歓楽街に乗り入れた。途方に暮れて公園の前に駐車してじっとしていた。結構長い時間だったように思う。若村組は、その間に準備を整えた。借金漬けにした紫苑を急きょ呼び出した。キャバクラから駆けつけた彼女に接触事故を起こす手順を説明し、沙代子をがんじがらめにして取り込もうと考えたのだ。陽向の誘拐が起こった後だったから、あまり乱暴な手は使いたくなかったのだろうと陽向は分析した。ヤクザが噛んでいると気づかれないようにして、沙代子を自分たちの手の中に置いておく最もいい方法が、あれだった。

キャバクラ嬢に脅されて、連れ回されているうちに、誘拐事件が解決すれば、そのまま解放される段取りだった。そんなふうに陽向は説明した。

紫苑を追いかけてきたヤミ金の男たちも、追いかけられていると沙代子を急かした紫苑も切迫感があった。紫苑は、沙代子のことを「胡散臭い人物」と断じたが、あの時からもう沙代子が何者なのか知っていたということだ。念が入った演技にまんまと騙された。スポーツ公園の駐車場で逃げようとした沙代子を押さえ込んだ紫苑は、必死だった。陽向の言うところの「人質」を逃がすわけにはいかなかったから。

「ね？　偶然なんかそんなに起こるもんじゃないよ。沙代子さん、はめられたんだよ。そのキャバ嬢にさ」

陽向の言葉はずしんと胸に響いた。あの時、「たまたま」が重なっただけだと安直に考えていたけれど、「たまたま」が何度も起こったら、それはもう「たまたま」ではない。そのことにもっと早くに気づくべきだった。

悄然とした沙代子に、陽向は語りかける。

「でもさ、やっぱあるんだよね。偶然って。ここでＭＴ。つまり、まさかの展開。狭い街だかんね、ここ」

沙代子にも、だんだん筋が読めてきた。紫苑は、しばらく沙代子を手元に留めておくことが役目だった。ところがラパンに陽向を乗せて走っている時、竣から電話がかかってきた。そしてバッグを取りにいってほしいと頼まれた。お気に入りのホストからの頼まれごとを、ついでのように請け負った紫苑は、沙代子を使ってバッグの回収をした。

ところが――バッグの中身は三千万円という現金だった。

「そこで、紫苑は考えを巡らせたわけ。あの金を横取りしようって」

――この世に金を欲しがらない人間なんている？　あんたも私も、あの金を見た途端、目の色が変わったんじゃない。

「ね？　わかった？　沙代子さん」

陽向の乾いた声が胸に突き刺さる。その鋭い切っ先に、沙代子は心臓をえぐられる気がした。表情をなくした紫苑は、ただうつむいたきりだ。

この人に親近感や共感まで抱いていたのだ。自分の能天気さ、愚かさ、社会性のなさを呪った。初めから紫苑は、若村組とつながっていた。陽向から金を奪う計画を立てた時、ヤクザと話がついたと言ったのは、その素地があったからこそだった。専業主婦の沙代子を騙すことくらい、キャバクラ嬢には、簡単なことだった。

私はただ利用されただけだった。成り行きから考えて、そう驚くことでもないだろうに、その事実は沙代子をひどく消沈させた。この世のどこにも信用に足るものはないのだと思い知らされた気がした。

「あ、それから――」

陽向はさらに追い打ちをかける。

「身代金を払ったのに、あたしが戻ってこないもんだから、パパは若村組を通して、叔父さん側に揺さぶりをかけたんだって。総務部長の奥さんの身柄は預かっているって。娘の居場所を教えろって」

その先は、半ば予想ができた。

「そしたらね、沙代子さんの旦那さん、少しも慌てることも取り乱すこともなかったって」

その言葉にだけは、紫苑がちょっと顔を上げた。

「あの人、落ち着き払って叔父さんに言ったらしいよ。妻を取り戻そうなんて金輪際思っておりません。あれとはもう別れるつもりでしたから。妻の実家のこととかでゴタゴタして、離婚届にも判をついていますって」

やっぱりなという気持ちだった。夫ならそう言うだろうなと思った。妻よりも、体面や保身を取るだろう。それほど自分が軽んじられていることは、とっくに知っていた。

「お気の毒さま」

沙代子の表情を窺い知ることのできない陽向が、スマホの向こうで見下したように言った。

「うちの親たちの派閥闘争もうんざりだけど、沙代子さんちも大変だね」

返事をしない沙代子に、やや同情したような口ぶりになる。

「でもさ、あたしが言いたいのはそれじゃなくって、沙代子さんの隣にいる紫苑は、沙代子さんの仲間でも何でもないってこと。あんたらは一瞬だけ利害関係が一致したかもしれないけど、そんな人、信用しちゃだめだよ。竣はあたしを誘拐するのに手を貸したけど、まだかわいいもんだよ。紫苑は沙代子さんを捕まえて、ヤクザに引き渡そうとしたんだよ。今だって、何を考えているかわかったもんじゃない。そいつと一緒にいるのはヤバいって。どこにいるのか知んないけど、すぐそこを出た方がいいよ」

ついに紫苑を「そいつ」呼ばわりした。

「ねえ、親切に忠告してあげてんだよ、オバサン。あんたの旦那も相当だけど、紫苑もコミコミで危ないよ。自分がうまくやるためには、誰だって利用すんだから」

紫苑も沙代子も黙り込んでしまった。

「ねえ、聞いてる？　二人とも脳死？」

紫苑がすっと手を伸ばして、通話を切った。

急に部屋の中が静かになった。裏の竹藪がざわつく音がする。風が強いのか、竹そのものもしなって幹がカンカンと当たる音もする。

いつものように、紫苑が威勢よく陽向を罵ってくれることを沙代子は願った。あの子の言うことは全部でたらめだと。不思議なことに、沙代子は夫に見放されたことよりも、紫苑が初めから自分を騙していたことの方に苦痛を覚えていた。

よく考えれば、陽向の言うことの方が妥当だと思える。借金だらけでホストクラブ通いをするキャバクラ嬢なんか、信用できるはずがなかった。バックにヤクザがついていたのなら、なおさらだ。沙代子は脅され、振り回され、いいように利用されただけだ。陽向のお陰で化けの皮が剝げたということか。それで納得してもいいはずなのに、沙代子は問い質《ただ》さずにいられなかった。

「本当なの？　あの子の言ったこと」

紫苑はゆっくりと頭を回《めぐ》らせて、沙代子を見た。

「あんた、ほんとにお目出度い人だね」

冷たい声が返ってきた。息を呑んだ沙代子を、紫苑はふっと唇を歪めて笑った。

「どこで気がつくかって思ってたけど、全然だもんね。あり得ないっしょ。光洋フーヅファクトリーって名前が出てきた時点で。いくら専業主婦だって、ここまでバカだと思わなかった」

全身を巡《めぐ》る血液が、すっと冷えた気がした。

「あんたを利用しようと思ったけど、何の役にも立たなかったよ。旦那があんなじゃ、人質にもなりゃしない。ま、そうだろうね。あんたみたいな鈍感で見栄えも悪い女、離婚したいと思っても仕方がないよ。それに気づかなかった私もバカだった」

罵倒されるのには慣れている。だが、今はこたえた。紫苑はさっと立ち上がった。

「じゃあ、いいね？　解散ってことで」

そのまますたすたと外に出ていく。玄関で靴を履きながら、紫苑が怒鳴った。

「好きなだけここにいていいよ。旦那んとこに帰れないんだったら。私は当分ここには来ない。金が手に入らなかったから、ヤミ金の奴らとも話つけなきゃなんない。車、ちょっと貸してよね。どうせ行くとこないんだろ？　ここで草でも食べてれば？」

しゃべっているうちに調子が出てきたのか、紫苑は甲高い声で笑った。

玄関戸がガラリと開く音がした。ラパンのエンジンがかかる。沙代子は我に返って外に飛び出した。靴を履く暇がなく、裸足だ。

走り出したラパンに追いすがった。

「待って！　私も言うことが――」

運転席の紫苑は、振り返りもしなかった。

エンジンを吹かせ、ラパンは砂利を撥ね上げて道路に出ていった。

ひと際強い風が吹いて、立ちすくむ沙代子の上に笹の葉が降り注いだ。

＊＊＊＊＊＊＊

男は水槽の前に立った。

照明を落とした部屋の中で、緑のアクアリウムだけが輝いていた。この水槽の中は、岩石と白化した珊瑚《さんご》、流木、それと水草しかない。熱帯魚は一匹もいない。男はろ過器の水流に揺れる水草に目を凝《こ》らした。

ここに閉じ込められた小さな世界は、男を落ち着かせた。生き物のいない水槽は、人類が滅んだ後の世界を連想させる。理想の世界は、これかもしれない。進化樹の最先端に立つ完成形だと自負する愚かな人類が死に絶えて、もの言わぬ植物が生き生きと繁茂する地球の姿だ。いつかこんな日が来るに違いない。その時のことを思うと、男はえもいわれぬ幸福感と高揚感を覚えるのだった。

到底見ることはかなわないとわかっているのに。

犯罪集団を操《あやつ》って依頼された犯罪を繰り返すことに、何の意味もないことはわかっている。だが、この世に意味のあることなどあるのか？　男は、水槽に映った自分自身の顔と対峙した。二つの瞳は、真っ黒な空洞に見える。誰も信じない男の顔だ。

男が育ったのは、裕福な家庭だった。一流商社に勤める父親と、ピアノ教師の母親。優秀な兄。

男も学校では常にトップの成績を収めていた。幼少の頃に父親の仕事の関係で、ロンドンで六年間を過ごした。そのせいで英語は流暢《りゅうちょう》に操った。英国式のマナーも厳しく躾けられた。だがそれで縛り付けるのではなく、子どもたちの自由と自主も重んじられた。

優れた人間は、それなりの教養と自分を律する力を持つべきだ。それが両親、特に母にとっての教育方針であり、常にそれを意識していることが彼の家の流儀だった。

帰国後は東京郊外の一軒家に住み、年に一度は海外旅行にでかけた。それなりに完璧な家族だった。真っ白で角がぴしっと立ったハコのように。

周囲からは羨《うらや》まれていたと思う。その完璧さを維持するために、男はせっせと励んだ。勉学だけではない。スポーツや芸術活動にも勤しんだ。兄が難なく身に付けるものは、同じように習得するように努めた。両親も、それが当たり前だと思っていた。

大学を卒業して厚生労働省の官僚になった兄が、結婚したいという女性を連れてきた。美しく、聡明な女性だった。学歴も家庭環境も申し分ない。よくもこんな女性を見つけてきたものだと感心するくらい、兄の結婚相手としてふさわしい女性だった。

女性が帰った後、父も母も彼女をほめそやした。ひとしきり、そういう会話が続いた後、母がぽつりと言った。

「だけどあの娘《こ》、ものを食べる時、品がないわね」

息子が連れてきた結婚相手に対して、母親がちょっとだけ難癖をつける。どこの家庭でもある風景だろう。そう言いながらも別に結婚そのものには反対しない。男の家でもそうだった。だが男は、母の言葉に引っ掛かりを覚えた。兄という母が作り上げた完成品に、小さな瑕疵《かし》を見つけた気分だった。真っ白な紙面にぽつりと落ちた小さな黒い染《し》み。初めての感覚だ。男はまだ高校生だったが、その黒さとそれに浸食される想像に震え上がった。

ばかばかしい想像だった。たぶん、大学受験に向けて神経質になっていたのだろう。美しい女性が、自分たちを侵す異物のように思えて仕方がなかった。その後、何度か会うことがあったが、母親は、以前に彼女を評して呟いた言葉など、すっかり忘れているようだったのに。

だが男は、戦慄しながらも、その想像に心を癒される部分を感じていた。真っ黒に塗り潰されることに快感を覚えた。時折、男を覆いつくす不吉で不穏な想像が、甘い芯となって体を突き抜けていった。戸惑いつつも、それも精神の不安定さに起因すると自分で結論付けた。大学に入学すれば、そういうことも払拭《ふっしょく》されるだろう。大学受験に関しては、最難関の大学を選んでいたが、学力的には何の問題もなかった。

その頃、男は友人とふざけていて、右手の小指を骨折した。完治した後、小指はやや動きが悪くなった。それでピアノがうまく弾けなくなった。ピアノは三歳の時から母の手ほどきを受け、兄弟そろってかなりの腕前だった。受験期に入っても、練習は怠らなかった。気分転換にもなった。男が小指の不調を訴えると、母は男の指の動きをじっと見て言った。

「あなた、もうピアニストにはなれないわね」

おそらくは冗談めかして男を元気づけようとしたのだろう。男が目指しているのは、理系の学部で、ある分野で研究者になるのが夢だった。ピアニストになろうなどとは毛頭考えていなかった。

――だけどあの娘、ものを食べる時、品がないわね。

さりげなく他者を切り捨てるあの言い方と同じだった。自分にも黒い染みが落ちてきた気になった。すると、何もかもが違って見えてきてしまった。

男の家はつくりもので、自分は生育環境の整ったハコの中で生まれたひ弱な植物だった。兄は彼女との結婚話をどんどん進めている。つくりものの中に新しいメンバーを受け入れる準備だ。男は自由に動かなくなった小指に固執した。狂ったようにピアノを弾き始めた男に、家族は戸惑った。受験勉強もそっちのけでピアノに向かった。やはり小指は動かず、曲は乱れていた。が、そんなことはおかまいなしに、力まかせに鍵盤を叩いた。底知れぬ破壊衝動に突き動かされていた。自由に動かない指に苛立《いらだ》ち、小指を骨折するに至った友人を叩きのめした。理想の家庭で生まれた男が、暴力沙汰を起こしたのだった。

両親はうまく立ち回って、示談で話をつけた。相手方も学校側も、穏便に済ます方法を受け入れた。それがさらに男の暴力願望をエスカレートさせた。持っていきようのない怒りが、常に体の奥で渦巻いていた。はけ口が必要だった。

兄の婚約者を襲った。暗闇で襲って廃工場に連れ込み、何度も凌辱《りょうじょく》した。抵抗する彼女を迷いなく殴りつけた。性的な快感などは感じなかった。ただ破壊行動に身をまかせる愉悦《ゆえつ》と昂《たかぶ》りに、何度も雄叫びに似た叫びを上げた。夜が明ける頃、血塗《ちまみ》れで死んだようになった女を置いて、廃工場を出た。昇りくる朝日に全身を照らされて、生まれ変わったと感じた。

新しい自分は、体に力が漲《みなぎ》っている。これこそが真の生き方だと思った。迷いなくこの生き方を貫こうと朝日に誓ったのだった。

男は逮捕され、家庭裁判所の裁定を経て少年院に入れられた。家族の誰も面会に来なかった。兄の結婚は破談になったと聞いた。彼女は体の傷が治っても精神に深刻なダメージを受けて、家から一歩も出られなくなったという。結婚どころか、通常の生活も送れなくなってしまった。

以来、男は家に戻っていない。家族とも会っていない。闇の世界で生きていくと決めた。ただ無意味に暴力行為にふけるだけでは物足りない。完璧な犯罪を成し遂げるには、規律と戒《いまし》めが必要だ。彼なりの新しいハコを作り上げることに傾倒していった。それは元の家庭をなぞるような作業で、男はにやりと笑った。あのつくりものの家族はどうなっただろう。男という不完全で醜い家族を生み出したことを忘れようと、必死になっているかもしれない。そこを侵す気はまったくなかった。あれはあれで一つのカタチなのだ。

遠く離れた土地へ流れて、理想の犯罪集団のカタチを模索し続けていた。最も大事なのは、美しいことだ。一点の染みもないぴっしりとしたもの。誰も脱落することなく、疑問を持つこともなく、流れるように美しい犯罪をやり遂げること。そういう集団を作り上げれば、需要は相当あると踏んだ。

楽しいゲームの始まりだ。

そんな時、ナイト・ドゥに出合った。たぶん、あれは天啓《てんけい》に導かれたものだった。そうとしか思えない。彼の体質と、望みがぴったりと合致したことは。だから、存分に存在意義を発揮するしかない。彼の忠実なしもべである鬼炎を従えて。

最初にナイト・ドゥを試したトレーニーは、今では鬼炎の中心となって働いている。彼が男の意を受けて犯した最初の傷害事件は、今でもよく憶えている。少年院を出た男を追ってくるルポライターがいた。男の元の家庭を調べ上げ、あれほど恵まれた環境を持ちながら、兄の婚約者をレイプするという犯罪を為《な》した男に興味を持っていた。そいつは特異な犯罪者についてのルポルタージュを書いて、一冊の本にまとめたがっていたのだ。それなら、男は格好の取材対象だ。優秀な少年は、何の前触れもなく、犯罪者へと変容したように見えただろう。

逃げれば逃げるほど、ルポライターは異様な執着心を持って追いかけてきた。うるさくて仕方がなかった。だから、ナイト・ドゥの効き目が充分にいきわたったと見えたトレーニーを使った。彼は完璧な働きをした。自分が手を下さなくても、こういうことができるのだと、男は瞠目《どうもく》し、悦に入った。

あれが鬼炎の出発点だった。

ナイト・ドゥを欲する彼らは、心のどこかに埋められない欲求や、苛立ち、ある種の衝動を抱えていたのかもしれない。ふとそんなことを思った。あの薬で、彼らは平板で疲弊しない精神を手に入れた。それなら、心の平安を与えられる自分は、神の領域にいるのだろうか。

男はゆらゆら揺れる水草を見ながら、サプリメントを数錠、口に放り込んだ。栄養ドリンクでそれを飲み下す。人間の生産活動に必要な栄養素は、たいてい薬やサプリメントでこと足りる。食事を楽しむなんて劣等な人間のすることだ。

――だけどあの娘、ものを食べる時、品がないわね。

まだ男は母の言葉に囚《とら》われているのかもしれない。人の生育環境というのは恐ろしいものだ。自由になった男は、水槽に向かってそっと微笑んだ。

その時、男のスマホが振動した。煩わしい呼び出し音は鳴らないようにしてある。

「はい」

応じた男の耳に、馴染みの声が流れ込んできた。

「新しい依頼だ。今から概要を話す。受けるか受けないかは、そちらの判断にまかす」

「わかった」

鬼炎へ犯罪の依頼を取り次ぐエージェントからだった。余計なことは口にせず、詮索もしない、己の役割を心得た優秀な男だ。彼を得たこともまた、僥倖《ぎょうこう》の一つだ。男はエージェントの平明な口調に耳を澄ませた。要領よく依頼が告げられていく。

誘拐事件からは一旦離れよう。だが、諦めたわけではない。鬼炎に失敗は許されない。まだあれは男の手の中にあった。手のひらの上で転がしているうちに、さらに面白い展開が望めそうだ。ゲームはまだ続いている。

肩でスマホを挟んだまま、男はまたサプリメントを口に放り込んだ。

9

どこかの食べ物屋から、料理をする匂いが漂ってきた。

歩道をとぼとぼと歩いていた沙代子が顔を上げると、そこに換気扇からの風がもろに吹き付けてきた。思わず息を止める。油と調味料と炙《あぶ》られた肉の渾然一体とした匂い。

今日は一日、何も口にしていないのに、空腹は覚えなかった。すべての感覚が失われてしまっていた。紫苑の家（正確には紫苑が管理している家だが）でしばらくぼんやりとしていた。紫苑が出ていった後、何をしていいのかわからなかった。それからのろのろと動き始めた。ビワの葉茶を淹れることぐらいしか思いつかなかった。

翌日まで、何をする気も起こらなかった。竣も戻って来なかった。昼過ぎまでじっとしていて、やっと腰を上げた。バッグを肩にかけて外に出た。

いつの間にか、沙代子は依存体質になっていたのだった。母と同じだ。誰かがどうにかしてくれる。判断もまかせてしまえば、自分で責任を取ることもない。後悔することもない。そうやって自分の人生を誰かに委《ゆだ》ねていた。こんな状況になってからも、行動を共にする紫苑にいつしか依存していた。

だから恨むなら、自分を恨むべきなのだ。紫苑が最初から嘘をついていたことや、三千万円を奪うことを提案してきたこと、そのせいで、鬼炎という恐ろしい犯罪集団に狙われるはめに陥ったこと。それを全部紫苑のせいにして、嘆き、恨むなんて、あまりに情けないことだ。

――あんた、ほんとにお目出度い人だね。

――いくら専業主婦だって、ここまでバカだと思わなかった。

すべてその通りだと思う。あそこまで完膚《かんぷ》なきまでに叩きのめされるとは。誰だって自分のことが第一に決まっている。

通行人と肩がぶつかり、よろめいた。

「すみません」

相手の顔も見ずに頭を下げた。肩からずり落ちそうになったショルダーバッグを引き上げる。またとぼとぼと歩きだした。

そうしてこうやって一人になった。俊則は離婚すると言っているそうだから、行く当てはなかった。愛車のラパンも紫苑に持っていかれ、手持ちの金は心もとない。本当に自分は生活能力のない女だった。諦めて実家に帰るしかないのか。またここで親に頼るのか。経営破たんした事業の後始末に奔走する親に。

いや、これからは、せめて自分がやることぐらい、自分で決めよう。丸まっていた背中を、意識して伸ばした。

沙代子は、歩道の真ん中で立ち止まった。後ろから来た通行人が、迷惑そうによけて追い抜いていった。車が行き来する道路を挟んだ向こう側に、美容院があった。しゃれた看板に『ビューティーサロン・ビーンズ』とある。しばらく立ち止まってそれを眺めてから、沙代子は道路を渡った。横断歩道ではないところを渡ったものだから、通りかかったワンボックスカーに派手にクラクションを鳴らされた。

ガラス扉を押し開けて美容院に入った。入れ違いに客が帰るところだった。

美容師は、「ありがとうございました」と「いらっしゃいませ」を続けざまに言った。女性美容師が一人でやっている小ぢんまりした美容院だった。

「いいかしら」

「いいですよ。どうぞ」

中年の美容師は、にっこりと笑った。ほっと肩の力が抜けた。シャンプーだかヘアクリームだかのいい匂いを、胸いっぱいに吸い込んだ。長らく忘れていた匂いだ。

「どうなさいます？」

「シャンプーとカットをお願い」

「かしこまりました」

その時になって初めて、壁の時計に目をやった。午後四時を回ったところだった。時計の隣にカレンダーが掛かっていた。すっかり日にちの感覚がなくなっていた。

「今日は何日？」

客のおかしな質問にも、美容師は、すらすらと答えてくれた。今日は日曜日だった。

鏡の前に座って、化粧っ気のない強張った顔の自分とまともに向き合った。瞼は重そうに垂れ、ついでに頬の肉も垂れている。二重顎に太い首。髪の毛もぼさぼさな自分の姿に、急に恥ずかしくなった。

「ここのところ、髪の毛になんて気が回らなかったから」

言い訳がましくそんなことを口にした。

「お忙しかったんでしょう」

美容師はケープをかけてくれながら、ありきたりなことを口にした。

「そうなの。すごく忙しかったの」

自分で言って、つい含み笑いをしてしまう。この二週間ほどの目が回るほどの忙しさときたら！　どこからかわずかに力が湧いてくる気がした。投げやりだけど、清々《すがすが》しい気持ちもした。くよくよしている場合じゃない。私は誘拐犯として警察に追われているし、身代金を横取りした一味として鬼炎に付け狙われているのだ。

また笑いが込み上げてきた。手際よく髪の毛をカットしているこの美容師が知ったら、どんな顔をするだろうか。たるんだ体に垢抜けない服装の、みっともない中年女。飛び込みで、カットを依頼した主婦然とした女。見た目と同じようにへたっているわけにはいかない。ショルダーバッグの中の小瓶を思い出した。あのちっぽけな武器を使いこなせるのは、今やこの世に私だけ。あれが存分に機能を発揮しているのに、私は何をしているのだろう。あれが指し示す方向に進まなければ。ずっと昔、森や風や土が、街から来たおどおどした少女に力を与えてくれた。全身全霊で少女はその力を受け取ったはず。

シャンプーとカットが終わる頃には、沙代子はすっかり気持ちを切り替えていた。

「どうでしょう？」

さっとケープを取られた時には、生まれ変わったような気がした。多少はさっぱりした頭にはなっているが、ここに座った時とさほど変わったところのない自分に目を凝らした。でもどこか違っている。

――あなたができることは、あなたが思っているよりきっとたくさんある。

鏡の中の自分にそう声をかけた。

「いいわね。ありがとう」

財布から、四千五百円を払った。乏しい財布の中身がさらに乏しくなったが、気にならなかった。

美容院の扉を押して外に出た。やることは決まっていた。それだけで、いっぱしの人間になった気がして、それ前の道路で手を挙《あ》げてタクシーを拾った。沙代子は運転手に自宅の住所を告げた。

もおかしかった。自宅のガレージには、夫の車が停まっていた。白のプリウス。もうじき出世するから、そうなったらもっとグレードの高い車に乗るのだと言っていた俊則の言葉を思い出した。その願いはかなえられそうにない。

玄関ドアを開けて家の中に入った。奥から何かを煮炊きする匂いが漂ってきている。午後の六時だ。誰が食事の支度をしているのだろう。

「ただいま」

応える声はないが、気にせず上がった。自分用の履き慣れたスリッパを履く。廊下を進んで、リビングを覗いた。そこに俊則と由芽がいた。並んでソファにかけ、テレビを見ている。初めに振り返ったのは由芽だった。

「お母さん」

由芽の声に、俊則も振り返る。二人ともあんぐりと口を開いている。

「お前――」

その後が続かない。台所からエプロン姿の友江が飛び出してきた。料理が不得手な姑は、沙代子がいなくなったので、仕方なく食事の支度をしていたようだ。その姑も、ぱくぱくと口を開けたり閉めたりするきりで、言葉を発することができない。家族の反応に、沙代子はにっこりと笑いかけた。傑と美晴はどこかに出かけているようだ。

「どうしたっていうんだ。いったい」

ようやくそれだけを俊則が言った。手にしていたウイスキーのグラスを、ガラステーブルの上に置くと、軽く咳払いをする。それでなんとか威厳を取り戻そうとするかのようだった。

「何をしに帰って来たんだ。勝手に出ていって――」

「離婚届に判を押しに来ました」

「何？」

予期せぬ沙代子の言い分に、また言葉を失った。沙代子はリビングの中に歩を進めた。友江が慄いたように、道を譲った。

「あなたがもう離婚届にサインをしたと、入船専務さんに話されたと聞いたので」

専務の名前が出た途端、俊則は、これ以上ないというほど、目を剝《む》いた。またグラスをつかみかけて思い直した手が、宙をまさぐった。

頭の中では、せわしなく考えを巡らせていることだろう。なぜ妻が、離婚届のことを知っているのか。それを専務に告げたことを、どこで聞いたのか。いや、それよりもまずこの二週間、何をしていたか問うべきではないのか。あらゆる思いが俊則の中で交錯しているはずだ。きょろきょろと動く目や、額に浮かんだ汗をみれば、それがわかった。

「早く出してください。時間がないので」

「時間が――ない？」

俊則は阿呆のように妻の言葉を繰り返した。沙代子が専務とどこかでつながっているのだとしたら、迂闊《うかつ》なことは口にできないと、素早く計算したのかもしれない。

「沙代子さん、落ち着いて」

友江が口を挟んだ。由芽は、父親と母親の顔を交互に見ているきりだ。

「そ、そうだ。離婚届ってお前、いきなり何だ」

友江の言葉で、少しだけ平常心を取り戻したらしい俊則が言った。ただし、声はかすれていた。

「ですからあなた、離婚届を取り寄せてサインをしたんでしょう？　私も異存はありませんから、サインします。そのためにここへ来たんです」

友江と由芽が一斉に俊則に視線を移した。

「いや、だから、その――」

俊則はしどろもどろだ。いなくなった妻が、社長の意を汲んだ者の手で拉致されたことは、もう知っているはずだ。誘拐された社長の娘と交換に妻を返してもらえるという条件を提示されたことも。そして、俊則はきっぱりとそれを拒絶した。そうした一連のやり取りは、入船専務との間で内密に行われたはずなのに、どうして沙代子本人が知っているのか。ここで自分がどう答えるべきか。それによって自分の立場はどうなるのだろう。

「離婚届って？」

初めて由芽が口を開いた。

「由芽、あんたは部屋に行ってなさい」

友江が厳しい声で命じた。俊則にも促され、由芽はしぶしぶ腰を上げた。友江もだいたいのことは知っているのだろうと沙代子は推測した。少なくとも、息子から、妻と離婚するつもりだとは聞かされたのだ。

「そうね。それがいいかもしれないわね。沙代子さんは、どうもうちには合わなかったよ。実家のこともあるし」

おそらく、そんなふうに賛意を口にしたのだろう。

由芽が二階に上がって行くのを見届けて、俊則は居ずまいを正した。また咳払いを一つした。

「まあ、そんな話も出たさ。お前が勝手に家を出ていくから。でも、まあ、お前が頭を下げて戻って来るというなら、許さないこともない」

「頭は下げません」

俊則の言葉に覆い被せるようにきっぱりと言い切った。妻の思いがけない言葉に、俊則は、二の句が継げないでいる。

「許されなくても結構です」

「沙代子さん、そんなに捨て鉢にならないで。俊則とよく話し合って。ね？」

こんなに低姿勢の姑も初めてだ。言葉を重ねるごとに、沙代子はどんどん冷静になっていく。どうして今までこれが言えなかったのか不思議だった。簡単なことなのに。

「離婚届なんか、俺は書いてない」

「じゃあ、あれは嘘だったんですか？　専務さんに言ったことは」

「いや、あれはだな、そのう――」

「専務さんて何？　どうして会社の人が、うちの離婚話のことに口出しするの？」

背後の事情が理解できていない友江が素朴な疑問を息子にぶつけた。

「どうもわからないねえ。沙代子さん、戻って来たと思ったら、えらく高飛車だしね。離婚なんかしてもあなた、行くとこ、ないでしょうに」

「うるさい！」

とうとう俊則は母親を怒鳴りつけた。友江は目を丸くして黙った。

「わかった。もうお前とは離婚する。そう専務には言ったんだ」

「そうでしょう。もう私は使い道がないでしょうから。社長さんにしても」

再び、俊則は目を剝いた。そのまま、沙代子を睨みつけると、どしどしと二階に上がっていって、紙切れを一枚、持ってきた。

「そら、これが離婚届だ。お前が署名捺印すればいいようになっている」

乱暴に押し付けられた離婚届を、沙代子はじっくりと見た。それからリビングのテーブルにそれを置き、丁寧に必要事項を書き込んだ。寝室に上がって判を持って来て押印した。沙代子のすることを、俊則と友江はじっと見ていた。

「じゃあ、これ、お願いします」

沙代子に渡された書類を、俊則は無言で受け取った。

「少し、自分の荷物を持っていっていいかしら？」

返答を待つことなく、沙代子はもう一度二階に上がっていって、身の回りのものをまとめた。寝室は、乱雑で掃除も行き届いていないという印象だった。出窓に、沙代子のスマホが放り出してあった。それも充電器とともにカバンに入れた。

クローゼットの隅に、クッキーの缶が置いてある。たいして持っていないアクセサリー入れとして使っていたのだが、底に銀行の通帳が入れてある。結婚前に貯めてあった貯金と、結婚後にへそくり程度の金額を足したものが入っていた。それと銀行印とを取り出して、ショルダーバッグに入れた。これでしばらくはどうにかなるだろう。

荷物を持って階段を下りてきた沙代子を、そのままの姿で、俊則と友江が迎えた。

「これ、提出してもいいんだな？」

俊則が、手にした離婚届をひらひらさせた。

「ええ」

「こ、後悔しないんだな？」

「ええ」

「財産分与とか――」

「いりません」

「しかし、生活に困るだろう。お前の実家はあれだし」

ここにきて、俊則は妙な温情を見せた。それも見せかけのものだろうが。それにも、沙代子はにっこりと笑い返した。俊則は、気味の悪いものを見たように、顔を歪めた。

「私、社長の娘さんの身代金を取りに行ったからお金には困っていません」とよっぽど言ってやろうかと、沙代子は考えた。が、さすがにそんな悪趣味な物言いはできなかった。しかし、この場でそういうことを思いつくこと自体が、今までの自分にはなかったことだ。やはり自分は変わったのだと思った。

それを俊則も友江も如実に感じているはずだ。

「それじゃあ、お世話になりました」と深々と頭を下げて出ていく沙代子を、身動き一つせずに見送った。リビングから出る間際、台所をちらりと見た。鍋が一つレンジに載せてある。もうここで料理をすることはないのだと思った。寂しくはなかった。

料理はどこでもできる。私の武器はまだある。そう思い返した。

玄関から出る前に振り返ったが、俊則も友江もリビングから出てこなかった。ふと階段を見上げると、踊り場から下を覗き込んでいる由芽と目があった。

「さよなら、由芽ちゃん」

由芽はさっと身を翻して去った。

再びタクシーを拾って、実家に帰った。

出迎えた両親は、驚きながらも娘を家の中に招じ入れた。

「沙代ちゃん、どこに行ってたの？　こんな時に。心配したのよ」

沙代子が居間に荷物を下ろすのを待ち構えていたように、千鶴がすがりつかんばかりにして言い募《つの》った。

たぶん、母は家の窮状を娘に聞いてもらいたかったのだろう。充電の切れたスマホには、母から何度も連絡がきているに違いない。そして川田の家に問い合わせた。どうせ俊則は、ろくな返答はしていないだろう。妻は家を出ていったとか、こっちも捜しているのだとか。身勝手な奴で困っているとか。それが母の精神をまた掻き回したということも、容易に想像がついた。

「うちがこんなに困っているのに、あなたはいったい――」

険しい顔の千鶴は、やっと自分の気持ちをぶつける相手が戻ってきたというように、沙代子に迫った。ここから先、母の口からは、嘆きや愚痴や泣き言が迸《ほとばし》り出てくるはずだ。そうやって、この人は精神の平衡を保とうとするのだ。冷静に沙代子は分析をした。

「ごめんなさい。よんどころのない用事ができて――」

千鶴は面食らったように、動きを止めた。父の事業が失敗し、大きな債務を背負って家が差し押さえに遭《あ》うかもしれないという時に、それを放り出していく娘の理不尽さと、その理由である「よんどころのない用事」について、考えを巡らせているのか。母には、到底考えつかない事態に巻き込まれたのだが。

そのことをここで言うつもりは、沙代子にはなかった。そんなことをしたら、母をさらなる混乱の極みに押しやるだけだ。

「まあ、座れ」

父が座卓の前にどすんと腰を下ろした。それに倣《なら》いながら、父の様子を観察した。疲弊と憔悴《しょうすい》は否めない。頬はこけ、いくぶん、白髪も増えたような気がする。肝心な時に力になれなかったことに自責の念を抱いた。母の延々と続く繰り言や怨嗟《えんさ》の言葉を、父一人に受け止めさせてしまった。せめてそれだけでも自分が聞いてあげればよかった。

父は落ち着いた口調で、倒産後の始末を説明した。工場と自宅は、抵当に入っているから手放さなければならない。が、それでなんとか収まりそうだ。数人いた従業員にもわずかだが手当を出せる。申し訳ないけれども、彼らも納得してくれている。債権者との交渉も終わったので、今はほっとしているところだ。

「お前にも俊則さんにも迷惑をかけたな」

父は座卓に手をついて、頭を下げた。

「ううん。私こそ、大事な時に力になれなくてごめんなさい」

俊則と離婚したことは、まだ伏せていた方がいいだろう。沙代子は咄嗟《とっさ》に判断した。これからはこうやって、何でも自分で決めて、降りかかるものがあれば自分で解決していかなければならない。そう考えたが、以前のように慄いたり怯えたりすることはなかった。それが当たり前のことなのだ。

四十六歳にもなって、ようやくそのことに気がついた。

「でも、ここから出ていかないといけないのよ。どこかアパートでも見つけて」

千鶴が膝でにじり寄ってきた。

「そんな情けないことになるなんて。どうしたらいいか、お母さん――」

千鶴はひとしきり嘆き悲しんだ。途中で泣き声になり、しまいにはわんわんと号泣し始めた。沙代子は黙って聞いていた。それも娘としての務めだという気がした。自分だけが悲劇の中心にいると変わりなく訴える母や、目をしょぼしょぼさせつつ、聞き入っている父の様子から、巷で取り沙汰された誘拐事件に沙代子が関わっていることには、考えが及んでいないことが知れた。

これだけ大変なことを乗り越えねばならなかったのだ。防犯カメラの映像に映った人物に注目することなどなかったのだろう。警察の捜査でも、沙代子の名前は挙《あ》がってきていないということだ。だが、これからはどうなるかわからない。

陽向が自宅に戻った今は、警察から事情を聴取されているだろうから、自分の名前が割れることは覚悟しておかねばならない。陽向と夏凜が共謀して、三千万円の身代金を自分たちのものにしたことで、彼女らは詳しいことには言及しないと決めているのか。それがいつまで続くか。所詮、十七歳の高校生だ。そのうち、何もかもが明らかになるだろう。

そうなったら、そうなった時のことだわ。沙代子は考えた。

「ねえ、沙代ちゃん。お父さんとお母さん、これからどうやって暮らしていけばいいか――」

父が口を挟もうとしたその前に、沙代子は千鶴の手を握った。

「お母さん、悪いことはいつまでも続かないものよ。ぐるぐる回って、きっと何もかもいいようになるから」

すっと目を上げたのは、父だった。母を叱咤激励《しったげきれい》するようなことを、よもや娘が言うとは思わなかった。彼の表情がそう告げていた。千鶴も口を閉じた。それから沙代子の手をぎゅっと握り返してきた。

「そうね。そうだよね。沙代ちゃんの言う通りだね」

それでまた泣いた。励まされたとは言い難いかもしれないが、気が済んだという気配はした。

「しばらくは一緒にいるから。ご飯、まだ？　何か美味しいもの作るからね」

「そんな――。あんた、川田の家は？」

「いいの。あっちはあっちでやってるわ。私はここにいると決めたの」

「そうなの？　申し訳ないねえ」

立ち上がりながら、父をちらりと見た。彼は沙代子の言葉から何かを感じ取ったようだが、何も言わなかった。

沙代子は台所に立って、てきぱき働き出した。母が作りかけていたメニューに手を加えて、栄養価の高いものを何品か揃える。そうしながら、紫苑や陽向は今頃何を食べているだろうと考え、そんなことを思いつく自分を笑った。

久しぶりに親子三人で食卓を囲んだことが、千鶴にはいい効果を与えたようだ。夕食を食べている間に、千鶴の気持ちは上向き、いくぶんはしゃいできた。それはそれでまた心配な傾向ではあるが、自分が寄り添っていればいい方向に導けるだろうと、沙代子は思い直した。

その晩はゆっくりと湯に浸かり、自室に布団を敷いて寝た。

こんなにくつろいだ気分になるのは久方振りだった。紫苑たちとあちこち逃げ回っていた時だけではなく、川田の家でもどこか緊張を強いられていたのだと、今頃になって気がついた。

心地よい眠りに落ちていく前の朦朧《もうろう》としたひと時、沙代子は四国山地の山の中を歩き回っていた。とても安心した気分だった。隣には雪代がいる。それが感覚でわかった。この十数日間で、忘れていた雪代との日々の記憶が、鮮やかに蘇ってきたのだった。あの人に教わったこと、かけられた言葉、何気ない日常の心遣い。そうしたものに支えられて今日があるということ。

雨の少なかった年のことだ。冬から春に季節が移ろうかという時期だったと思う。地面はカラカラに乾いていて、森の樹木も草花もぐったりしていた。ニュースでは、二月の降水量が、例年の十パーセントにも届かないと言っていた。ダムの貯水量も激減していた。

三月も半ばになって、ようやく雨が降った。

そんな時に、雪代と森の中を歩いたのだった。数日前とは大違いの森の様子に、沙代子は目を奪われた。木々の緑の色が違った。濃い緑の葉をざわめかせる広葉樹は、梢から丸い滴をひっきりなしにしたたらせていた。林床の草花は垂れていた首をもたげ、雨に洗われた清澄な光を受けようと、土の中でぐっと足を踏ん張らせているように見えた。

乾ききっていた土はしっとりと濡れそぼり、柔らかで黒い豊かな土に変わっていた。きっと地面の下では、浸みこんだ水が休むことなく流れていることだろう。沙代子は、聞こえない音に耳を澄ませた。

そして何より、森の中の空気には、酸素がたっぷりと含まれていた。思わず深呼吸をしたくなるような濃い緑の空気だった。森が生き返った。まさにそんな瞬間だった。

「木も花も喜んどるわ」

雪代もそう口にした。

「お天道《てんと》さんからのもらい水や」朗らかに続ける。

ひんやりした木陰を歩き回りながら、沙代子に笑いかける。目尻にぎゅっと皺が寄る。

「な？　悪いことはいつまでも続かんもんよ。ぐるぐる回って何もかもええようになるけんね」

深い意味も考えず、沙代子は「うん」と答えたものだ。

あの時聞いた雪代の言葉は、折節に沙代子を支えてきてくれた。乾いた土を潤す雨のように、いつの間にか沙代子の中に沁み込んでいたのだった。自覚はなかったが、確かにそうだった。

山の中学校を卒業して、いよいよ祖母の家を離れて都会で暮らすという時、雪代がタンザワゴエから沙代子に会いに来てくれた。お別れに何もいいものがあげられないけど、と黒石茶の大きな塊《かたまり》をくれたのだった。あれを持って帰って、少しずつ削って飲んだ。最後のひと欠片《かけら》になった時、山の思い出に小瓶の中に収めた。何十年も保つという究極の発酵食品。あの欠片の中には、夥しい発酵カビが眠っているはずだ。小瓶を沙代子は大事にした。川田家に嫁いだ時も、持ってきた。

黒石茶をくれた時に、雪代がかけてくれた言葉を長い間、忘れていた。

「沙代ちゃん、元気でね。あなたができることは、あなたが思っているよりきっとたくさんあるよ。そのこと、忘れられんよ」

あの言葉を、美容院で鏡の中の自分に向かって言った。

不便な山の中で、知恵と工夫で乗り切っていた白井親子からもらったものは、たくさんあった。そのことをはっきりと思い出した。あの素朴な人たちは、沙代子に大いなる武器を与えてくれていた。

私はそれを十全に使いこなしてこなかった。できることはたくさんあったのに。自分は無知で無力で世間知らずだと思い込んでいた。家庭の中で料理をすることくらいしか能がないと思っていた。でも、それこそが強さだった。

まだやらなければならないことがある。やりかけたままでは終われないものが。でもどうやって続けたらいいだろう。一人でやり遂げることができるのだろうか。

思案しているうちに、沙代子は深い眠りに落ちていった。あの清々しい森の匂いがどこからか漂ってきたような気がした。沙代子はそれを胸いっぱいに吸い込んだ。柔らかで明るいものにくるまれ、多幸感が体を満たした。


翌日もその次の日も、川田の家からは、何も言ってこなかった。だから両親は、沙代子が離婚届に判を押して、あの家を出てきたことを知らない。もしかしたら父は何か勘付いているのかもしれないが、特にその話題には触れなかった。

母は、沙代子が身近にいることをただ単純に喜んでいる。沙代子はそうした母にぴったりと寄り添っていた。家を明け渡す日が近づいていて、ひたすら片付けに勤しんだ。忙しさが、千鶴の気を紛らわしていた。

父は、少し離れた場所に一軒家を借りる算段をつけていた。工場も家も差し押さえに遭ったことは、近所の住人には知られている。だから同じ町内には住みたくないと千鶴が言い張ったようだ。急いで探したこともあって、築年数が三十年以上経ち、しかもこの二年ほど空き家になっていたというみすぼらしい家だった。

その小さな家へ引っ越しをするタイミングで沙代子が戻って来たことは、よかったのかもしれない。今までの家とのあまりの違いに、母はひどく落ち込んでいた。家財道具を相当処分しないと、とてもじゃないけど入らない。その仕事を、沙代子は一手に引き受けた。事務処理で走り回る父にも頼りにされた。母は家具一つにしても、なかなか手放す決心がつかないのだった。

「まるで夜逃げするみたいじゃない」

そう言って嘆く母を説き伏せて、大方のものを処分させるのに苦心した。

そうしながらも沙代子は、テレビや新聞、ネットで陽向誘拐事件の続報を常に気にしていた。一時はマスコミも大いに騒いだようだが、今はそれほどではない。誘拐された本人が帰ってきたこと、地方で起こった事件であることから、ニュースバリューが落ちたとみえる。それでもローカルニュースでは、短い時間ながら取り上げられていた。それによると、警察は、誘拐の実行犯は鬼炎とみて、彼らを追っているようだった。陽向も、警察に対してそう言い張っているのだろう。

ここに紫苑がいれば、きっとまた楽観論を口にするに違いない。もう自分たちには捜査の手は伸びてこないだろうと。今、彼女はどこで何をしているのだろうか。きれいさっぱりこの一件のことを忘れて、歓楽街のキャバクラで気楽に働いているのか。それとももうよその土地に行ってしまったのか。

彼女が乗っていったままのラパンはどうなったのだろうか。沙代子を陥れ、憎まれ口を叩いて去ったキャバクラ嬢のことなど、どうでもいいが、あの車は返して欲しかった。ラパンは俊則の名義になっているのだ。このままだと、紫苑は車泥棒ということになるのではないか。俊則が真相を知ったら、被害届を出すと息巻くような気がした。

その俊則から連絡がきた。引っ越し先の一軒家を、一人で掃除している時だった。離婚届は市役所に提出したと抑揚のない声が告げた。

「そうですか。お世話になりました」

「お前の荷物がまだ残っているから、取りに来い」

相変わらず横柄な口ぶりだった。

いらないからそっちで処分してくれと言おうとして思いとどまった。あの晩、持ち出せたのはわずかだった。これから必要になる衣服は持って帰りたい。管理栄養士の平本からもらった大事な本や資料もある。

「わかりました。取りにいきます」

素直に返事をした沙代子に満足した俊則は、通話を切った。迷った末に、母ではなく父に電話をした。川田の家に行って来ると伝えると、父はほっとしたようだった。

「それがいい。うちのことはもういいから、俊則さんとよく話し合ってきなさい」

父は、沙代子が離婚したことにまでは思い至らないのだった。俊則との間に何かがあったとは察しているだろうが、よもや離婚までする勇気は娘にはないと思っている。今までの沙代子なら、そう思われても仕方がない。

借家から外に出ると、もう日は暮れかかっていた。きちんと戸締まりをし、鍵を父に言われた通り、裏手にあるバケツの下に置いた。それから電車とバスを乗り継いで、川田家まで行った。家に近づくにつれ、どんどん気が重くなった。沙代子が来るとわかったら、子どもたちも揃って待っている気がした。好奇心丸出しの傑と美晴の顔が浮かんできた。

最寄りのバス停で降りた時、ラパンに乗ってこない沙代子を俊則は不審に思うだろうということに思い至った。離婚したのだから、車は返せと言うに決まっている。それもあって、沙代子を呼びつけたのかもしれない。

ますます足が前に進まなくなった。顔を上げると、少しだけ明るみを残した空に、星が一つだけ見えた。周囲は暗くなって、家々の窓から明かりが漏れてきている。道が緩くカーブした先に、川田家が見えてきた。道を挟んだ正面は児童公園だ。公園の前の街灯が、川田家の門柱を照らしていた。沙代子は大きく息を吸い込んだ。

その時、児童公園に動くものがあった。こんな時間まで子どもが遊んでいるとは思えない。目を凝らすと、街灯の後ろに男が立っているのが見えた。一人ではない。少し後ろのベンチのそばにも一人。彼らは暗闇の中で川田家の様子を窺っているようだった。暗くて容貌はよくわからないが、どう見ても穏やかな表情には見えない。悪意や害意を含んだ、要するにその筋の輩だ。鈍い沙代子にも、それだけはわかった。

足が止まった。冷たい戦慄が、つま先から這い上がってきた。

――沙代子さんはね、その計画が立てられた時から行動を調べ上げられてたんだよ。

陽向の声が蘇る。

私がこの家を出たと知らない何者かが、私を狙って探っているのだ。瞬時にそう思った。若村組か鬼炎か、どちらにしても彼らは手にするはずだった三千万円をまだ諦めていない。当然だ。プロの犯罪組織にとって、あれは重要な収入なのだ。沙代子は唇を噛んだ。自分のように、偶然転がり込んできたものに欲を出したのとは根本的に違う。あいつらの執念を甘く見ていた。彼らは決して諦めない。陽向が策を弄《ろう》してあれを持ち去ったなどとは思いもよらない奴らは、心当たりのある者をつけ狙っているのだ。

光洋フーヅファクトリーの総務部長の妻の沙代子が、この件に関わっていたことは、少なくとも若村組には知られているのだから、ここを突破口にしようとしても不思議ではない。いや、もしかしたら紫苑がすべてを私になすりつけたのかもしれない。

ほんの数秒の間に、それだけを考えた。それからそろそろと後退した。夜の住宅街は、行き交う人も車も少ない。おかしな動きをしたら、勘付かれる。カーブの先まで戻れば、あちらから見えることはないと踏んだ。緩やかに下っている歩道を、沙代子は後退した。男から目を離すのも怖かった。しかし動作の鈍い沙代子には、後ろ向きに歩くということは難しかった。歩道に落ちていた小枝に足を取られ、見事にひっくり返ってしまった。

声は出さなかった。必死でこらえたのに、物音で気づかれた。児童公園から男たちが飛び出してくるのが見えた。一人、二人、三人いる。急いで立ち上がった。そして公園に背を向けると、一目散に走り出した。背後からの足音が、どんどん近づいてきた。

足はもつれ、心臓が早鐘のように打ち始める。自分の呼吸音で何も聞こえなくなる。必死に走っているのに、歯がゆいほど進まない。助けを呼ぼうにも、喉が潰れて声にならない。とにかく足を動かした。

後ろから腕をつかまれた。「ヒッ」と小さな叫びが出た。つんのめったが、怖くて後ろを見られなかった。ダダダダッと足音が横を通ったと思うと、もう一人が沙代子の前に出た。大柄な男が沙代子に向かって手を伸ばしてきた。それだけで、もう体は硬直してしまう。三人の屈強な男に取り囲まれたのだった。

その時、前から車が走ってきた。通り過ぎると思われた車は、そのまま歩道に突っ込んできた。沙代子の前に立ちふさがっていた男が撥ね飛ばされた。一回、ボンネットの上にドンと乗り、ずるっと落ちた。それに驚いたのか、沙代子の腕をつかんでいた手が離れた。車は一回バックして、それから沙代子の横につけた。その時になって、車がラパンだと気がついた。ピンクのラパン。

いきなり助手席の窓が開いた。

「早く！」

誰かが叫んでいる。

「早く乗って！」

考えている暇はなかった。沙代子はラパンの助手席のドアを開いて飛び乗った。ドアを閉める前に、車は発進した。タイヤが派手な音をたてた。

窓の向こうで、歩道で立ち上がる男と、車を追いかけてこようとする男二人が目に入った。入った途端に、それは後ろに流れていった。ピンクのラパンは、沙代子が来た道を戻っていった。激しい鼓動はいつまでも止まらない。シートベルトを締めるように促す警告音が車内に響いている。とにかく座ってシートベルトをしないと、と思い直した。沙代子は、助手席に後ろ向きに蹲《うずくま》っているのだった。きちんと座って、ようやく運転席を見た。

わかってはいたが、運転席には紫苑がいた。横目でちらりと沙代子を見はするが、一心に車を飛ばしている。少しでも遠くへ逃げたいと思っているようだ。

「誰なの？　あの人たち。なんで私を？」

まだ息は上がっているが、ようやくそれだけを口にできた。喉の奥がひりついている。紫苑は真っすぐ前だけを見詰めて怒鳴るように言った。

「たぶん、ヤクザだろ。知った顔があの中にいた気がする。こないだの作戦で金が手に入らなかったから、頭に血が上ってんの！　光洋フーヅファクトリーの中の跡目争い？　違う。後継者争いで、社長の側についてるからね、あいつら。でもヤクザの目当ては結局金だよ。誰が社長になろうが関係ない。金になる方につくんだ。陽向が金を持ち逃げしたって私は何度も説明したのに、それを信じない。社長の娘が自分の身代金をガメるなんて、あり得ないって思ってるんだ。つまり、行動を共にしていた私と沙代子さんはグルで、三千万円はまだ私たちが持ってるっていう結論に達したわけ。それを隠すために、陽向に罪をなすりつけてるって」

エンジン音に負けないくらいの大声で怒鳴って、紫苑は両方の鼻翼をぷっと膨らませる。乱暴な運転に右に左に揺られながら、沙代子は考え込んだ。一度は、三千万円を隠し持っていた紫苑と沙代子だ。あれを自分たちのものにしようとしていたのも事実だ。若村組は親の許に戻った陽向の言い分を信じて、紫苑と沙代子を標的にしたということか。

「防犯カメラに映ってたのは、沙代子さんだって見当をつけたんだ。そんで陽向の言うことを全面的に信じたんだろ。ほんと、ヤクザって頭悪いよね」

ということは、また紫苑と私は逃げ回らなければならない立場に追い込まれたってことだ。さっきの襲撃は、そういう理由だったのか。

「あの子ら、あんだけの金をガメといて、澄ましてだんまりを決め込んでんだから。まったく。たいした高校生だよ！」

紫苑は怒り心頭だ。従姉妹どうしの高校生に裏をかかれたのが、よっぽどくやしいのだろう。紫苑は助手席に顔を向けた。開け放った窓から入ってきた風が、紫苑の髪を逆立たせている。

「とにかく鬼炎もヤクザも、誰も彼もが三千万円にのぼせ上がってる。足の引っ張り合いだね。みんなでババ抜きをやってんだよ。警察も動いてるし、もう何が何だかわかんない」

陽向が明かした光洋フーヅファクトリーの内情といい、事態は入り組み、絡み合い、混沌としている。挙句の果てに、沙代子まで若村組の連中に襲われてしまった。自分もその渦中にいるということを、ここにきてはっきりと自覚した。

唖然としたままの沙代子に向かって紫苑は手を伸ばしてくる。肩をつかまれ、揺さぶられた。

「いい？　この中の誰かがジョーカーをひくんだ。でも、それは私たちじゃない」

私たち？

「どういうこと？」

「つまり、まだ私たちにもチャンスはあるってこと。沙代子さん、三千万は山分けだよ」

紫苑は手を離してハンドルを握り直すと、ぐっとアクセルを踏み込んだ。いつかと同じだ。がくんと首をのけ反らせながら、沙代子は歯を食いしばった。両側の風景が、後ろに飛び退《すさ》っていく。

これも前と同じ光景。

「いいわ！」

きっぱりとした沙代子の返事に、紫苑は愉快そうに笑い声を上げた。

この状況を解き明かす糸口を、私は一つだけ持っている。それに賭けるしかない。ラパンは夜の街を疾走していった。初めて紫苑と会った晩と同じに。

10

我が物顔でラパンを運転する紫苑は、我が物顔で使用している元養父の家に乗り入れた。竹藪を背負った平屋の一軒家。

「こんなショボい家でもあってよかったでしょ」

相変わらず口は悪い。竣が留守番をしていた瀬良邸のことは、陽向が口を閉ざしているらしく、警察にも知られていないと紫苑は言う。

「だけど、組の連中や鬼炎はどうだかわかんない。あいつらは、警察とはまた違うアンテナを持ってっからね。こっちの方が安全だよ。陽向にも場所を教えてないし」

それにギリシャに行っていたマダムがもうそろそろ帰って来ると竣に連絡してきたらしい。その竣も、こっちの家に戻って来ているという。

紫苑はラパンを目立たない場所に停めた。そのまま動こうとしない。

「ありがとう。助けてくれて」

紫苑は沙代子の顔を見もしなかった。

「別に助けたわけじゃないよ」ぼそりと言う。

「車、こっそりあんたんちのガレージに返しとこうとしただけだよ。光洋フーヅファクトリーの総務部長さんの住所は、ヤクザに聞いてたから。車、盗んだと思われたらアレだからさ。そしたら偶然、襲われてる沙代子さんを見つけたってわけ」

シートベルトを外そうと身をよじっていた沙代子は手を止めた。

「これ、主人の車なの。それにもうあの家は私の家じゃない。さっき離婚届に判をついてきたから」

紫苑は、ようやく沙代子の方を見た。唇がちょっと開いてまた閉じた。道路に一本だけ立っている街灯の光が、車の中を薄ぼんやりと照らしていた。

「そうなんだ」

あんたもいろいろあるんだね、と顔に書いてあった。嘲笑うかと思ったら、つとうつむいた。自分の膝を見ながら話し始める。

「初めの時のことは、陽向が言った通りなんだ。私は借金が嵩《かさ》んで、ヤクザから持ちかけられた話に乗ったってわけ。あんたの車とわざと接触事故を起こして、それをネタに脅し、決められた場所まで連れて行くって流れだった。うまくやれば、借金の額を半分にしてやるって話だったから。簡単なミッションだと思ったよ。それで借金が減るならラッキーって思ったね」

紫苑は、薄いスカートの生地を両手で弄んだ。短いスカートの下から、レギンスを穿《は》いた両脚が突き出していた。

「あんたが誰かも、どんな事情で連れ去られるのかも知らなかった。そんなこと、訊く気もなかったよ。目の前の借金のことばっかり考えてたから」

スカートの生地は、ぐちゃぐちゃと掻き混ぜられ、皺だらけになっていく。

「ところが、私のちんけな借金が吹き飛ぶくらいの現ナマが目の前に現れたわけ」

それで事情がすっかり変わったのだ。紫苑はそれを横取りしようと持ち掛けた。どんな由来の現金かもわからないのに、コロリと気持ちが変わったのだった。無謀で雑な計画だった。本当は、山分けなんかする気はこれっぽっちもなかったのだと、紫苑は正直に語った。

「こんなトロそうなオバサン、どっかでまいて、さっさと逃げようと思った。その機会をずっと窺《うかが》ってたんだけど……」

ところが事態はさらに複雑で混迷を極めることになった。竣に会いに行ったところが、陽向まで乱入してきた。防犯カメラの映像が流れたことで、身代金を横取りしたことが陽向と竣にバレた。鬼炎や警察からも目をつけられた。

「もう何がなんだかわかんなくなっちゃったんだけど、とにかく私はあのお金だけは欲しかったんだ」

まったく欲のかたまりだよね、と紫苑は自嘲ぎみに笑った。

「逃げればよかったじゃない」

ぽつりと沙代子は呟いた。下を向いたままの紫苑の目がわずかに見開かれた。

「あなたの言う通り、私なんかすぐにまけたわよ。さっさとここに隠しておいたお金、持って逃げればよかったのに。なんなら竣さんと二人で。あの時、ちらっとそんなことも言ってたじゃない。私なんか、おろおろするだけで追いかけられないわよ」

紫苑は小さな声で「そだね」と答えた。

「でもさ、警察より鬼炎やヤクザが怖かったし。あいつら、執念深いってこと、よくわかってた。

後でヤクザとつるもうとしたけど、陽向に出し抜かれるしさ。あのドジのお陰でヤクザはカンカンで、借金の額減らしてくれるって話もおじゃんになるしね」

おまけに俊則の拒否で、私の人質としての価値はなくなった。特に心を動かすことなく、沙代子は思った。薄闇の中の紫苑をじっと見た。この人はこの人で、必死で足掻《あが》いていたのだ。それがよくわかった。

「竣と逃げる気も失せたよ。あんな腰抜けだとは思わなかった。あいつのために借金こしらえたのに。ホスト通いで憂さ晴らしするなんて、ほんとバカだったよ。それがわかって、うんざりして、途中でヤケクソになったんだ。あそこの家にいる間は、豪勢な生活ができたしね。陽向はいたけど、なんか居心地よかった。それに――」

「それに？」

「それに、沙代子さんの料理、美味しかったしね」

紫苑はぎこちない笑みを浮かべた。思いのほか、子どもっぽい笑みだった。沙代子は手を伸ばして、紫苑の腕をポンと叩いた。

「行きましょう。まだやれることはあるわ」

二人揃って、シートベルトを外した。ドアを開けて出ていく紫苑に再び声をかけた。

「今日は助けてくれてありがとう」

紫苑は何も答えず、背中を向けた。ぴんと伸びた紫苑の背中を見ながら、沙代子は砂利を踏んだ。家に近づくにつれ、紫苑の歩き方が大股で乱雑になってきた。背筋がさらに伸びてきて、同時に力が漲《みなぎ》っていくような気がした。こうやって虚勢を張ることが、紫苑のやり方なのだろう。それが本物の強さを作り上げるのだ。

家の中の一番奥まった台所だけに電灯が点いていた。手前の居間に竣が膝を立てて座っていた。居間の電灯は消えているので、手にしたスマホの光だけが、彼の顔を照らし出していた。

紫苑がずかずかと入っていくと、竣はスマホから顔を上げた。青白い光にぼうっと浮き上がった顔には、怒りとも疲れとも諦めともつかないものが見て取れた。

「なんだってこんなに暗くしてんのよ」

紫苑が壁のスイッチを押した。天井から吊り下がった蛍光灯が、またたいて点灯した。竣は目を細めた。

「ここに人がいるって知られたくないんだよ」

「へっ」

紫苑はドスンと畳の上に腰を落とした。スカートがひらりと浮き上がり、レギンスの脚が胡坐を組んだ。

「何をそんなにびくついてんの？　ここは私のパパの家なんだから、堂々としてりゃいいのよ」

「そういう問題じゃない」

紫苑の後から入ってきた沙代子を一瞥してから、竣は小さな声で反論した。

「ここが誰の家かなんてどうでもいい。俺たちは狙われてんだ。ヤバい奴らに」

「若村組か鬼炎か、でしょ？」

「少なくとも若村組は俺を探してる。シルバーフォックスのオーナーから聞いたんだ。ホストクラブに来たって」

「オーナーは鬼炎とつながってんじゃなかったの？　助けてもらえばいいじゃん」

他人事《ひとごと》のように紫苑は軽く言った。

「鬼炎がドジった奴を助けたりするもんか。俺がヤクザにギッタギタにされるのを黙って見てるさ」

「それか、鬼炎が先にあんたを見つけてギッタギタにするか」

紫苑はさらに冷たく突き離し、竣は悲痛な声を絞り出した。

「どうしてくれるんだよ。こんなふうに逃げ回るしかないのかよ」

「さあ。逃げられるかねえ。あいつらから」

からかうように言ってから、すっと真顔になった。

「私だって超ヤバいんだから。ヤクザたちは怒り狂ってる。あの金を奪って借金を返すつもりだったから、奴らもそれを当てにしてたわけ。ところがどう？　陽向の奴、自分が金をガメたことは隠し通してる。結局私が嘘ついて、若村組をはめたことになってんの。金は手に入らないし、もう最悪だよ」

歓楽街を仕切る暴力団の幹部連中にまで話が通って、紫苑も逃げ回っているんだと説明した。

「そりゃ、ヤバいな」

竣は、やや同情したようだ。

「フーゾクで稼げって言われるなら、まだましな方だよ」

紫苑は恐ろしいことを軽い調子で言う。

「この沙代子さんだって――」

突っ立ったままの沙代子を顎で指した。

「さっき、自分の家の前で襲われたんだよ」

「え？　嘘だろ？」

竣がぽかんとした顔を向けてくる。

「ほんとだって。若村組の奴ら、沙代子さんを絞め上げて金のありかを吐かせるつもりだったんだよ」

そう言われて、沙代子はまた震えがきた。ヤクザの目的はそういうことだと、紫苑の説明を聞かなくても容易に想像がついたはずなのに、今頃実感するなんて。まったく自分の鈍さには、歯噛みをしたい思いだ。立っていられなくて、台所にあった丸椅子にストンと座った。

「でもそこを紫苑さんが助けてくれたの」

それだけは口にした。頭が何とか回転し始めた。いろんな道筋が見えてきた。

「やっぱり、あなた、車を返しに来たんじゃないでしょ？　ヤクザの動きを知ってあそこに来てくれたのよね？」

紫苑は、首をすくめてみせた。

「つまり、あれよ――」頼りない光を投げかける蛍光灯を一度見上げた。

「蛇の道は蛇、だよ」

やっと正しく憶えた言葉を口にする。

「なんだよ、それ」

竣の突っ込みに、力なく笑う。

「バタフライで働いてる子が小耳に挟んだって教えてくれたの。歓楽街は若村組ががっちり押さえ込んでっからね。その幹部が店に来て、しゃべってるのを聞いたんだって。沙代子さんをとっつかまえるって」

偶然、同郷の子がバタフライに入ってきて、紫苑は何かと面倒をみてやっていたのだという。いがみあうキャバクラ嬢の中で、珍しく連絡を取り合っている相手らしい。元々の出身地がどこかは、紫苑は言わなかった。

「何せ、沙代子さんは光洋フーヅファクトリーのお偉いさんの奥さんなんだからさ。初めっからあんたはヤクザが狙いをつけてたんだし、帰って来るのを見越して待ち伏せされたんだよ」

——お前の荷物がまだ残っているから、取りに来い。

俊則までグルだったら？　血が引く思いだった。別に彼に全幅の信頼を寄せていたわけではないが、もしそうだったとしたら、紫苑の言う通り、私は相当お目出度い人間だ。愚図で間抜けだ。自分を自分で罵倒した。するとなぜか気持ちがすっきりした。怖いことは怖いけど、このまま縮こまっているのは嫌だった。

「そうだと思った。あんな場面で都合よく紫苑さんが現れるなんておかしいよね。偶然なんて、そうそうないわよ」

無理やりに自分を奮《ふる》い立たせた。とにかく、最悪の事態は避けられたのだ。ここにこうして逃げて来られた。

「ま、ここにいれば当分は大丈夫でしょ」

竣が同調できないというふうに首を振るのを、紫苑は無視した。

「そうね。まずは腹ごしらえをしましょう」

さっと立ち上がった沙代子を、竣は信じられないといった表情で見上げた。

「そうそう。途中で買い物してきたんだよ」

紫苑が居間の入り口まで提げてきていたレジ袋を取りにいった。

「よくものが食えるな」

「沙代子さんに任せてたらいいよ。食材がなくなれば、そこらへんのもんを取ってきて、サバイバル食を作ってくれるよ」

カカカと笑う紫苑に、竣は「俺はいいよ」と暗い顔を伏せる。

「しゃんとしなよ、竣。ビビってても始まんないっしょ」

竣はため息をついて、立てた膝の上に顔を伏せた。

「もうだめだ。そのうちここも突き止められるに決まってる。瀬良さんも来週には帰ってくるんだ。あの家の中を見たら、怒り狂って警察に訴えて――、そしたら俺が誘拐事件に関係していたことまで調べ上げられる。鬼炎の手先だって思われるかも。オーナーを通して頼まれただけなのに」

「どうしてあんたはそうマイナス思考なんだよ」

紫苑は、丸くなった竣を横ざまに蹴った。竣はギャッと声を出して倒れた。

「いい？　このまま陽向のいいようにはさせない。あの子から三千万をきっちり取り戻す。陽向だって、弱みはあるはずなんだ」

どうして紫苑はこんなに前向き思考なのだろう。沙代子は感嘆の目で、いきり立つキャバクラ嬢を見た。

紫苑は、倒れた竣の襟首をつかんで引き起こした。

「陽向は、一時はあんたにぞっこんだったんだからさ。もう一回その気にさせて――」

「あー、ムリムリムリ」

竣は頭を抱えてしまった。

「ケッ！」紫苑が手を離すと、竣はドタンと畳の上に落ちた。

「この役立たず！」

振り返りざま、「沙代子さん、早くご飯、作って」と怒鳴った。気分次第で家政婦扱いだ。もう腹も立たない。沙代子は流しの下から片手鍋を取り出した。裏の倉庫も開けて入り、目ぼしいものを見つけてきた。鍋をかけ、火をつけ、食材を刻む。味見をする。一連の作業が、沙代子に力を与えてくれた。

三十分後には、三人で卓袱台を囲んでいた。

「今日は韓国料理？　やったね」

単純明快な紫苑は機嫌を直してホクホク顔だ。青白い顔の竣は、箸を取ろうともしなかった。

「食べなさいよ、竣。残すんじゃないよ」

紫苑は豚肉のプルコギを、竣によそってやった。竣はしぶしぶ箸を取った。口に運びはするが、すこぶる不味《まず》そうな顔をする。

「辛さがきいてるじゃん。本場の味って感じ」

「コチュジャンがなかったから、味噌と醤油と唐辛子と砂糖で代用したの」

味噌は倉庫の中に仕込んであったもの。唐辛子も枝つきのまま、天井から吊るして干してあった。

「これ、何？」

紫苑に問われて「キムチチゲ。これにもその代用調味料を使ってる」と答えた。

「これはナムル。鶏のささ身ともやしで作ったの。練り辛子で味付けしてみた」

庭の隅で採ったスベリヒユを茹でて緑を加えた。

「どんどん食べなさい。こんなにあるんだから」

紫苑は、わざと母親が子どもに言うような口調で竣に勧めた。

「いつ食べられなくなるかわかったもんじゃないよ」

脅しも入る。竣は、押し問答をするのが面倒くさくなったのか、皿に載《の》せられたものを黙って食べた。

「ああ、満腹だ」

料理を食べ尽くし、紫苑は両手を後ろについてのけ反った。

「ほんとに沙代子さんは料理がうまいね、ねえ、竣」

隣に座った竣の背中をドンと叩いた。竣は「ゲホッ」と噎《む》せた。

「ああ、ごめん。力、入れ過ぎた」

「俺はもういい」

竣は皿を押しやった。食べ残したナムルが少しだけ載っている。

「さてと」

紫苑がのけ反ったまま目だけを動かして竣と沙代子を見た。

「これからどうするか、作戦を立て直さないと」

「こんなになったら作戦も何もないだろ」竣は恨みがましい顔で紫苑を見やった。「俺がどんだけひどいことになってるか――」

「竣さん、一つ訊いていい？」

竣の言葉を沙代子が遮った。卓袱台の向こうの二人が、沙代子の方を向いた。ここで沙代子が発言するなどと思ってもいなかったという顔をしている。

「訊くって何を？」

紫苑は訝《いぶか》しそうに首を傾《かし》げた。

「ヒカゲランのこと」

「何ランだって？」

「ヒカゲラン」

目を細めた紫苑に、噛んで含めるように言う。紫苑はさっと首を回して、竣と顔を見合わせた。竣も不安げな表情だ。

「瀬良さんところの温室にあった花」

ようやく紫苑は「ああ」というふうに頷いた。

「沙代子さんが全滅させた花だよね。あれも食べられるんだったっけ。それがどうしたの？」

自分が仕切ろうとしていたところに、沙代子が口出ししたものだから、やや苛立っているようだ。

しかし沙代子は揺るがない。

「あれを温室で育ててたのは、瀬良さんじゃない。あなたよね」

竣を真っすぐに見詰めた。竣は、ちろりと舌を出して唇を舐めた。韓国料理の名残《なごり》を味わっているというわけではなく、言い淀《よど》んでいるふうだ。

「ヒカゲランを何に使うために育ててたの？」

「は？　意味わかんねー」

それだけを口にして、竣は顔を背けた。

「え？　竣もあれを料理に使おうって思ってたわけ？」

紫苑は、自分の思い付きに肩を揺らして笑った。

「何ができるの？　あれで」

「薬よ」

沙代子の口から思いもよらない言葉が漏れたことに、紫苑は面食らった様子だ。一瞬言葉に詰まった後、問うた。

「薬って何の？」

竣が顔を伏せた。顔を伏せはしたが、上目遣いで沙代子を窺《うかが》っている。にわかに自信の片鱗のようなものを覗かせ始めた中年女に警戒心を抱いているのだ。

「人の心を殺す薬」

竣の肩がすっと持ち上がった。そのわずかな動作に、沙代子は目を凝《こ》らした。

「あなたは薬の原料を、あの家で作っていたんだわ。瀬良さんは温室で育てる植物なんかには無関心だったから」

「意味わかんねー」

竣はもう一回繰り返したが、先ほどよりも弱々しい声だった。紫苑が何か言うかと思ったが、黙ったままだ。彼女なりの鋭い勘で、これから語られることの不穏さを感じ取ったようだった。

沙代子はそれと悟られないように、息を吸い込んだ。この家の後ろに控える小高い山や竹藪や、荒れた庭や、道路の向こうの川からの匂いが混じった空気だ。かつては沙代子を励まし続けた匂い。あの四国の山の深い森に立っていた時のことが蘇ってきた。


白井親子から教わったことはたくさんあったが、ある時昭二から聞いたことは、特に強烈に記憶に残っている。

「大昔の話をしてやろかの」

昭二は前庭でゼンマイを干しながら、また土間で縄を綯《な》いながら、そばに寄ってきた沙代子に語って聞かせるのだった。

タンザワゴエの奥にあった鉱山が銀を産出して、産業として成り立っていた頃のこと。おそらくは江戸時代から明治時代にかけての頃だと昭二は言った。

多くの坑夫が狭い坑道に入り、手掘りで鉱石を掘り出していた。江戸時代、銀は幕府が厳しく管理していたので、実際に働く彼らの実入りは少なかった。それどころか、落盤事故や水やガスの噴出、酸欠などで命を落とす者も少なくなかった。半ば騙されて連れて来られ、死ぬまで働かされる。死ぬか体が不自由になって使役に耐えられなくなると、次の働き手を雇い入れるという具合だった。要するに坑夫は使い捨てだった。苛酷な現場から逃亡しようとしてとらえられ、私刑に近い罰を与えられる者もあった。彼らを長期間酷使するために、様々な工夫が凝らされたという。

「逃げず、恐れず、機械のように働かせるためにな。飼い殺しや」

昭二の語りに、幼い沙代子は震え上がったものだ。だが、耳は老人の言葉を拾い続けていた。恐ろしくも甘美な物語だった。家庭や学校では、決して語られることのない物語。特に子どもには。昭二は、そういう一般論や常識には縛《しば》られない人だった。雪代とはまた違った意味で、沙代子を一人前に扱ってくれた。

坑夫を効率的に使役するために、作り出された薬があった。それは鉱山の役人や経営に携わる者の間で密かに工夫改良されながら、長い間伝えられていた。もともとは山岳地を渡り歩いていた修験者からもたらされたものだと言われているが、定かではない。山の中で調達できる数種類の原料からなるもので、精製に係る分量や手順は厳《げん》に定められている。それを継承できるのは、ごく限られた人物である。それを用いると、鉱山労働者を動物のように働かせることができたのだと昭二は言った。

「沙代ちゃんや、想像してみ。かがんでやっと抜けられるかどうかの狭い穴を、奥へ奥へと進まならんのやぞ。地の底や。ところどころに置いてあるちろちろ燃える灯だけが頼り。息をするのもままならん。地熱で体は焼かれるよう。天井はいつ崩れてくるやらわからん。おかしな音がしょっちゅうしとる」

昭二の語りは絶妙だった。沙代子の頭の中には、ごつごつした岩肌や、曲がりくねった坑道、ところどころに現れる窪みで燃える小さな炎と煤《すす》、進むたび、足下に踊る不気味な影、どこからともなく響いてくるきしみ音などが、ありありと浮かんできた。

「追い込まれた穴の奥でツルハシやタガネを振るうて、辛い仕事をせないかん。そのうち、穴の形に体が歪んでくる。腰はかがんで、背中は丸まったまま――」

沙代子は怖気《おぞけ》を震う。坑道の奥で作り上げられる異形のものが、目の前に現れた気がした。

「そういう奴らを黙って働かせるためには、気持ちを殺す薬が必要なんじゃ」

「気持ちを殺す？」

「そうや。辛い、しんどい、怖い、苦しい、ひもじい、逃げたい。そんな気持ちを殺す薬よ」

黙り込んでしまった沙代子に、昭二はさりげない調子で畳みかける。

「そんなひどいとこで延々と働かされる奴らは、自分からその薬を欲しがるようになるんじゃ。そうせな、どうにもやれんけんなあ」

明治の時代になっても、坑夫を酷使するために、ヤマの経営者たちの間で重宝されたのだという。

「大昔のことやろ」

たまらず念を押さずにいられなくなる。

「そうや、昔のことや。鉱山も閉じてしもうたからな」

ほっと胸を撫で下ろした沙代子に、昭二はややもったいぶった咳払いをしてみせる。

「そやけどな、あの薬は今でもまだある」

作業をする自分の手元に目をやりながら、ぽつりと呟く。干しゼンマイを束ねたり、藁を木槌《きづち》で叩いたりする昭二が口を開くのを、沙代子は息を呑んで待った。

人の心を殺す薬は、あちこちの鉱山が廃れた後も、苛酷な現場で働く労働者に服用させたり、平常心を保つために用いられたりしつつ、細々と生き残っているという。各地に散った下財の末裔が、近代以降もそれを伝承しているらしい。

「民間薬ということで、規制も何もかからんで、いろんな用法に使われとるらしいわ」

そこで昭二は声を落とした。

「なんせ、人の心を殺してしまうのや。ロボットみたいに同じことだけ繰り返したり、他人を傷つけたりしてもどうも思わんような人間を作り出す。おまけに中毒性があるけん厄介や。もし――」

昭二はふと手を止める。

「もし、何回か薬を試したら、後はそれをくれる人間の言いなりや」

日が当たっていた向かいの山が翳《かげ》ったような気がした。沙代子はそこで、ふとあることに気がついた。

「おいちゃんは、その薬の作り方、知っとるん？」

「ああ、知っとる。だいたいのことは親父から聞いた」

半ば予想していた答えが返ってきた。

「親父はまたその親父から聞いたそうな。わしの先祖の中には、そういう薬を作れるもんがおったんやろ」

それから急いで付け加えた。

「もう今は作ってないで。書きつけたもんもない。あれは口で伝えられると決まっとった。原料だけは憶えとるが、もう詳しい調合の仕方は忘れてしもた」

現代には無用のものだから、雪代にも詳細は教えてないと昭二は言った。だが、その秘術を体得した元下財は他にもいる。今もどこかでこっそりと作られ、どういった目的かは定かでないが、使用されている。

「人の心を殺す薬を？」

「ええことに使われとったらええけどなあ」と昭二はのんびりと言った後、沙代子に向き合った。遠くに山から戻ってくる雪代の姿が見えた。

「あのな、沙代ちゃん。一つだけ教えといてやろ。あれを調合する時の仕上げには、どうしても必要なもんがある」

それがヒカゲランだと昭二は言った。正確に言うと、ヒカゲランの花粉だ。それを最後に混入しなければ効力を発揮しない。他の原料は保存がきく形で手に入るが、ヒカゲランの花粉だけは咲いている花から採った新鮮なものでなければならない。そう昭二は教えた。

――あれ、ヒカゲラン。まだ今もこんなにして咲いとんじゃね。かわいい花やけど……。

森の中であの花を見つけて、そっと手を差し伸べた雪代。彼女も父親から、その花粉の使い道を聞いていたに違いない。遠い昔の物語として。

昭二がどうしてあの時、沙代子にその話をして聞かせたのかはわからない。その後、二度と同じ話をすることはなかった。けれども感受性の強い時期の、困難な状況で耳にしたあの話は、沙代子の中にずっしりと根を下ろしていた。今も昭二の言葉を、一字一句間違いなく再現できるほど。

「じゃけんな、沙代ちゃん。ヒカゲランがたくさん咲いとるとこや、それを栽培しとるもんがあったら、気をつけないかん。そいつはその薬を使いこなす輩ということっちゃ」

そうやって念を押した昭二は、あまり恵まれているとはいえない沙代子の生育環境に鑑《かんが》みて、注意を促したのだろうか。

あの薬の通り名も教えてくれた。それは「甘露」と呼ばれていたと。

「人の心を殺す薬――って?」

紫苑がかすれた声で問いかけてきた。

沙代子は遠い四国の山中から、意識を引き戻した。十代の子どもから、四十六歳の今へと。沙代子は、ゆっくりと焦点を目の前の二人に合わせた。

「人間の感情を取り去る作用のある薬よ」

それこそ感情を込めず、平板な声で答える。落ち着き払った沙代子の態度に、紫苑が唾を呑み込むのがわかった。

「ヒカゲランを何に使うために育ててたの？」

もう一度、同じ質問を竣に向かって口にした。上目遣いに沙代子を見ている竣は、ぐっと唇を噛んだまま、答えない。

「あれの花粉があなたは必要だった」黙り込んだ竣の代わりに、沙代子は言った。

「ヒカゲランの新鮮な花粉が。あの薬『甘露』を精製するには、最後にあれが必要だったから」

「甘露」という言葉には、竣は敏感に反応した。片頬がぴくっと引き攣《つ》れる小さな動きを、沙代子は見逃さなかった。卓袱台の上に置かれた竣の二つの拳がぎゅっと握り込まれ、関節が白く浮き上がる。

「だから私があれを全部引き抜いた時に、あんなに取り乱したんだわ」

「あ、そうそう。あん時、竣はとんでもなく怒り狂ったよね。私もよくわかんなかったよ。たかが花がなくなったくらいでさ」

紫苑が竣の肩を突いた。竣は卓袱台の縁をつかんで、傾いた体を立て直した。紫苑は笑みを浮かべているのに、竣は真顔だ。

「鬼炎のリーダーはあなたね」

沙代子が淡々とした口調で言い放つ。竣は何も答えない。ただ鋭い視線は、沙代子をとらえて離さなかった。冷たい刃《やいば》だ、と沙代子は思った。さっきまで汗ばむほどだったのに、部屋の中の温度がすっと下がったようだった。沙代子は目を閉じた。手足は冷えて固くなり、吐く息が白くなっていくような幻想にとらわれる。

山の冬の朝。靴の裏が霜柱《しもばしら》を踏む感触。清澄な空気を切り裂くヒヨドリの鋭い鳴き声。

心細い思いを払いのけた。私はもう子どもじゃない。怯えて縮こまっていた頃とは、訣別したのだ。ゆっくりと目を開けると、竣の視線とまともにぶつかった。向こうも視線を外さない。卓袱台を挟んで、二人は静かに対峙していた。

先に言葉を発したのは紫苑だった。

「何て言ったの？　沙代子さん、今」

突拍子もない物言いに戸惑うというよりも、理解できないといった様子だ。途端に竣の表情が一気に崩れた。一瞬覗かせた非情な片鱗はさっと消え去り、柔弱な男に変わる。取り払われかけた仮面を、急いで貼りつかせたようだった。

「この人、俺が鬼炎のリーダーだって言ったんだ」

そしておかしくてたまらないというふうに、白い喉を見せて笑った。声にならない不快な笑いだ。

「え？　え？　竣が？　このヘタレホストが？」

ようやく意味がわかった紫苑も笑い声を上げげた。

「何でよー、沙代子さん。どっからそんな――」

笑い過ぎて言葉が続かない。二人は肩をぶつけ合って笑っている。沙代子は、笑い声が収まるのを静かに待った。

「ないない。絶対そんなのない」

紫苑は涙まで浮かべ、目尻を指で拭った。

「何だってそんなこと、思いついたんだか」

竣は笑いを畳み込み、すっと真顔になった。同時に不愛想そのものの顔になる。挑むような蔑むような表情。夜の世界で荒んだ生活を続ける男そのものにしか見えない。ころころとカメレオンのように変わるホストは、相手の出方を見ているのだ。すなわち、怯えと不安の裏返しということだ。冬の朝の森の入り口に立っていた、かつての私と同じだ。何も恐れることはない。

知らず知らず、ふっと微笑んでいたのだろう。竣は、相手の反応にぎょっとし、いきり立った。

「暇を持て余して、妄想の世界に飛び込んでんじゃねえの？　あの温室にあった花は、瀬良さんに頼まれて世話してただけなんだ。彼女、俺の大事な顧客だからな。彼女のお気に入りの花をおじゃんにされたら、怒るよ、そりゃ」

それが嘘だということは、隣家の細川から聞いた。瀬良は植物や温室に思い入れなどまったくなかった。あの温室の中の夥しいヒカゲランは、竣が世話をして咲かせていた。おそらく、あの温室の存在を知った竣は、瀬良に取り入ったのだろう。「甘露」を作るのに絶対に必要な花粉を採るために。彼こそは、あの秘伝の妙薬を作ることのできる人物ではないか。最初の疑念はあの時に生まれた。

温室のむっとする空気に包まれて、ヒカゲランを目の当たりにした時、昭二が教えてくれた物語がまざまざと蘇ってきた。

近代以降も個人経営のヤマでは、苛酷な労働と圧制、搾取が当たり前だったという。四国山地の銀山でも、肩入金《かたいれきん》と称する前借金をして連れて来られた坑夫たちは、低賃金とも言えない雀の涙ほどの給料から、前借金を返し続けるしかない。

カンテラを片手で突き出し、暗黒の地底へ下りていく。立て坑から間歩《まぶ》と呼ばれる坑道へ。曲がりくねった腸のような坑道を、時には這いながら進まねばならない。キリハに着くと、タガネと呼ばれる道具で一打ち、一打ち、鉱脈を求めて掘り進める。坑道崩落やガス噴出事故などで命を落とすことは、ごく身近なことだった。

逃げようにも逃げられない。坑夫が寝泊まりする納屋《なや》という掘っ立て小屋には、納屋頭《がしら》という仕切り人がいて、厳しく監視をしていたからだ。そこにあるのは恐怖と絶望、飢餓。

歯を食いしばってそれらの苦痛を甘受することが、坑夫にとって自らと自らの家族を守る精一杯の自衛手段であった。ほんのわずかの欲望も持たず、ただ機械的に掘り進めること。手にしたタガネにのみ力を込めること。そうでなければ、苛酷な労働と飢餓生活には耐えられない。とてもじゃないが、まともな神経ではやっていけない。そうやって、彼らの魂は風化し、廃人化していく。

そうした変化に力を貸したのが、甘露だった。それの起源はどこだったのか。時代と社会が巧みに作り上げた精神に作用する妙薬だ。よそから来た下財たちか、あるいは通りすがりの修験者が持ち込み、密かに坑夫たちの間で服用されていた。そのうち鉱山経営者が、従順でよく働く坑夫を得るために使用するようになったらしい。

どちらにしても、長い年月、山奥で脈々と伝えられてきたのだ。ヒカゲランも大切にされていた。

選ばれた下財たちが身につけていた秘儀。決して時代の表面に浮かび上がることのなかった薬。昭二は過去の物語として沙代子に語った後、甘露は現代まで生き残っているとも付け加えた。竣はそれを今に受け継いだ人物ではないか。

　沙代子は自分が立てた仮説を試すために、温室のヒカゲランを全部引き抜いた。あの時の竣の尋常でない怒りようや狼狽ぶりを見て、疑念はますます大きくなった。マダムに頼まれた花を台無しにされただけでは、あんなに苛烈な反応はしないだろう。

　あの薬を調合できるという人物は、本当に存在した。この人は、どこから秘儀を受け継いだのだろう。人の感情を奪う薬を使って何をしているのだろう。恐怖や後悔や逡巡や苦痛を取り払われた人間を、慎重に念入りに作っている？　それは何を意味するのか。あの時、沙代子は考え抜いた。

　答えは目の前にあった。

　――人間じゃない。まるでゾンビみたいだった。

　かつて鉱山で無限に従順に働く人間をこしらえるために作られた甘露という薬。それを扱える人物が、現代でこれの効力を使うとしたら――？

　犯罪集団を作ることも容易なのではないか。温室のヒカゲランは、様々なことを沙代子に伝えてきたのだった。

　その推察を、今、竣にぶつけた。竣は否定し、紫苑は笑った。突拍子もない言いがかり。あるいは中年女の世迷言《よまいごと》。それで片付けようとしている。しかし竣の目が、真に笑っていないのは見て取れた。ここまでは予想できたことだ。

「竣が鬼炎のリーダーだって？　鬼炎はこんなに私たちをひどい目に遭わせているっていうのに。

それが竣の仕業だってーの？　竣もあいつらを怖がってんじゃん。ね？」

また紫苑は思い切り竣の背中を叩いた。竣は体を折り曲げて「ゲホゲホ」と咳き込んだ。

冷ややかにそんな竣を見やってから、沙代子は言葉を継いだ。ここで退《ひ》くわけにはいかない。この人を追い詰められるのは、私しかいない。この家に着いた時、ポケットに滑り込ませた小瓶をぐっと握りしめた。もうほんの少ししか黒石茶が残っていない小瓶を。

「忘れ去られようとしている山奥の花を、なぜあなたは温室で大量に育てていたの？」

竣は答えようとはしなかった。怯みそうになる自分を励まして、先を続ける。

「あなたがそれを必要としていたからでしょう？　心が死んだ人間の集団を作るために」

家のすぐ裏で、鳥が鋭い鳴き声を上げた。それは長い尾を引いて夜の闇を切り裂いた。

「――それが鬼炎？」

紫苑の声は、囁きにしか聞こえない。彼女にも、沙代子が語ろうとしている意味、ことの重大さが伝わったかもしれない。彼女の動物的勘は鋭い。

「あんな花だけで――」

喉に絡んだ痰《たん》が邪魔をして、竣の言葉を詰まらせる。

「あんな花だけで、そこまで妄想するとはたいしたもんだ」

「そうね。そうかもしれない」

沙代子は一つ頷いて見せてから、次の仕掛けに取りかかった。

「あの時、引き抜いたヒカゲランの球根にはね、ある種の土壌菌がついていて、自ずと発酵するの。それが調味料になる」

「あ、それ、こないだ陽向にも説明してたね。そのへんてこな菌のこと。私はよく聞いてなかった。何？　それ」

いちいち沙代子の言葉に食いついてくる紫苑の横で、竣は忌々しそうに眉を寄せた。

「土の中にいる微生物。土で育つ野菜や野草には野生の様々な菌が付いているの。乳酸菌や酵母菌なんかが」

調理師をしている時に学んだことは、頭の中にある。それが沙代子の力になる。

「発酵っていうのは、それをうまく利用して――」

「何グダグダ言ってんだよ！」

とうとう竣が怒りを爆発させた。

「料理の話なんか、どうでもいい。俺は鬼炎から狙われてんだよ」

勢い込んで怒鳴ったせいで、竣はまた「ゲホッ」と噎せた。

「黙って聞いて。これは料理の話なんかじゃない」

相手が激するのに反比例して冷静になれる自分を自覚し、沙代子はしだいに自信を持ってきた。紫苑が竣の背中をさすりながら、不安げな顔を向けてくる。沙代子の妙な落ち着きが気になるのだろう。

「ヒカゲランの根っこを竹筒の中に入れて発酵させる。そうするとドロドロに溶けてくるの。もともと付いていた土壌菌に、もう一つ別の菌を加えてやることによって。そしてそれは調味料としても使えるわけ。味噌や塩麴と同じ原理で」

「ドロドロ？　うへ。それが調味料？　そんなもん、作るために、沙代子さんはその花を全部引き抜いたんだ」

　気味悪そうに目をすがめた紫苑が改めて問うた。

「そういうの、沙代子さん、どこで聞いたの？　そのう、甘露とかいう薬のことだけど」

「四国の山の中で。昔、銀の鉱山があった場所」

　視線は油断なく、竣に向けている。彼の一挙手一投足を見逃すまいと。竣は心の奥を悟られまいとするように、努めて無表情を装っていた。沙代子の視線をすっとかわして、横を向く。ただ耳は、鋭敏に沙代子の声を拾っているのは明らかだった。彼はこの先を聞かずにはいられないのだ。沙代子は自分を鼓舞した。

「甘露を精製できる人物は限られてるって聞いたわ。なぜなら、これは一般の人にとっては劇薬となるから。激しい副作用で廃人同様になるか、命を落とすか」

　竣は、表情を変えない。青白い顔に天井の蛍光灯の光が当たり、不穏な陰影を落としている。

「選ばれた特殊な体質の人にしか、この薬は調合できないし、扱えない。私はそう聞いた」

　紫苑は、隣で膝を抱えた竣を見て目を瞬いた。そしてそっと尻をずらして、黙りこくってしまった竣から距離を取った。平静を装った竣は、右手を筒のように丸めて口元に持っていき、また軽く咳をした。

「あなたがあれを手に入れたのは、そういう特殊な体質だったからでしょう。誰に教えてもらったのかは知らないけど。とにかくあなたは、あの危険な薬を自由に使える選ばれた人間ってことよね」

「そんで、その薬を飲ませたゾンビみたいな人間の集団を作り上げたってこと？　竣が？」

紫苑も陽向の話を思い出したようだ。

「くだんねえ！」

竣は吐き捨てるように言った。

「おい、いつまであんたの妄想に付き合わされんだよ！　珍しい花を育ててたからって、どうして俺がそんなおかしな薬を作ってるなんて決めつけるんだよ。いくらなんでも飛躍し過ぎだろ」

「だよね」

紫苑の口ぶりは、まるで自分に言い聞かせるようだった。

「甘露って薬を、あなたは完璧に調合できるみたいね。だけど、それの作り方だけでなくて、こういうことも教えてもらった？」

「あん？」竣は、挑戦的に顎を上げた。

「花粉を提供してくれるヒカゲランは甘露の仕上げには大切な花。だけどその花の球根を土壌菌の働きで発酵させたものは、甘露の使い手にとっては毒になるって」

「毒？」

初めて竣の顔に怯えのようなものが走った。

「そう。ヒカゲランは、どこに持っていって育てても、根には決まった土壌菌が付く。一種のカビね。山の人々は、その土壌菌を活性化させるために、別のカビ菌を加えて発酵させ、食べられるものにしたの。普段は調味料として使い、いざという時には栄養価の高い食料として重宝されたみたい。辺鄙《へんぴ》な場所では、手に入らないものがたくさんあったから。だけど――」

――じゃけど、そいつはな、甘露を扱える特殊体質の人間には、有害なんや。皮肉なもんやな。

いや、自然はうまいことできとるというべきかの。

あそこまで詳しく教えてくれた昭二には、感謝すべきだろう。退屈な山の日々で、慰みのように語ってくれたことを、沙代子はありありと思い出した。

「ヒカゲランを用いて薬を調合する人は、その根から作った調味料には、ひどいアレルギー反応を示すんですって。不思議よね。他の人には無害どころか、隠し味としての絶妙な調味料になるっていうのに」

じっと耳をそばだてていた紫苑が、はっとしたように目を見開いた。

「もしかして、沙代子さん、その根っこの調味料を、私たちの料理にも使った？」

「ええ」

迷いなく答えた沙代子を、竣が燃えるような目つきで睨んだ。沙代子は、竣を指差した。

「あなたの体に現れたじんましんは、ストレスのせいなんかじゃない」

また竹藪がざわざわと揺れた。黙り込んでしまった竣と紫苑は、その音にひたすら耳を澄ませているように見えた。これから起こる不吉なことの先ぶれを、どうにかして感じ取ろうとするように。

「あれはアレルギー反応だった。甘露を調合することのできる特殊体質の人間にだけ現れるもの」

竣の喉が「グッ」と鳴った。

11

「嘘でしょ。竣、ほんとなの？　沙代子さんの言うこと」

言いながら、紫苑はまたしても尻を動かして竣から離れた。

「お前――」竣の氷のような眼差しが、沙代子を刺し貫く。

「お前、何者なんだ？　お前もあれの調合を授《さず》けられたのか？」

紫苑が「ヒッ」と小さく叫んで跳び退《の》いた。卓袱台の上にあった食器がカチンと触れ合った。

「いいえ」

沙代子は落ち着き払って答えた。

「ただ甘露という薬の由来を聞いただけ。あなたのような特殊な体質は持ち合わせてはいないし、持ちたいとも思わない。危険な薬を使って犯罪集団を作り上げようとも思わない」

紫苑が沙代子の後ろに回り込んできた。

竣は、卓袱台の上にスマホを取り出した。それを操作するためにうつむくと、前髪がぱらりと顔にかかった。それだけで、さっきまでの竣とは別人に見える。

「嘘。あんたなの？　竣。鬼炎のリーダーって」

「ナイト・ドゥだ」

「何？」

「甘露じゃない。ナイト・ドゥって名前を、俺がつけた。クールな名前だろ?」

紫苑が背後で吐いた息が、沙代子の首筋にかかった。

「ゲームは終わりだ」残念そうに竣が言う。「なかなか面白かったけどな。地方の一流企業やヤクザを相手にするってのは。だけど複雑になり過ぎた。あれこれ思惑が入ってきたせいで、純粋なゲームが派閥争いになってしまった。つまらんオバサンに掻き回されて終わりっていうのも気に入らない」

「あなたのやってることは犯罪よ。何をどう言っても」

「沙代子さん」後ろから紫苑が肩をつかんでくる。「逃げよう」

「もう遅い」

竣は顔を上げて前髪を払った。

「ここにはもうすぐ鬼炎の連中がやってくる」

沙代子の肩をつかむ紫苑の手に、力が入った。

「あいつらにとっては、物足りない獲物だろうがな。キャバ嬢と中年女だなんて。だが仕方がない。さっさと終わらせて、別の街へ行かなくちゃなんないから。ゲームのやり直しだ」

「竣――」

「俺は先に出るよ。お前らがくたばるところを見物したってしょうがないからな」

両手を卓袱台についた。また咳き込んで、食器がガチャガチャと耳障りな音を出した。

「竣、その顔――」

紫苑が指を差した。指先は震えていた。

竣の顔は、ぼこぼこと赤く盛り上がっていた。じんましんだ。顔だけではない。竣は、自分の手の甲を見て、ぎょっと体を強張らせた。急いでシャツの袖をまくってみる。その間にもゲホゲホという咳が止まらない。咳に合わせて肩が上下に揺れている。シャツの下の腕が、醜い発疹に覆《おお》われているのを認めると、竣は苦痛に顔を歪めた。

その間も咳はますますひどくなり、立ち上がれないほどになった。

「あれを入れたの？　さっきの食事にも」

「ええ」

竣は胸を押さえた。小刻みに呼吸を繰り返している。

「瀬良さんの家では、この人が特殊体質かどうか試すために、ほんの少しだけ。でも今日はたっぷり入れたわ。この家の倉庫でも、ヒカゲランを発酵させておいたから」

混入を気取られないよう、中華料理や韓国料理など濃い味付けの料理にして、こっそり混ぜたのだ。この家の倉庫でも、竹筒の中の発酵はうまくいっていた。

陽向に渡すために三千万円を取りに、紫苑と二人でここの倉庫にやって来た。その時、沙代子はヒカゲランの根を入れた竹筒を一本、ここにも置いておいたのだった。まさかここで竣と対決するとは、その時は思わなかった。ただ石がぎっしり詰まったここの倉庫は、ヒカゲランの根の発酵に適しているような気がした。

ヒカゲランに元々付いていた土壌菌に加えたのは、黒石茶を発酵させる菌だった。昭二と雪代との別れ際にもらった黒石茶。あの黒い塊の小さな欠片《かけら》を、小瓶から取り出して竹筒に加えた。それはたちまち効果を発揮して、ランの球根を発酵させた。黒石茶を作り上げるために昭二が使っていた発酵菌は、万能の菌だった。

さらにこの倉庫に来た時には、沙代子はふと思いついて、倉庫の棚にあった輝銀鉱を埋め込んでおいた。銀山で生まれた黒石茶の発酵には、銀鉱石と親和性のある環境が合っていると昭二から聞いていたからだ。

目に見えない微生物を生活に取り入れ、飼い慣らしてきた山の民の知恵だった。その知恵は山の民が厳しい環境で生き延びるために、長い年月をかけて確立され、脈々と伝えられてきた。そして、それは辺境の集落に出入りする少女の耳にも入った。三十年以上前に得た知識が　沙代子を助けた。竹筒の中に入れた輝銀鉱の小石のおかげで発酵はより促され、素晴らしい調味料が出来上がった。甘露を扱うことのできる体質の持ち主には、害毒になる薬としても優れた効果を発揮した。

立ち上がることがかなわず、どうっと畳の上に横倒しになった竣を見ながら、手早くそのことを紫苑に説明した。

「パパのコレクションが役に立ったの、初めて見たよ」

紫苑の声は上ずっている。竣の体に現れた症状があまりに激しくて、動揺しているのだ。

竣は畳の上で仰向けに倒れて喘《あえ》ぎ始めた。真っ赤に腫れあがった額に、細かい汗の粒が浮いている。耳障りな呼吸音が居間を満たした。息が苦しいのか、竣は胸を掻《か》きむしり始めた。たらりと一筋、鼻血が垂れた。

呼吸器系障害に鼻咽喉炎、皮膚炎など、劇症なアレルギー反応だ。天井を見上げる瞳は、虚《うつ》ろだ。その視界に入る位置に、沙代子は移動した。背中にぴったり寄り添った紫苑もついてきた。

「どうして……」

それだけを竣は言った。その唇もぶくぶくと腫れつつある。瞼も同様だ。店のナンバー1を狙うホストという隠れ蓑は、もはや用をなさない。

「竣は、どうなるの？」

「死ぬわね。このままだと」

紫苑が背中で「ヒュッ」と息を吸い込んだ。

「そのうち、喉が詰まって息ができなくなるはず。内臓も溶《と》けだすと思うわ」

竣はあんぐりと口を開いた。天井を見上げる両目も口も、真っ黒な空洞だ。この人の本質はこれだった。

「あなたに甘露のことを教えた人は、アレルギーのことまで伝えなかったの？　それともその人も知らなかったのかしら」

苦しむ竣を見下ろして、沙代子は問いかけた。竣は血泡を吹いたきり、答えない。垂れさがった瞼の奥の目には、苦痛と絶望、恐怖の膜がかかっていた。古来の秘薬を使って、他人の感情を取り上げていた男は、彼らから奪い取った負の感情すべてを自分で体現していた。沙代子は、すっかり容貌の変わった竣に向かって微笑みかけた。

立場は逆転した。鬼炎に二人を始末させようとしていた組織のリーダーは、今や始末されようとしているのだ。彼はそのことを自覚したようだ。

竣は胸を掻きむしっていた手を止めて、沙代子の方に突き出した。

「た、たすけ――」

「助かりたいの？」

冷たく言い放つ。竣はガクガクと首を縦に振った。喉が狭まったのか、ヒューヒューという呼吸音が口から漏れてきた。

「助けられるの？」

小声で尋ねた紫苑の方に、竣は顔を向けた。すがるような視線を送る。

「解毒剤がないこともないわ。アレルギーを抑える生薬がね」

「沙代子さん、持ってるの？　それ」

「まあね。でももう手遅れかもしれない」

二人のやり取りを、竣は必死の形相で聞いている。真っ赤に腫れた顔と相まって、まさに鬼のようだ。業火に焼かれようとしている鬼――。

「たのむ――」

竣は、ごく短い言葉しか口にできないようだ。

「死ぬのが怖いの？」

沙代子は冷徹に犯罪者を追い詰める。こんな場面に出くわすようなことが、自分の人生にあるとは想像できなかった。さらにここで自分がこんな力を発揮するとは思ってもみなかった。どこかで何かが変わったのだ。

「鬼炎のリーダーだと認める？」

竣は、答えの代わりに熱い息を吐き出した。また胸に手をやるが、掻きむしる力はもうないようだった。

「認めなよ、竣。死にたくないだろ？」

紫苑が一歩前に出てきた。竣は苦労して口を開いた。

「み、認める。だから――」

「あんた――死にたくないんだ」

紫苑が不思議そうに竣を見下ろした。他人の心を奪い取る工作をするくせに、この男には感情があるということが、理解できないというふうに。

その時、家の外に車が入ってくる音がした。紫苑が敏感に反応して顔を振り向けた。車のドアを開け閉めするいくつかの音が続く。複数人が降り立ったとわかった。砂利を踏む音がして、玄関引き戸が乱暴に開けられた。その間、紫苑と沙代子は身動きできずに、その場に立ったままだった。

何が起こったのか理解できたのは、土足のまま、四人の男たちが家に上がってきた時だった。スリムな体に黒ずくめの服装。鋭い眼光。ひと目見て、鬼炎の連中だとわかった。さっき、竣がスマホを操作して呼び寄せたのだろう。居間の入り口で、倒れた自分たちのリーダーを見た。それでも一言も発しないのが不気味だった。感情を抜かれ、本能だけで動くよう、デザインされた人間。

「沙代子さん！」

茫然と立っている沙代子の腕を、紫苑が後ろからぐいっと引いた。引っ張られるまま、沙代子は台所の勝手口から外に出た。短い渡り廊下を走り抜ける。竣が何かを叫んだようだが、そんなことにかまっていられなかった。圧倒的な暴力にさらされる恐怖に身が縮む。

「早く！」

紫苑は倉庫に逃げ込むつもりだ。それがようやく理解できた。幸いなことに、倉庫の扉は開いていた。さっき沙代子が食材を取りにいったままになっている。あの中に立てこもることができれば、何とか時間を稼げるのではないか。

だが倉庫に飛び込んだ途端、引き戸を男に押さえられた。とてもじゃないが、それを払いのけることはできない。力の差は歴然だった。沙代子が閉じようとする扉を、外から凄い力で押し開けようとする。若い男たちの体は、鍛えあげられているように見えた。何より怖かったのは、他人に害を与えることに、何の躊躇も迷いも覚えていないらしいというところだ。竣が甘露を使って念入りに育て上げた犯罪集団だ。

男の力で、扉はじりじりと開けられていく。引き戸に白いしなやかな指がかけられているのを、沙代子は絶望的な目で見た。

その時、指めがけて石が振り下ろされた。ガスッと鈍い音がした。紫苑が棚に並べられた石を使ったのだ。思いがけない反撃に怯んだ指は、するりと消えた。

「またこれが役に立ったよ。信じらんない」

石を掲げた紫苑が扉から目を離さずに、怒鳴るように言った。

傷ついた指は引っ込んだが、また別の指が扉にかけられた。今度は二人がかりだ。紫苑は果敢にその指にも石を振り下ろしたが、今度はうまくいかなかった。的を外した挙句、扉を全開にされてしまった。

考えている暇はなかった。沙代子も棚から紫苑の養父のコレクションを持ってくると、男たちに投げつけた。紫苑と二人で、手当たり次第に投げる。一つはまともに男の額に当たって、血が噴き出した。

「ギャッ」という悲鳴を上げて、男は蹲《うずくま》った。痛みは感じるんだな、と沙代子は思った。まさかここにこんな武器があるとは、鬼炎も考えていなかったろう。それでも倉庫に入って来ようとする男たちは脅威だった。この人たちは、もうすでに誰かを殺したことがあるのかもしれない。

紫苑と二人で、手当たり次第に石を投げ続けた。それが功を奏して、彼らがやや怯んだ隙に、紫苑は素早く扉を閉めた。閉めたといっても、内側から鍵がかかるわけではない。沙代子が引き戸を押さえている間に、紫苑が天井に渡してあった棒を下ろして、それをつっかい棒にした。アマチャヅルやドクダミを干してあった棒だ。

そこまでして、二人は床にへなへなと座り込んでしまった。息が上がってしまい、肩で呼吸をする。その間にも、引き戸は外からガンガンと叩かれている。何か道具を見つけてきて、それをぶつけているようだ。頑丈に見えた木製の引き戸は、今にも破られそうだ。

もうここまできたら、何の防御法も思いつかず、沙代子と紫苑は、コンクリートの床に腰を落としたまま、茫然とその様子を見ていた。まず貧弱なつっかい棒がポキンと折れた。引き戸が開かれ、男たちがなだれ込んできた。顔面を血だらけにしている者もいて、怖気を震った。沙代子は難なく男たちによって立ち上がらされ、引きずられるようにして外に連れ出された。倉庫の前には、自分たちが投げた夥しい数の石が転がっていた。

「触るな！　バカ！」

ささやかな抵抗をする紫苑も、同じように連れ出された。沙代子は、さっと男の手を払いのけ、一歩下がった。もちろん、そんなことで相手は諦めない。チッと舌を鳴らして手を伸ばしてくる。

沙代子は足下の石を拾い上げて、頭の上に持ち上げた。

唸り声を上げた男が石を叩き落とし、腕をねじり上げた。痛みに涙が滲んだ。腕は簡単に折られてしまうに違いない。それともその前に殺されるか。

その時、遠くでパトカーのサイレンが聞こえた。男は特に気にする様子もない。倉庫の入り口では、紫苑が派手に暴れている。鬼炎は、それを二人がかりで押さえつけようと躍起になっている。サイレンは、次第に近づいてきた。それも一台ではない。数台のパトカーが連なって来ているのだ。それに気がついた男たちは、つと動きを止めた。

紫苑も抵抗するのをやめて耳をそばだてているようだ。

「何だ？　あれ」

男の一人が言い、もう一人が首を振った。沙代子の腕をねじっていた力が緩む。とうとうパトカーは、この家の前庭に侵入してきた。それがはっきりとわかった。沙代子の腕は、自由になった。

「警察？　誰が――？」

紫苑が呟いた。さっきは倉庫に逃げ込むのに必死で、紫苑も沙代子もスマホの入ったバッグを放り出してきた。まさか竣が通報したということはないだろう。重度のアレルギー反応により、瀕死《ひんし》になっている男が。

考えを巡らせている間に、警察官が家になだれ込んできた。開け放たれた勝手口から、居間の様子が見えた。それを見た鬼炎たちは、脱兎《だっと》のごとく走りだした。勝手口を避けて、家の外を回り込み、自分たちが乗ってきた車へ向かった。が、怒号が聞こえてきたから、そこにも警察官がいたとみえる。しばらく前庭で騒々しい音がした挙句、「確保、確保」という声が聞こえてきた。四人とも捕捉されたに違いない。

沙代子は、振り返って紫苑と顔を見合わせた。体中の力が抜け、腰を落としそうになるのを、何とか柱に寄りかかった態勢でこらえた。勝手口から制服警官がやってきた。

「ここの住人の方ですか？」

「はあ、まあ」

紫苑が曖昧に答えた。警察官は、二人の様子と周囲とをさっと見やった。自分たちの格好を改めて見ると、ひどいものだった。紫苑は化粧が汗で流れ落ちて直視に耐えないし、沙代子はねじり上げられた方のブラウスの袖が、肩のところから引きちぎられて無残な様相だ。

「あの男たちに襲われたということですか？」

「そうです」

そこは間違いない。

「あそこに倒れている男は？」

「大変だ！」いきなり紫苑は声を荒らげた。「竣、死んじゃった？」

警察官を押しのけるようにして、勝手口から家の中に駆け込んだ。沙代子もその後に続いた。居間では三人の警察官が、竣の様子を窺っていた。一人は膝をついてかがみ込んでいる。竣は、小刻みな呼吸を繰り返しながら、目だけを動かして戻ってきた紫苑を見た。

「まだ生きてる！」

紫苑の言葉に、竣はびくっと体を震わせた。自分の状態が、「まだ生きている」というぎりぎりのところなのだと認識したのだ。

紫苑は竣のそばに膝をついた。自分が入れあげたホストの顔をじっくりと観察している。情けない腰抜けのホストだと思っていた男が、実は犯罪集団を束ねる悪党だとわかったわけだ。いったいどんなことを考えているのだろう。人間の怖さが身に沁みて慄いているのか。それともきれいに騙された自分に毒づいているのか。

紫苑は、くるりと振り返って沙代子を見た。

「沙代子さん、どうする？　こいつ、鬼炎のリーダーだって白状したから、このまま、見殺しにしちゃってもいいけどさ」

窓ガラスから、パトカーの禍々《まがまが》しい赤い回転灯が透けて見えた。紫苑の顔が半分だけ赤く染まっている。唇の端が持ち上がり、にやりと笑ったのがわかった。仰向けに倒れた竣は、逆にくしゃりと顔を歪めた。

「この男は、あなた方を襲った男たちとどう関係しているんですか？」

背後の警官に問われ、紫苑はもどかし気にそちらを睨みつけた。

「鈍いね、あんたら。この人は鬼炎のリーダーで、今は、ひどいアレルギー反応で死にかけてんの！　名前は桐木竣」

警察官たちが敏感に反応したのは、「鬼炎」という言葉か、「死にかけている」ということか、とにかく緊張が走った。紫苑は、沙代子に向き直った。

「ねえ、沙代子さん。こいつが死ぬのは全然かまわないんだけど、ここで死なれるのはちょっとね。パパから預かってる家だし。パパ、きっとヤな気分になると思うよ」

さらりと言い放った紫苑は、竣の肩口をちょっと小突いた。竣はされるままに体を揺らし、さらに顔を歪めた。苦痛と悲愴が入り混じった表情だ。

不撓不屈《ふとうふくつ》の精神の持ち主の紫苑は、いち早く立ち直ったようだ。この人はこうして、一人でやって来たのだ。たった十七歳の時から。沙代子は半ば尊敬の眼差しで、濃いアイラインが溶けて、黒い筋になり始めたキャバクラ嬢の顔を見ていた。

「救急車を要請します」

よく状況が呑み込めていないのだろうが、とにかく警察官の一人が外に飛び出していった。前庭も慌ただしくなった。捕捉した男たちが、鬼炎のメンバーだとわかったせいだろう。砂利を踏む足音が交錯し、パトカーが出ていくエンジン音がそれに重なった。警察無線に向かってなにやら怒鳴る声もする。

「署でお話を伺うことになりますが、まずは、パトカーの中へ」

残った警察官が、紫苑を立たせた。沙代子もろとも、家の外へ誘導しようとする。

「いいけどさ、先にこの人に解毒剤を飲ませてやってよ」

「解毒剤?」警察官の頭の回転が遅いのに、紫苑は苛立った。

「あんたらも困るだろ? 鬼炎のリーダーに死なれたら」

紫苑の声に合わせるように、竣もすがるような視線を送ってくる。膨れ上がった唇が開いた。唇が何かを言おうとしているが、何の言葉も出てこなかった。

その目の中に、明らかに恐怖とわかるものが浮かんでいる。おそらくこの男は他人を欺き、鬼炎のメンバーを道具のように操って、多くの人を傷つけてきただろうに、自分の命は惜しいのだ。たいして驚きもせず、沙代子は思った。

「解毒剤なんかないわ」

途端に、竣の顔に絶望が現れた。

「ヒカゲランの花粉を使って薬を作るこの人には、ヒカゲランの球根から作った調味料が重篤なアレルギー反応をもたらす。薬と毒は背中合わせってこと。だけどそれだけ。いずれ反応は収まるわ。死にはしない」

「本当なの？　それ」

紫苑に深く頷いて見せた。

「そう聞いたわ。ほら――」

竣の呼吸が落ち着いてきた。深く吸えなかった空気を取り入れた胸郭《きょうかく》が大きく膨《ふく》らんだ。

「現れ方は激しいけど、他のアレルギー症状と同じだって。おとなしくしていれば治るよ」

「本当だ」

「アレルギーを起こさせる調味料はね、甘露を調合できる人物を特定するための試薬なんだって、私に教えてくれた人がそう言った」

「竣は死なないの？」

「ええ。病院で点滴でもしてもらえば、すっかりよくなると思うわ」

竣の目尻から涙が一筋流れて、畳に沁みを作った。

「ああ――」紫苑は天井を見上げた。「ああ、びっくりした」

すっと視線を下ろして沙代子を見据えた。

「沙代子さんもはったりを言うんだね」

紫苑は驚き、呆れた顔をした。彼女はまた竣のそばに膝をつく。

「聞いた？　――そうだって。安心した？」

腫れた唇を、真一文字に閉じてしまった竣の上にかがみ込む。

「この世に偶然なんか、そうそうないと思うけど、あんたが好き勝手に犯罪集団を操って残酷なゲームをやってる時、そのゲームにたまたま沙代子さんが巻き込まれたのは、凄い偶然だったね。あんたが手に入れた秘薬のルーツと特徴を心得ている沙代子さんが、あんたの前に現れたってことはね。それがなかったら、こんな結末はなかったと思うよ」

それからさっと立ち上がって、冷たく竣を見下ろした。

「竣、ジョーカーをひいたのは、あんただ」


簡単に事情を聞かれた後、紫苑と沙代子は警官に連れられて外に出た。前庭にはびっくりするくらいの数の警察車両が停まっており、制服警官に加えて刑事や鑑識官らしき人々も入り乱れていた。道路には、騒ぎを聞きつけてやってきた近所の人が大勢立っていた。

紫苑は、煌々《こうこう》と明かりの灯った平屋を振り返った。前庭も警察車両の照明灯で照らし出されていた。

「ここがこんなになるとはね」

遠くから救急車のサイレンも近づいてきている。紫苑は、隣を歩く警察官に問うた。

「で？　何で私たちがここで襲われてるってわかったの？」

「通報があったので」

でっぷりと太った中年の警察官は答えた。

「通報だって」

紫苑は、やや遅れて歩いていた沙代子の方を振り返った。張っていた気が抜けた沙代子はよろめき、警察官に腕を支えられた。

「誰か近所の人が騒ぎに気がついたか――」

「ああ、この方ですよ」警察官が立ち止まって手のひらを向けた。「この方たちが、家の前から警察に通報してくれたんです」

紫苑と沙代子も立ち止まる。

「何であんたがここにいるんだよ！」

紫苑の声は、たちまちとげとげしいものに変わった。そこに陽向が立っていた。隣にも同じ年頃の女の子が立っていた。おそらくその子が夏凜だろう。黒髪に戻して黒縁の眼鏡をかけているせいで、陽向とはまったく印象が違っている。だが、よくよく見ると、顔立ちはよく似ていた。

「ふん」

陽向は腕組みをして、軽く鼻で笑った。

「感謝してもらいたいね。あんたらを助けてあげたんだから」

紫苑は、じゃりじゃりと靴音を立てて陽向に近づいた。

「だいたい、ここの家のこと、あんたが知ってるのがおかしいよ」

「あんたと沙代子さんのことは、興信所を使って調べた。あんたがここに出入りしていることも、沙代子さんの実家もわかった」

「何でそんなことをするんだよ。ストーカーか！」

「ちょっと用があったからね」

「はん！　私たちが口を割るのが怖くて見張ってたんだろ？　誰にも言わないよ。身代金の行方についてはね」

紫苑は、最後の一言をことさら大声で言った。警察官に聞かせようとしたのだろうが、周囲の騒音に掻き消されたうえに、当の警察官は携帯電話で話し込んでいる。しかも陽向はびくともしなかった。

「うっせーよ。あれは元々うちのお金なんだから、ノープロブレムなんだよ」

夏凜がそっと陽向の袖を引いた。

「あ、この子、あたしの従姉妹の夏凜」

「あんたの従姉妹を紹介される覚えはないね」

紫苑の剣幕に、夏凜がびくっと首をすくめた。

「こっちには理由があんだよ！」

「あの――」

通話を終えた警察官が割って入ろうとするのを、紫苑も陽向も完全に無視した。中年の警察官が、ちらりと視線を送ってきたのに、沙代子は小さく首を振った。この二人は、とことん、反《そ》りが合わないらしい。

「あっ、そう！　で？　興信所まで雇って私らの居場所を突き止めたってわけ？」

「そう。で、今日、あんたらが二人揃って、この家に入ったって報告がきたから、夏凜と二人で追いかけてきたの」

救急車のサイレンがどんどん近づいてきた。警察官が、野次馬たちを整理して、道を開けようとしている。

「深夜徘徊の次は、興信所雇って探偵ごっこ？　高校生のお遊びもエスカレートするもんだ」

「夏凜と二人で、家を訪ねていこうかどうしようか、ここで様子を窺ってたら、男たちの乗った車がやって来たわけ。降りてきた奴の顔には見覚えがあったよ。あたしを誘拐した鬼炎だって、ピッカンきたね」

「それで、通報してくれたんですよ」

やっと警察官が口を挟む余地ができた。

「ね？　わかった？　キャバ嬢さん。あたしと夏凜が来なかったら、ヤバいことになってたってこと」

「どうもありがとう。本当に助かったわ」

沙代子は前に出て、頭を下げた。

「あ、この人が川田沙代子さん」陽向が夏凜に紹介した。

夏凜が、眼鏡の後ろの目を輝かせた。

「川田部長の奥さんですね」

「もう奥さんじゃないよ」

紫苑が後ろで余計なことを言う。

「いったい、私たちに何の用？」

「あんたじゃないよ。あたしらは、川田沙代子さんに用があるんだよ」

紫苑が何かを言いかけた時、救急車が入ってきた。前庭に乗り入れた救急車から、ストレッチャーが下ろされた。野次馬たちがざわめく。沙代子たちも、脇に寄るように言われた。いがみ合っていた紫苑と陽向もいっしょくたにさせられた。

家の中に入った救急隊員たちは、数分後には戻ってきた。ストレッチャーの上には、竣が乗せられていた。少し顔の赤みが引いているようだ。それを見て、沙代子もほっとした。昭二から聞かされたアレルギーに関する知識は本当だった。どうしてか、竣はあの部分だけを聞き漏らしていたのだ。あるいは、彼に甘露の知恵を授けた人物が、故意に知らせなかったかだ。

「竣じゃん」

横を通っていくストレッチャーを見て、陽向は目を丸くした。

「どうして救急車に？」

「ひどいアレルギー反応が出たんだよ」

紫苑が答えた。

「なんで？」

ぽかんとした表情で陽向が問う。紫苑は首をすくめた。

「さあね。ストレスだろ」

＊＊＊＊＊＊＊

男は病院に運ばれ、抗ヒスタミン剤を点滴された。ごく一般的なアレルギー反応の治療だ。それで体に現れていた症状はすっかり治まった。あの女の言ったことは本当だった。解毒剤など必要なかったのだ。解毒剤をちらつかせて、男に犯罪を認めるように迫った罠に、男はまんまと引っ掛かったわけだ。あの場面を思い出すたび、つい命乞いをしてしまった自分に歯噛みしたい思いだ。まだ諦めがついていなかった。あの時点で、男が描いていた犯罪集団を自在に操っての将来構想は、壮大なものだったから。

ここまで来て、あんな垢抜けない中年女に足をすくわれるとは。初めは信じられなかったし、受け入れ難かった。だが、これは現実だった。

——ジョーカーをひいたのは、あんただ。

紫苑に言われた言葉が、繰り返し頭の中に浮かんでくる。

逮捕された男は、厳しい取り調べを受けた。今は拘置所で裁判を待つ身だ。彼が周到に作り上げた犯罪集団「鬼炎」のメンバーには、あれ以来会っていない。彼らも同じような手順を踏んで、どこかに収容されているだろう。

惜しいな、と未だにそれだけは思う。スポーツジムに通うストイックなトレーニーの中から慎重にメンバーをスカウトし、ナイト・ドゥで育て上げたのだ。完璧な犯罪を成し遂げる集団だった。地元に根ざした暴力団、若村組とも互角以上に競っていた。

スポーツジムは、シルバーフォックスの常連客だった瀬良三知子が経営していた。夫を亡くした後、彼女が引き継いだものだった。男は三知子に取り入った。特にお気に入りのホストというわけではなかったが、寛容な三知子は、彼がスポーツジムに出入りすることを許した。それだけではなく、ビルの最上階に彼専用の事務室を与えてくれた。

事務室というには、ゆったりとした豪勢なものだった。男はそこに彼好みの水草アクアリウムを据え、階下のジムに出入りしては、鬼炎のメンバーたるべき人物を物色した。あの部屋を手に入れたことは、彼にとっては幸運だった。あそこで、誰に邪魔されることなく、ナイト・ドゥを調合することができたから。

三知子には、ちゃんとした愛人がいたから、気弱でよく言うことを聞くホストの桐木竣は、彼女の息子か愛玩動物のような存在だった。甘えると、何でも好きにさせてくれた。彼女の家の庭にある温室も、自由に使わせてくれた。そこで男は、取り寄せたヒカゲランを育てた。ナイト・ドゥの仕上げに使う花粉は、それで不自由なく手に入れることができた。

あのヒカゲランが何の用途で育てられているか、気づく人物がいるとは思いもしなかった。それがあの川田沙代子だった。愛人とギリシャに旅立った三知子から留守番を頼まれた家に、紫苑が連れて来た女。関係を質《ただ》すと紫苑はうまくごまかした。たいして深い関係のようには見えなかった。キャバクラで働く紫苑は、いい加減で場当たり的な生き方をしていたから。その自分の感触を安易に信じてしまった。

あれが破滅の始まりだった。瀬良邸で過ごした十数日、あの時は、まだゲームを楽しんでいる気でいた。紫苑も後から転がり込んできた陽向も、男の真の姿は知らない。三知子と同じで、顔はいいが、ぱっとしないホストだと思い込んでいた。あそこでヘタレホストになり切って、彼女らから情報を引き出すのはなかなか興味深かった。あの時は沙代子のことなど眼中になかった。今思えば、一番警戒すべきはあの女だったというのに。

逮捕されてから、自分や鬼炎に対してどんな報道がなされたかは知る由もない。興味もなかった。ただ、取り調べに当たる刑事から、ぽつりぽつりとたいして重要でない情報はもたらされた。

瀬良三知子はギリシャから戻ってきて、あの家の中をひと目見て、そこを拠点にしてどんなことが行われたかを知った後、すぐにあの家を売り払ったとのことだった。賢明な判断だ。もう温室も無用の長物でしかない。取り調べの際、男は、ナイト・ドゥという薬の効用については、詳《つまび》らかにしなかった。ただ気持ちを落ち着かせる漢方薬を精製していたとしか言わなかった。三知子が与えてくれた事務室に残された原料を見ても、誰もそれが人の健全な精神活動を奪ってしまう薬だとは思わないだろう。第一、それを扱える特殊体質の人間はまれなのだ。

今も日本のどこかに甘露という名の妙薬を作ることのできる人物は、存在するかもしれない。そいつが自分のように有効な使い方をしているとは思えないが。

川田沙代子は、あの薬のことを警察に伝えただろうか。鬼炎のリーダーとして犯罪者となった男が、あれをどのように使ってメンバーを操っていたか。もうそのことにもたいして興味はないが、彼女があれのことを知っていたとは驚きだ。どういう経緯でそうなったのか、それだけは聞きたいような気がする。

男は、殺伐とした部屋の中を見渡した。三畳のごく狭い部屋だ。奥には便器と洗面台。それに座卓とちっぽけな引き出し箪笥《だんす》。単独室に入れられたのは、運がよかったというべきか。じっくりと考える時間はたっぷりとある。警察の取り調べでは、彼らが欲している答えを与えてやった。頭が固く、想像力の欠如した警察官は、彼らが作り上げたストーリーに沿って自供する容疑者を歓迎する。素早くそういうことを読み取った男は、彼らが望む通りの話をしてやった。すなわち桐木竣は、極悪な犯罪者であるというふうに。長い時間を要した。何せ、鬼炎が関わった犯罪は多岐にわたっていたから。

数々の犯罪によってどんな罪に問われるのか、もう男は気にならなかった。殺人も含まれているから死刑の裁定が出る確率は高い。それもいいだろう。冷静に考えれば、犯罪に手を染めた時から、そうした終わり方を希求していたような気がする。解毒剤は使われなかったが、すっかり毒気が抜けた気分だった。そう考えると、自ずと笑みが浮かんでくる。不埒《ふらち》な夢の中で踊っていた男を完膚なきまでに叩きのめしてくれた川田沙代子には、感謝するべきなのかもしれない。あれはやっぱり夢でしかなかった。

桐木竣という名前も偽名だった。当然、本名も調べ上げられ、写真と一緒に報道されたから、家族にも伝わっているだろうが、少年院に入っていた時と同じで、誰も接触してこなかった。

男の今の楽しみは、最後に請け負い、彼の犯罪者としての息の根を止めた光洋フーヅファクトリーに絡む事件の背後関係が明らかになっていくことだった。渦中にいた彼にも、見えていないことがあった。取り調べの過程で警察から知らされたこと、自分が知っていることを掻き集め、すり合わせて考えを巡らせると、見えなかった背後関係が見えてくる。警察の見解を聞いたわけではないから、それと合致するかどうかはわからないが、自分なりに検証していくことは、面白い娯楽だ。ここでは時間は有り余るほどあり、規律に縛られた生活は平板で単調だ。暇つぶしにはちょうどいい。

光洋フーヅファクトリーの関係者からの依頼は、春先に例のエージェントからあった。もちろん、その会社名にはピンときた。一年前に前社長を始末したのだから。依頼は、現社長の娘を誘拐して欲しいというものだった。聞けば、その娘というのが、歓楽街で知り合った入船陽向だという。ふてくされた様子で深夜徘徊をする女子高校生。竣にまつわりついてきた。面白いな、と思った。

誘拐を実行するのは鬼炎の連中だから、男が関わっていると知られる気遣いはない。彼は今まで通り、ヘタレホストを演じながら、様子を窺っていればいいのだ。シルバーフォックスのオーナーも、彼の正体を知らない。鬼炎は、オーナーの弱みを握って脅していたから、シルバーフォックス自体が、竣のいいようにできたのだった。ホストクラブは、いい隠れ蓑だった。

光洋フーヅファクトリーは、内部が社長派と専務派に分かれているということは、以前から知っていた。社長派は、この街を仕切っている若村組と結びついているという。鬼炎に依頼してきたのは、専務派の方だった。前社長に危害を加えるよう依頼してきた三ツ星食品という大手の食品会社は、この専務派をバックアップしているようだとは、エージェントからもたらされた情報だ。目障りな鬼炎を目の仇にする暴力団と、真っ向から対決できるということも、彼は付け加えた。そんな背後関係を教えることは、彼には珍しいことだ。

男は二つ返事で依頼を受けた。これをきっかけにして、若村組を叩き潰すことができるかもしれない。エージェントもそれを望んで、いつになく詳しい事情を教えたのだろう。鬼炎と組んでいる自分の利益のために。

誘拐という犯罪を請け負うのは初めてで、そのことも気持ちを高揚させた。しかも、夜の街で親しくなった高校生だ。面白い展開が望めそうだった。陽向を誘拐することは簡単だった。桐木竣というホストに信頼を置いている陽向を、人目のつかない場所におびき出すのはこともなかった。

数日後、身代金は、やはり自分にぞっこんのキャバクラ嬢、城本紫苑に取りに行かせることにした。陽向の父は、娘が誘拐されたことに動転して、念を押した通り警察には知らせていないと言っていたが、用心に越したことはない。鬼炎のメンバーに取りにいかせるのは危険だと判断したのだった。

ところが紫苑は、ヤミ金に借金をしたせいで、若村組にがっちり押さえ込まれていた。彼女はヤクザから別の使命も帯びていたのだ。すなわち、専務派の総務部長、川田の妻を拉致するように。川田沙代子の素性や、紫苑の思惑を知っていたら、あんなことは頼まなかった。身代金を取りにいくように頼んだ時には、もう紫苑は川田沙代子を取り込んでいたのだった。自動車の接触事故に見せかけて。そしてまさかその二人が、身代金を横取りする企てを立てるとも予想していなかった。

そうか。あそこで俺は間違った選択をしたんだな。あれが躓《つまず》きの第一歩だったのだ。だが後にそのことを知った時でも、入り組み、ねじれてきた事件を楽しんでいた。陽向がつたない策を弄《ろう》して逃げ出し、男のところに転がり込んできたことすら、自分に運が味方していると思っていた。

問題は、川田沙代子の過去だ。それとなく捜査員から聞いたところによると、彼女は四国の山深い集落で幼少期を過ごしたとのことだった。なんでもかつて銀山があったところらしい。本人もそんなことを言っていた。

その時に甘露のことを聞き及んだに違いない。そんな人間に遠く離れた街でばったり会ってしまうとは。のっそりしていて、頭の回転も鈍く、紫苑にいいように引っ張り回されているように見えたのに。人は見かけによらない。あれで俺の悪運も尽きたのだ。

やっぱり俺はジョーカーをひいたのだな。男はもはや怒りも悔いもなく、そんなふうに思った。

不思議なことに陽向の身代金として用意された三千万円の行方について、厳しく追及された。あれは紫苑が隠し持っていたはずだが、行方が知れないという。警察は、あの金がヤクザか鬼炎のどちらかに流れたと睨んでいるらしい。そんなものは知らないと男は突っぱねたが、鬼炎が奪ったことにされても、別にかまわないとも思った。もはや金などには興味も執着もなかった。

ここでの生活に特に不満はないが、サプリメントがないのは残念だ。

部屋の奥にある小さな窓から、鉛色の空が見えた。空の高みを、トンビが飛んでいた。しばらく男は、トンビの行方を目で追っていたが、また妄想の世界に戻っていった。


沙代子は、俊則と別れたことを後悔することはなかった。

結婚して家庭を持ったというのに、そこは自分の居場所ではなかった。それがよくわかった。今まで誰かに必要とされるということがなかった。いつの間にか、何の取り柄もない自分は、価値のない人間なのだと思い込むようになっていた。

だが違った。紫苑の養父の家の前庭で、夏凜に頼まれたのだった。

「川田さん、私に力を貸してください」と。

彼女は、祖父、剛造が成し遂げようとしていた新しい食品加工技術の開発に、沙代子の知識が必要だと判断したのだった。陽向から聞き及んだ、特殊な土壌菌の働きに注目した。四国の山奥タンザワゴエで暮らしていた人々が、育て、磨き、伝えてきた豊かな知恵。目に見えない微生物を活用するという技。それこそが、祖父から受け継いだ研究に足りない部分を補うものではないかと夏凜は気づいたのだった。

「祖父は、欲得でこの研究をしていたわけではないの」そう夏凜は言った。「もっと大きな視野でものごとを考える人だった」

剛造が生み出そうとしていた食品加工技術は、これからの世界の食糧問題を見据《みす》えてのものだった。栄養価が高くて保存のきくシンプルな食品を作り出せば、発展途上国などで飢餓に苦しむ人々を救うことができると考えていたと説明した。複雑だったり、高価だったりする技術を使うことなく、食品そのものを長持ちさせることができ、それを簡単に持ち運んだり、現地で加工したりできれば、それに越したことはない。夏凜は、祖父の高邁《こうまい》な思想をなんとか形にしようと苦心惨憺《くしんさんたん》していたのだった。

それを聞いて、沙代子の胸は高鳴った。それは、古来、日本で受け継がれてきた備荒食ではないか。飢饉時に命をつなぐ糧《かて》となったもの。高度な技術や多くの添加物などにとらわれなくても、日本人はもうすでにそれを活用していたのだ。

四国特有の土壌菌を含む発酵カビを飼い慣らして、長期保存に耐えうる食品を作る術を、自分は白井親子から受け継いでいる。それはとても地味な生活の知恵に見えて、実は世界の未来を救うものだったのかもしれない。目の前が、ぱっと開けた感覚だった。

甘露の材料には、発酵カビを利用したものも含まれていたのだが、取り寄せていた竣にはその知識はなかった。一つ一つの材料の由来や、薬そのものの来歴を学習することがなかったのだろう。彼は特殊な体質だったかもしれないが、正式な使い手ではなかったということだ。

沙代子はあの傲慢な鬼炎のリーダーの本性を炙り出すために、彼には強烈な毒になるものを作り上げた。ヒカゲランの根を、土壌菌の働きによって発酵させるという手法で。その発酵を促すために、黒石茶の発酵で使う万能菌が役に立った。そうやってできた発酵食品は力を発揮して自分と紫苑の窮地を救ったわけだ。

夏凜に協力して、発酵カビの働きを無駄なく活用することができたら。それで新しい保存食や健康食を作ることができたら。自分にもできることはたくさんある。まさに白井雪代から授けられた言葉通りの生き方ができるのではないか。沙代子は新しい道を見つけたのだった。

「どれだけやれるかわからないけど、でも、私で力になれるなら」

沙代子は、夏凜の手を握った。後ろに警察官を従えて、ざわつく野次馬にもみくちゃにされながら。

夏凜の隣には、陽向が立っていた。家に戻ってさらに染め上げた金髪は、警察車両の回転灯で輝きを増していた。

事件のいきさつは、警察での長時間に及ぶ事情聴取や加熱する報道から、沙代子にも理解できるようになった。もつれていた糸がほぐされるように、事実関係が明らかになったのだった。

夏凜は、父親が見向きもしなくなった祖父の研究所にこもることで、陽向は、父親に反発して夜の街へ繰り出すことで、苛立ちと怒りを表していた。剛造は、出来のいい夏凜だけではなく、グレていく陽向にも、同等に愛情を注いでいたのだった。剛造のおかげで、二人は常に仲がよかった。双子の両親と同じ轍《てつ》は踏まなかった。

仲が悪い振りをしていたのは、父親たちの意向に沿っていると見せかけて、その実、彼らに一泡吹かせてやろうと画策していたからだった。剛造が急死した後はなおさらだった。彼女らは祖父の死に疑問を抱いた。もしかしたら父親のどちらかが、祖父を殺したのではないかとまで冷徹に見通していた。陽向と夏凜は、一年前から祖父の不審死の謎を探るために共闘していたのだ。お互いの父親さえも欺く形で。

おそらく二人の孫を慈しんでいたのは、祖父の剛造だけだったのだと沙代子は思った。陽向が光洋フーヅファクトリーの内情について、詳しい知識を持っていたのは、生前の祖父から会社の展望や理念を聞かされていたからだ。陽向も夏凜も祖父を心から慕っていた。その想像が、今は沙代子の気持ちを慰めた。困難な状況でも、身近にそういう人がいることで救われるということは、沙代子にはよくわかっていた。

警察の捜査やマスコミの報道から、それから陽向自身から、沙代子に情報がもたらされた。つなぎ合わせると、すべての流れがよくわかった。

剛造が生きているうちから、三ツ星食品が孝和に近づいていたという。三ツ星食品は、剛造が作り上げようとしていた新製品に大いに興味を持っていた。東京に本社を置く彼らも人口爆発する世界の食糧事情を見据えて、安価に大量生産でき、流通に乗りやすい保存食品の研究に勤しんでいたのだった。手軽で栄養価の高い食品の保存法が確立させられれば、世界的な需要は際限がない。中央の大企業である三ツ星食品は、剛造のように公共の利益のことなど、考えてはいなかった。そこで狡猾《こうかつ》な策略が生まれた。

剛造の研究成果をそっくりそのまま携えて三ツ星食品に来るなら、それなりのポジションを用意しようと孝和に持ち掛けた。父や兄の下でくすぶっていた孝和は、その話に飛びついたのだった。ところが賢明な剛造は、息子の不穏な動きに気がついた。史郎には伏せておいて孝和を叱り付け、バカな考えを改めるように説いた。

孝和は、三ツ星食品に相談した。その時、三ツ星食品の危機管理部門には、汚れ仕事にも手を染める人物がいた。彼が鬼炎という犯罪集団を利用することを思いついた。彼は間を取り持つ闇のエージェントを介して、鬼炎に渡りをつけた。光洋フーヅファクトリーが本社を構える地方都市で生まれた鬼炎は、裏社会で役に立つ集団として名を上げ始めていたのだった。

三ツ星食品が剛造を脅すという計画にも、孝和は反対しなかった。鬼炎は剛造を脅すだけのはずだった。脅しに屈しなかった場合、ちょっとした危害を加えるところまでは想定していたようだ。とにかく研究を頓挫《とんざ》させることができれば、そして剛造がやりかけた研究を盗み取ることができれば、三ツ星食品の利益になる。ところが剛造は水難事故で命を落としてしまった。

祖父の死に疑念を抱きながらも、陽向と夏凜は何をどうしたらいいのかわからなかった。陽向が誘拐された時、ことが動き始めた。誘拐が孝和の仕業だと見破った陽向は、これを逆手に取って、光洋フーヅファクトリーの闇の部分を暴き出そうとした。竣や紫苑を一千万円で雇うと言ったのは、本心だった。

そこに夏凜が研究している食品が完成したとデマを流された。まだ試作品が失敗を重ねている時だった。夏凜の意向も聞かず、それを発表したのは父親の孝和だった。愚かな専務は、社内の権力争いの末、勝手に先走ったことをして、光洋フーヅファクトリーを窮地に追い込んでしまったわけだ。

孝和がデマをマスコミに流したのは、彼を抱き込もうとした三ツ星食品にけしかけられたからだ。役に立たない孝和に見切りをつけた三ツ星食品は、荒っぽいやり方で、光洋フーヅファクトリーの失敗と恥を世に知らしめようと考えた。

浅薄な孝和は、三ツ星食品が命じた通りの行動に出た。優秀な我が子の研究はまだ半ばにも達していないのに、完成したと発表した。その結末は明らかだ。光洋フーヅファクトリーの信頼は失墜して、三ツ星食品の傘下に入るか、あるいは吸収合併されるしかなくなる。

愕然とした夏凜だったが、陽向と相談をして、素早く次の手を打った。

夏凜は父親とは違い、ライバル会社の意図を見抜いた。同時に陽向の身代金が三千万円だと判明し、それを紫苑が隠し持っているということが陽向からもたらされた。そこでまた状況が変わったのだった。

三千万あれば——と、陽向は考えた。三千万あれば、夏凜と二人で新しい食品会社を設立できる。研究費用も捻出できる。どうせ自分のために父が用意したお金なのだから、自分で使ってもいいだろうと。これほど鬼炎や暴力団など、有象無象《うぞうむぞう》が入り乱れているのだ。あの金が行方不明になっても不思議ではない。紫苑に隠し場所から金を持ってこさせ、奪えばいい。二人は巧妙なやり口で、まんまとそれをやり遂げた。陽向は家に戻ったけれど、両親にも警察にも、自分の身代金を自分で持っているとは言わなかった。

まったく稚拙な計画だが、うまくいった。その事情を聞いた紫苑は、歯ぎしりして悔しがった。だが彼女も沙代子も、三千万円という金額に目がくらんだのだ。陽向と夏凜を非難することなどできない。

あの身代金が陽向と夏凜の手元にあるということは、徹底的に伏せられた。陽向と夏凜の目的を達するためには、あれはどうしても行方不明にしなければならなかったのだ。

身代金を取りにいったのは自分だと、沙代子は正直に警察に告げた。その役目を竣から請け負った紫苑に命じられたのだと。紫苑もそれを認めた。さらに二人で三千万円を横取りしようと企んで隠し持っていたことも自供した。瀬良邸で陽向に迫られ、彼女に返そうとしたのだということまで告白した。そこまでは本当のことだ。ところが隠し場所から持ってくる時に、何者かに奪われてしまったと訴えた。紫苑が陽向の描いたストーリーになぜ協力したのかはわからない。

あれをまた略奪してやろうとも思っていない。あの三千万円のことはすっぱり諦めたようだ。新しい会社を設立する資金にするという陽向と夏凜の明確な目標に協力しようなどとは、口が裂けても言わないだろうが、沙代子は密《ひそ》かにその推察が的を射ているのではないかと思っている。沙代子も口裏を合わせた。警察にそう供述する時は、特に動揺もせず平然としていた。たいしたものだと自分で舌を巻いたものだ。

紫苑と沙代子は、長々と調書を取られた。そして検察に送られたが、不起訴処分になった。

「当然だよ。あんだけいろいろ企んだのに、私らの懐には一円だって入らなかったんだから。あれが誰の懐に入ったかなんてもうどうでもいいよ」紫苑は仏頂面でぼそりと呟いた。

「脳みそをこねくり回したのにさ。エネルギーの無駄遣いだった」

そう続けた時は、案外楽しそうだった。

それから、桐木竣のことだ。ヒカゲランから疑念を持った沙代子が、彼の本性を暴いたわけだが、鬼炎の犯罪の一つ一つが明らかになるにつれて、彼女らは言葉を失った。竣は（これも偽名だったと知れるのだが）沙代子や紫苑が思っていた以上に悪辣《あくらつ》で暴虐な人間だった。

元養父の家ではさっさと気持ちを切り替え、竣を見限ったように見えた紫苑も、さすがに衝撃を受けていた。鬼炎は、持ち込まれる犯罪の依頼はたいていやり遂げた。人を傷つけることのみならず、殺人も厭《いと》わなかった。実行するのは、鬼炎のメンバーだが、薬によって感情を奪い去られていたのだ。どういう罪に問われるかは、今のところ予測できない。はっきりしているのは、あれを望んだのは、竣その人だということだ。

あの破壊衝動、冷血、おぞましさ。それに沙代子も紫苑も圧倒された。そして、恐れていたように、彼らが入船剛造の死にも加担していたということが知れた。鬼炎の仕業だと、あっさり桐木竣は認めたという。まだ力加減をうまくコントロールできないメンバーの失態だったと。

その事実は、陽向と夏凛を叩きのめした。特に夏凛は、ひどく落ち込んでいたという。予想はしていたが、父親が祖父の事故死に関わっていたと突きつけられたのだから。光洋フーヅファクトリーの裏で起こっていたことが明らかになるにつれ、彼女らは慄然《りつぜん》としたことだろう。

孝和は警察から任意の事情聴取を受けたあと逮捕起訴された。殺人までは企図していなかったが、結果的にそうなったということで、教唆《きょうさ》の罪に当たるということだ。彼は優れた弁護士を雇ったと聞いた。

孝和は背任罪にも問われた。光洋フーヅファクトリーの企業秘密を、それまでにも三ツ星食品に漏らしていたのだ。

孝和の意を受けて実行役となっていたのが、専務の懐刀であった川田俊則だった。背任罪は俊則にも科せられた。彼の場合は、在宅起訴で済んだようだが、光洋フーヅファクトリーからは追放された。

何の肩書もなくなった俊則の様子は、沙代子のところまでは聞こえてこなかった。沙代子は実家に戻っていた。工場も自宅も手放した両親は、郊外の借家に転居した。生活ができるよう家を整えたのは、沙代子だった。今は毎日、料理を作って両親に食べさせている。何もかも失った両親を消沈させるわけにはいかなかった。せめて口に入るもので励ましたかった。

「美味しいねえ。沙代ちゃんが戻ってきてくれて、本当によかった」

母は案外さっぱりとした顔をしていた。彼女も自分をコントロールする術を身に付けたようだった。細かいことに拘泥《こうでい》せず、先々の心配をせず、その日その日を乗り切ること。それが重要だと悟ったのだ。どん底を経験したことが、千鶴にはいい方向に働いたのかもしれない。一日一日の繰返しの先に、確かな明日がやって来るということが。心配していても始まらない。居直りというか諦念というか、そういうものを備えた母は強くなった。

それは、娘に倣った生き方かもしれない。沙代子は家にばかりいるわけではない。忙しく働いていた。

陽向と夏凜は、本当に新しい会社を起《た》ち上げた。孝和が失脚した後の光洋フーヅファクトリーは、陽向の父の史郎が今まで通り社長を務め、経営は安泰になった。しかし今回の事件で内部事情がマスコミによって暴かれ、連日報道されたことにより、企業イメージはかなりダウンした。何せ専務が逮捕され、総務部長が訴追《そつい》されたのだ。

それでも誘拐犯から娘を取り戻した史郎は、気持ちを奮《ふる》い立たせたのだった。夏凜が沙代子からもたらされたヒントを取り込んで、剛造の遺した新しい食品保存法を完成させようとしていることも大きかった。夏凜とスタッフには、必要なだけの研究費用を与えようと史郎は持ち掛けた。三ツ星食品が、あらゆる手を使って欲しがった新製品が完成すれば、光洋フーヅファクトリーの企業イメージも業績も一気に回復すると読んだのだ。逆にそのいきさつが宣伝効果を生むという狡猾な推測を働かせたということもある。

今回の一件で、一流企業である三ツ星食品からも多くの逮捕者が出た。企業倫理も問われて解体寸前のところまでいった。マスコミは連日、一流企業の汚いやり口を報道した。経営陣は退陣せざるを得なくなった。もはや、史郎が率いる光洋フーヅファクトリーを邪魔するものはいなくなった。

しかし陽向と夏凜は、史郎の申し出を断固として撥ねつけた。

「パパとはやっていけない。信用できない」

「企業経営には、信用が大事でしょ。私たちは、伯父さんとは組まない」

「あたしらはあたしらでやるから。新会社を作る」

そう二人は言い放ったそうだ。その場に沙代子はいなかったが、そう言い返された時の史郎の顔は想像できた。陽向からも聞いた。

「顎が胸につくくらい、パッカンと口が開いてたね。目はテンなんてもんじゃなかったよ」

愉快でたまらないというふうに陽向は言った。

気を取り直した史郎は、二人をなだめたり脅したり、新しい提案を持ちかけたり、大変だったそうだ。だが、陽向も夏凜も揺るがなかった。彼女らは、すっかり腹を決めていたのだ。

「会社を作るなんて、そんなに簡単にいくもんか。第一、資金はどうする」

「それなら、大丈夫」陽向は澄まして答えた。「パパがあたしのために用意してくれた三千万円があるから」

もう一回パパの顎が落ちた、と陽向は言った。鬼炎が取り込んだか、暴力団へ流れたか、身代金の行方をすっかり諦めていた史郎は、頭を木槌で思い切り殴られたような気がしたろう。当然のことながら、史郎はその金はお前らにはやらないと怒り狂った。新会社を設立する資金にするなんて、もってのほかだと。返さないなら、お前らは窃盗犯だと脅しもかけた。

史郎の脅しは、陽向と夏凜には想定済みだった。彼女らは用意した返答をぶつけたという。

「あたしたちが窃盗犯なら、パパも罪に問われるよ。パパは初めから孝和叔父さんがあたしを誘拐させたと睨んでたんだ。そのことを警察に知られると、会社の恥が外に漏れるから黙ってた。その対抗措置として、若村組に依頼して、叔父さん側の総務部長の奥さんを拉致させた。そうよね？」

史郎は「グッ」と喉を鳴らしたきりだった。

「それって犯罪だよ。孝和叔父さんと一緒で、キョーサって罪」

「それはお前を取り戻すためにやったことだ。それがわからないのか！」

「そもそも光洋フーヅファクトリーの中で、兄弟でみっともない喧嘩をやるから、こんなことになるんだよ」

陽向は一刀両断に切り捨てた。

「お祖父ちゃんが殺されたのだって、元々は兄弟がつまらないいがみ合いをするからでしょ。孝和叔父さんが三ツ星食品と組んだりするから、変な知恵をつけられて鬼炎が手を下すようになったんじゃん。仲良く光洋フーヅファクトリーを盛り立ててれば、こんなことにはなってなかったの！」

史郎は二の句が継げなかった。それでも陽向は容赦なく追い詰めたらしい。

「パパの依頼で拉致された総務部長の奥さんの沙代子さんは、冷たい旦那さんに見捨てられて、結局離婚する羽目になったんだって。かわいそうだよね」

そこはかなり陽向の脚色が入っている。離婚は沙代子から言い出したことだった。夫を見捨てたのは、妻の方だ。そこの事情は、史郎には永遠にわからないことだ。夏凜と綿密に作戦を練ったのであろう陽向の整然とした論調に、沙代子は舌を巻いた。

「じゃ、そゆことで。あの三千万円は、口止め料ってことでもらっとく」

話はついたようだ。史郎は十七歳の少女を甘く見たというところだろう。十七歳の二人が起ち上げた「フォレスト食品開発」は、陽向が社長、夏凜が専務。光洋フーヅファクトリーに嫌気が差して、「フォレスト食品開発」に移ってきた優秀な人材もあった。

その中には、光洋フーズファクトリーお抱えの税理士事務所にいた中堅の税理士もいた。彼は資金の出所も何もかも呑み込んだ上で、陽向らの味方についたのだった。有能な彼のおかげで地元銀行からの融資も取り付けた。それで入船家の従姉妹どうしが興《おこ》した会社は、文字通り船出ができたわけだ。

一時は世間を騒がせた誘拐事件の被害者である女子高校生が始めた会社ということで、マスコミはこぞって取材に訪れた。陽向は堂々とそれに応じていた。金髪の色はさらに冴え、毛先は緑色に染め直してあった。

「ほら、うち、フォレストだからね。森の緑」

陽向は社長室で毛先を指に巻き付け、カメラの前でにかっと笑ったものだ。そのユニークなタレント性も、衆目を集めた。海外の新聞社の支社までやってきたようだ。父親である史郎が期待した宣伝効果は、「フォレスト食品開発」に有効に働いた。

夏凜は、光洋フーヅファクトリーの研究室をそのまま自社に移した。スタッフもほとんど夏凜についてきた。沙代子は、新会社に研究員の一人として入ったが、取締役としても名を連ねることとなった。その申し出を聞いた時には驚いた。まさか自分にそんな大役が務まるとは思わなかった。

陽向にそう言われて、一瞬固まってしまった。そしてこう答えた。

「それは――まさかの展開だわ。あなたが言うところのMTね」

陽向はガハハと豪快に笑った。

「沙代子さんの頭もだいぶ柔らかくなってきたじゃん。でもさ、MTって、結構いろんなとこで起こるもんだよ」

その通りだった。今回の一連の出来事は、まさにMTそのものだ。俊則に思い切り罵倒されて家を飛び出したところから、目まぐるしい展開に巻き込まれた。まるでジェットコースターに乗っているようなものだった。

だけど、まあ――、と沙代子は考えた。乗り心地は悪くなかった。そうやって行きついた場所で、また何とかやれるものだ。沙代子は取締役に就任することを了承した。

沙代子が身に付けた知識が、ここではとてつもなく役に立つとわかった。今まで価値のないものと思っていたものが、社会にとって大きな益となるのだ。それはとても愉快なことだ。ここからはもうMTじゃない。自分で自分の人生を切り開いていける。

沙代子のアドバイスを受け、夏凜は四国の山奥の各種土壌菌の採取と研究に取り組んだ。食品の長期保存という目的において、化学物質を用いてこれを進めようとしてきた手法を見直した。古来、日本人は発酵カビを上手に使いこなしてきた。そして、日本という風土がカビを含む多くの微生物を育んできた。

カビは植物に付くと、菌糸をはりめぐらせて酵素を出し、植物の細胞壁を壊す。この過程がなければ、乳酸菌は植物の細胞の中に入っていって発酵することができない。しかも、カビは腐敗をもたらす雑菌を退けるバリヤーを張る。こうしたカビと菌の関係を知悉《ちしつ》している人々は、自由にそうした機能を操ってきた。

そのことを、夏凜が率いる研究所のスタッフは再認識したのだった。新たにバイオテクノロジーの研究者も加えた。

彼らがあの元銀山でフィールドワークと研究を重ねて導き出した仮説がある。あの地では、銀の殺菌作用によって、微生物のうちの多くが死滅してしまった。しかし、一部の微生物が生き残った。その微生物の遺伝子は、元の株に比べて何らかの変化が起きている。こうした変異株では、人間にとって有用な変化が起きる可能性が高いそうだ。

科学的なことは、あそこで暮らす人々は理解できなかっただろうが、たくましい山の民は、それを発酵に利用したのではないか。

忘れ去られたり軽視されたりして、廃れる寸前だったそうした技術を発掘し、新しい製品に生かすのだ。剛造が取り組んでいて、あと一歩だった研究の最後のピースは、沙代子がもたらしたといってよかった。

まだ研究や開発には時間がかかるだろうが、きっと剛造が希求していた通りの製品が出来上がるだろう。発展途上国や内戦状態の国で、飢餓に苦しむ人たちに、または災害時に、安価で栄養価の高い保存食品を届けられるに違いない。

「これは無理ゲーじゃなくて、ゲームチェンジャーになるよ」

陽向は、また沙代子には理解不能な言葉で表した。

「陽向が社長になってよかったよ。あのままだったら、あなた、ギャルの道をまっしぐらだったもんね」と夏凜が横から突っ込んだ。

陽向は押しの強さを発揮して、社長としてはなかなかの手腕を見せている。マスコミでも「ギャル社長」などというネーミングで呼ばれている。豊富な話題性が後押ししてくれているのだ。

「ギャルはヤだね。ギャルは案外上下関係がきついんだ。あたしは緩いパギャル、ギャルでいいよ」

やはり陽向との会話は難解だ。だが、会社名を「フォレスト食品開発」にしたのは、陽向のアイデアだった。まさに森からきた技術という意味だという。そこはわかりやすかった。

沙代子は、土壌菌やその利用法については積極的に研究員たちに伝え、製品に生かした。彼女のもう一つの夢は、廃れてしまった黒石茶を復活させることだ。三十年も前、雪代から最後の黒石茶をもらった。黒くて固くて、削りながら利用するお茶。何十年も変質することなく保たれる風味。あれを作り上げたカビ菌が、ヒカゲランの球根の発酵にも役に立った。雪代にもらった黒石茶の最後のひと欠片《かけら》を、小瓶の中で大事に保管しておいたことが、沙代子を窮地から救った。何もかもがどこかでつながっていた。

しかし、断ち切るべきものもある。白井昭二から聞いた甘露のことは極力伏せた。竣が「ナイト・ドゥ」と呼んだ民間薬のことは、警察にも自分が見聞きした詳細を伝えなかった。

竣の裁判は続いている。彼が鬼炎を自在に操るために使った薬のことは、うやむやになっているようだ。あれをうまく説明するのは難しいだろうなと沙代子は思った。竣のような特殊体質の人物はまれだし、そういう人物がいたとして、甘露に出くわすことは奇跡に近い。あの妙薬自体、忘れ去られようとしていたのだ。昭二たち下財はそのつもりだった。今さら掘り起こして世の中にさらすことはないだろうと沙代子は判断した。自然の成り行きにまかせるのが、使い道のなくなった甘露の行く末としてふさわしい。

忙しい一年が過ぎて、また春が巡ってきた。

大きな変化のあった一年だった。紫苑の元養父、和気昌平が亡くなった。彼は遺言で、あの郊外の平屋の家を紫苑に与えたという。

「こんなボロ家、もらったって困るだけだよ」

紫苑の憎まれ口を聞くと、なぜか元気が湧いてくる。沙代子と紫苑は平屋の前庭に立っていた。

紫苑はあの後、また歓楽街に戻ってキャバクラに勤めている。時々、この家に立ち寄るのも、以前と変わりない習慣のようだ。憎まれ口とはうらはらに、そうした時間とこの家そのものを、紫苑が大事にしていることは、沙代子にはよくわかった。一年前、襲撃してきた鬼炎に向かって投げつけた養父のコレクションは、きちんと倉庫の棚に戻されていた。小さな輝銀鉱も元の位置にあった。黒石茶を復活させる時に、また使われるかもしれない小石は、今は倉庫の棚の上で眠りについている。

沙代子はこの一年、懐かしいあの山にカビ菌採取のために何度か通った。タンザワゴエの白井家は、もはや形をなさないほど崩れ落ちていた。瓦屋根も太い梁も、緑の中に没しようとしていた。いずれここに集落があったことも忘れられていくのだと沙代子は思った。それでいいのだ。

あの山深い場所は大事なものを残してくれた。それで充分だ。世界の食糧事情のために大いに役に立つ製品を生み出すカビ菌。それと沙代子自身には、生きる力。

「こないだも陽向の奴、テレビに出てたじゃん。ほんと、恐れ入るよね。あのぶっとんだ高校生が社長だなんて」

紫苑の辛辣な言葉は止まらない。どうしても陽向には毒づかないと気が済まないようだ。とことん相性の悪い二人だ。沙代子は、顔をうつむけて小さく微笑んだ。

陽向が「フォレスト食品開発」を興す時、陽向は紫苑にも声をかけた。

「あんたくらいのオバサンには、もうキャバ嬢は無理だろ。うちの会社で事務員で雇ってやってもいいよ。そのケバい化粧も、うちでは全然ＯＫだから。あ、なんなら営業でもいいよ。あんたが営業に来たら、相手は腰抜かすだろうね」

その申し出を、紫苑はきっぱりと拒否した。陽向は驚かなかった。その返答を、初めから予測していたのだ。

「陽向に顎で使われるなんてまっぴらごめんだね。そんなことになるなら、ヤクザに追いかけられてた方がましだよ」

そう沙代子に言ったものだ。今も紫苑は、借金を返し続けている。鬼炎が解体されたので、またこの街の歓楽街は、若村組が仕切っているという。

「最近はどうしてるの？」

「今まで通りだよ。変わりない」紫苑は素っ気なく答えた。「ハゲたじじいの機嫌を取って、どっかのボンクラ息子を騙して、客の取り合いで同じ店の女の子と喧嘩して」

足下の黒土から、温かな空気が立ち昇ってくる。その感触が、沙代子を幸福な気分にさせる。

「ほんと、むかつくんだよね。最近の若い子はさ。たいした見かけでもないくせに、エラソーにして。客の横に座って猫の子みたいに体、くねらせてればいいと思ってんだから」

沙代子は、紫苑の芸術的に細く描かれた眉を眺めた。

「いつまでこんなことやってんのかねえ。借金は減らないし、取り立ては厳しいしさ」

珍しく紫苑は弱音を吐いた。

「あんだけひどい目に遭って、それから鬼炎とやりあったんだからね。ちょっとはああいう事情を勘定に入れてもらいたいもんだ」

相続したこの家を売ろうとは考えていないようだ。めちゃくちゃな生き方をする紫苑を憎めないのは、そうした本質を沙代子が知っているからだ。それでも陽の光の中で見ると、荒れた肌や傷んだ髪の毛、不健康に細い腕や脚が目立つ。不規則な生活で、ジャンクフードばかりを食べているのだろう。どうせ忠告したって聞く耳は持たないだろうが。

沙代子はかがんで、足下に咲いている小さな花を一本手折った。

「これ、ハルジオン」

紫苑の目の前に持っていく。紫苑は黙って白い色の花を見ていた。

「ハルジオンはね、つぼみの時はうつむいてるけど、咲いたらすっと首を伸ばして太陽の方を向くの」

「なに、それ」紫苑は不機嫌さを隠さない。

「私を励ましているつもり？　相変わらず沙代子さんはそういうの、ヘタだね」

それからくるりと背を向けた。家の方へ歩いていきながら、振り向く。

「もう行きなよ。沙代子さん、忙しいんだろ？　会社に戻って陽向にこき使われなよ」

それからスタスタと歩み去った。雑草だらけの前庭を歩いていく紫苑の背中を、沙代子は見送った。

――この中の誰かがジョーカーをひくんだ。でも、それは私たちじゃない。

あの言葉に、いつも私は励まされてるよ、そう心の中で紫苑に語りかけた。

紫苑は振り返ることなく、引き戸を開けて家の中に入っていった。

風が立って、前庭の雑草を大きくうねらせた。運ばれてきた風の中に、かすかな花の香りを沙代子は嗅ぎ取った。

ヒカゲラン？　まさか。もしそうだとしても、あの可憐な花には罪はない。沙代子は胸いっぱいに幻の香りを吸い込んだ。

そして家に背を向けて歩きだした。

参考文献

○発酵文化人類学　微生物から見た社会のカタチ　小倉ヒラク　角川文庫
○図解でよくわかる発酵のきほん　舘博監修　誠文堂新光社
○農家が教える加工・保存・貯蔵の知恵　農文協編　一般社団法人農山漁村文化協会
○自然治癒力をひきだす野草と野菜のクスリ箱　東城百合子　三笠書房
○身近な薬草活用手帖　１００種類の見分け方・採取法・利用法　寺林進監修　誠文堂新光社
○［新版］おいしく食べる山菜・野草　高野昭人監修　世界文化ブックス
○山野草グルメ　四季の香りと味を楽しむ　田中澄江　本田力尾　主婦の友社

本作品は書下ろしです。

※この作品はフィクションであり、実在する人物・団体・事件などには一切関係がありません。

装画／原　倫子
装幀／関口聖司

宇佐美まこと（うさみまこと）
1957年、愛媛県生まれ。2007年、『るんびにの子供』でデビュー。2017年に『愚者の毒』で第70回日本推理作家協会賞〈長編及び連作短編集部門〉を受賞。2020年、『ボニン浄土』で第23回大藪春彦賞候補に、『展望塔のラプンツェル』で第33回山本周五郎賞候補に選ばれる。2021年『黒鳥の湖』がWOWOWでテレビドラマ化。著書に『熟れた月』『骨を弔う』『羊は安らかに草を食み』『子供は怖い夢を見る』『ドラゴンズ・タン』『逆転のバラッド』『鳥啼き魚の目は泪』など多数。ミステリーから社会派人間ドラマまで多彩に作風を広げ、期待されている作家。

誰かがジョーカーをひく

二〇二三年十一月三十日　第一刷

著者　宇佐美まこと
発行人　小宮英行
発行所　株式会社徳間書店
〒一四一-八二〇二　東京都品川区上大崎三―一―一　目黒セントラルスクエア
電話（〇三）五四〇三―四三四九（編集）
（〇四九）二九三―五五二一（販売）
振替　〇〇一四〇-〇-四四三九二
本文印刷所　本郷印刷株式会社
カバー印刷所　真生印刷株式会社
製本所　東京美術紙工協業組合

ISBN978-4-19-865690-4